KB271009

팡세의 숲
2012

편찬위원회

편 집 장: **이영식** 후마니타스칼리지 국제캠퍼스 학장
편집위원: **최윤희** 후마니타스칼리지 국제캠퍼스 부교수, 글쓰기 PD
편집위원: **오태호** 후마니타스칼리지 국제캠퍼스 객원교수
편집위원: **진은진** 후마니타스칼리지 국제캠퍼스 객원교수
편집위원: **정연희** 후마니타스칼리지 국제캠퍼스 객원교수

팡세의 숲 2012

초판 1쇄 인쇄 | 2013년 2월 10일
초판 1쇄 발행 | 2013년 2월 20일

엮은이 | 경희대학교 후마니타스칼리지
펴낸이 | 홍석근

펴낸곳 | 도서출판 평사리
주소 | 서울시 마포구 월드컵로 74(서교동, 원천빌딩) 6층
전화 | 02-706-1970
팩스 | 02-706-1971
e-mail | commonlifebooks@gmail.com
Homepage | www.commonlifebooks.com

ISBN 978-89-92241-53-3 (03810)

* 책값은 표지 뒤쪽에 있습니다.
* 파본은 본사와 구입한 서점에서 교환해 드립니다.
* 이 책은 저작권법에 의하여 보호를 받는 저작물이므로 무단 전재와 복제를 금합니다.

2012

팡세의 숲

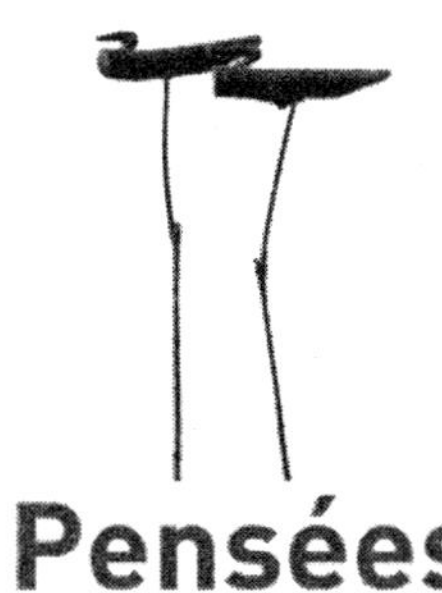

Pensées

경희대학교 후마니타스칼리지 엮음

평사리
Common Life Books

『팡세의 숲 2012』을 발간하면서

　『팡세의 숲』은 경희대학교 후마니타스에서 발간하는 학생 글모음집이다. 작년에 첫 모음집을 간행했고, 올해『팡세의 숲 2012』로 책을 내게 되었다. 팡세의 숲이라 이름한 이유는 경희대학교 국제캠퍼스의 본관 앞 광장인 "사색의 광장"에서 발상된 것으로 한 명 한 명의 학생들이 모인다는 뜻으로 나무가 숲을 이루고 산을 이루듯이 학생들 자신의 이야기 각 편의 글들이 모아 엮었다는 뜻에서 숲이라 칭하였다. 이 명칭을 작년에 이어 그대로 사용한 것은 학생들이 매년 입학하듯이 이 모음집 또한 2012학년도 글쓰기 수업을 들었던 학생들의 글들이 주축이 된 만큼 2012 팡세의 숲으로 칭하였다.

　『팡세의 숲 2012』는 올해 개최한 제2회 나를 위한 글쓰기대회 공모전에서 수상한 작품들과 후마니타스칼리지 글쓰기 담당 교수님들께서 직접 추천한 학생글들로 엮어졌다. 지난해의 팡세의 숲과 비슷하면서 다른 점은 개정판 교재에 따라 공모전이 진행

되어 변화된 주제들에 대한 학생들의 고민들의 흔적들이 모였다는 점이다.

『팡세의 숲 2012』는 여러 사람의 뜻과 노고가 합해져 만들어졌다. 조인원 총장님을 비롯한 오택열 부총장님 그리고 도정일 후마니타스대학장님의 물심양면 후원이 있었기에 가능한 일이었다. 무엇보다도 나를 위한 글쓰기 대회에 응모해서 기꺼이 자신의 글들을 기고한 학생들에게 다시 한 번 감사를 드린다. 나를 위한 글쓰기 대회의 심사를 맡아준 오태호, 정연희, 조은영, 진은진, 최윤희, 황수현 교수님과 글쓰기 대회와 팡세의 숲이 발간되기까지 두루 애쓴 최윤희 PD교수님 그리고 편집위원들에게도 감사의 마음을 전한다. 내년에는 한걸음 더 진보된 팡세의 숲을 발간할 수 있도록 노력을 경주할 것이다.

p.s 여러분의 끊임없는 고견과 충고를 기대합니다.

후마니타스칼리지 국제캠퍼스 학장 이영식

3장 나를 슬프게하는 것들

6장 내가 원하는 삶과 사회

1장

내 생애 최고의 순간

글쓰기의 일차적 목표는 자아 존중감을 강화하는 데 있다. 스스로를 소중하게 여기지 않는다면 글쓰기는 물론 자신의 삶도 온전해지지 않는다. 자랑스러웠던 순간, 성취감을 느꼈던 순간, 누군가에게 인정을 받았던 순간, 고마움을 느꼈었던 순간, 새로운 의미를 발견했던 순간들을 지금 여기로 초대해보자.

– 나를 발견하는 글쓰기 중에서

The Last Enemy

윤재웅 (국제학과)

어렸을 때부터 나는 아버지와 사이가 그리 좋지 않았다. 경영인이 꿈이었던 나는 리더십을 키우기 위해 반장이나 회장 같은 임원이 되고 싶었다. 대부분의 아버지라면 대견스러워서 지지와 응원을 아끼지 않으실 테지만 아버지는 그러시지 않으셨다. 내가 첫 임원을 맡았을 때도, 고등학교 때 상대후보보다 몇 배가 넘는 표를 얻어 학생회장에 당선 되었을 때도 아버지의 반응은 한결 같았다. 아버지는 언제나 "공부나 열심히 해!"라고 핀잔을 주시거나, "재웅이는 나중에 커서 공무원 같은 편안한 직장을 얻었으면 좋겠어"라고 하시면서 나의 꿈을 암묵적으로 묵과하셨다. 나는 그러한 아버지를 이해할 수가 없었다. 그래서 점점 아버지를 원망하게 되었고, 고3이 되었을 때에는 대화마저 거부하고 피했다.

수능을 마친 어느 날이었다. 대화가 단절된 지도 어언 300일이 넘었을 때, 아버지께서 먼저 말을 걸어 오셨다. "재웅아 아버지의 고향에 한번 갔다 올까? 주말에 당일로 갔다 오면 학교 가는 것도 문제없을 것 같은데……" 간만의 대화였다. 아버지의 말투는 다소 어색했지만, 어느 때 보다도 부드러웠다. 하지만 나는 썩 내키지가 않았다. 수능이 끝난 직후였을 뿐만 아니라 해보고 싶었던 일들도 많았고 무엇보다 아버지와 함께 한다는 것이 불편하고 겁이 났기 때문이다. 더욱이 그동안 살아오면서 난 아버지와 함께 여행가는 것뿐만 아니라, 같이 무엇을 하는 것조차 거의 없었다. 그러나 '고향'이라는 단어에 나도 모르게 왠지 마음이 흔들렸다. 아버지의 고향에 대해선 아는 것이라고는 바닷가라는 것뿐이었다. 갑자기 호기심이 생기면서 한번 가보는 것도 나쁘지 않겠다는 생각이 들었다. 내심 아빠에 대해서 알고 싶었던 것일까…… 난 떨리는 음성으로 "네, 갈게요!"라고 외쳤다. 그렇게 아빠와 함께 하는 여행이 시작되었다.

　하늘이 유난히도 맑은 주말이었다. 보통 때 같으면 친구들과 시내를 누비거나 땀을 뻘뻘 흘리며 축구를 하고 있을 이 좋은 날, 난 300일이 넘게 말도 못해본 아버지와 기차역에 서 있다. 아버지의 고향은 장항이라고 하셨다. 어딘지 모른다고 되묻자 군산 옆에 있는 작은 도시라고 말씀하셨다. 기차를 타고 갔다. 옆 좌석의 가족들은 요란스럽게 웃고 떠들었지만, 역시 우리 부자는 서로 아무 말도 없이 창밖만 바라보고 있었다. 강가도, 가로수도, 논밭도 내 눈앞을 순식간에 스쳐갔다. 많은 생각이 들었다. 치열했던 고등학교 생활, 학생회장을 지내던 때의 일들, 첫사랑의 상처 등 갖가지 추억들이 주마등처럼 스쳤다. 그렇게 한 이십분이 지났나? 고요하게 흐르던 정적을 깬 것은 다름 아닌 잡화상이었다. "오징어 ~ 땅콩! 맥주, 오늘 신문 있어요!" 아직도 저런 것을 기차 내에서 팔고 있다는 것이 신기해서 눈을 크게 뜨고 바라보자, 아버지께서는 이런 내가 재미있다는 듯 피식 웃으셨다. 그리고는 잡화상을 불러 바나나 우유를 사서 내 손에 쥐어 주셨다. 그 순간 어렸을 적 기억이 되살아났다. 내가 유치원을 다닐 때, 어쩌면 그 이전부터였는지도 모른다. 아버지는 항상 내가 목이 마를 때면 바나나 우유를 사 주셨다. 물론 시간이 흐르고 우리 부자가 같이 할 시간이 없어진 후로는 입에 대지도 않았던 것이었다. 그 생각이 나자 바나나 우유를 먹는 내내 지난 추억이 떠올라 나도 모르게 입가에 미소가 번졌다.

군산역에 도착했다. 우리는 바로 버스터미널로 가서 장항으로 가는 버스에 몸을 실었다. 장항은 섬이었다. 장항에 도착하여 섬을 한 바퀴 돌다보니 날은 이미 어두워져 석양이 온 섬을 뒤덮고 있었다. 우리는 부둣가에 앉아 커다란 배가 지나가는 걸 물끄러미 바라보며 앉아있었다. 한참을 그렇게 있었는데, 이번에 정적을 깬 사람은 아버지셨다. "재웅아, 너는 커서 뭘 하고 싶으냐?" 나는 선뜻 대답할 수가 없었다. 이미 아버지께서는 내가 경영인이 되고 싶은 것을 아실뿐만 아니라, 지금까지도 계속 반대하고 있기 때문이다. 그러나 나는 다시 한 번 아버지에게 나의 간절한 소망을 말하고 싶었다. 막연하고 헛된 꿈이 아니라, 정말 신중하고 진지하게 꿈을 향해 달려가고 있다는 것을 아버지에게 이해시키고 싶었다. 지금이 아니면 말 할 수 없을 것 같았기에. 나는 용기를 내어

"네, 아버지 저는 경영인이 되고 싶습니다. 작은 사업을 하더라도 좋고, 전문 경영인을 해도 좋지만 저는 경영을 하고 싶어요."라고 이야기 했다. 그러자 아버지의 표정이 굳어졌다. 하지만 아버지의 표정은 여느 때와 달랐다. 완고한 모습이 아니라 따뜻하고 걱정스런 시선으로 나를 지그시 바라보시고 있었던 것이다. 그리고 이내 굳은 입술을 열며 오래전부터 참아왔던 이야기를 풀어 놓으셨다.

아버지는 자수성가한 분이셨다. 이십대 초반임에도 불구하고 사업을 3개나 확장했으며, 한 달에 돈 천 만원은 너끈히 버실 만큼 막대한 수입을 얻으셨다고 한다. 하지만 이렇게 승승장구하는 것도 잠시뿐, 결국 절친한 사람들에게 배신을 당해 비참하게 사업을 정리할 수밖에 없었다고 하셨다. 이어 아버지는 말씀을 마치며 "이래도 정말 네가 하고 싶다면 해라. 하지만 아버지가 하는 말들을 가슴에 새겨두고 너는 아버지처럼 이런 실수 하지 않기를 바란단다."고 하셨다. 우리 사이에는 다시 정적이 흘렀다. 여러 가지 생각이 들었다. 나는 그동안 아버지가 나의 꿈을 묵과하고 당신의 꿈을 나에게 강요한다고만 생각했다. 아버지가 왜 그렇게 반대하셨는지 한 번도 이해하려고 들지 않았었다. 그저 원망만 했을 뿐이었다. 나의 미래를 진심으로 걱정해서, 악역을 자처했었다는 것을 미처 몰랐다. 마음속에서 뜨거운 눈물이 났다. 죄송스러운 마음과 감사한 마음이 섞여 짜지도 달지도 않은 눈물이 가슴 속에서 흘렀다. 석양이 드리웠다. 빨간 수채화 물감을 물에 탄 것 마냥 붉고 아름다운 빛이 우리 부자를 감쌌다. 더 이상 아버지가 밉지 않았다. 오히려 아들의 차가움 때문에 외로웠을 아버지를 생각하니 너무나도 죄송했다. 우리 부자의 화해를 축하라도 하듯 큰 화물선이 경적을 울리고, 석양에 붉게 물든 물을 가르며 유유히 시야에서 사라져 갔다. 나에겐 많은 기쁜 순간들이 있었다. 학생회장에 극적으로 당선되었을 때, 황홀했던 첫 키스를 했던 순간들이다. 하지만 무엇보다 나에게 가장 최고의 순간으로 기억되는 때는 바로 나와 오랜 시간을 함께 한 숙적이 사실은 나의 오랜 조력자였음을 알았던 바로 그 순간이었다.

그 해, 가을

황순석 (포스트모던음악학과)

언제부터인가 우리나라에 자전거가 열풍이 불기 시작했다. 길에는 자전거 도로들이 생겨나고 헬멧을 쓰고 몸에 딱 붙는 옷을 입고 고글과 장갑까지 착용한 아저씨들의 모습을 발견하는 것은 어렵지 않은 일이었다. 마치 그 모습은 곧장 바다로 들어갈 해녀의 모습과도 같았다. 그런 모습이 내게는 거북하게 다가온 것이 사실이다. 너무나도 우스꽝스럽게 보였기 때문이다. 하지만 시대의 흐름을 거스를 수는 없는 것인지 내 주변 친구들도 하나 둘 '해녀'가 되어 갔고, 만나면 모두 알 수 없는 자전거 이야기를 했다.

"나 잔차를 좀 업글해야겠어. 어제 업힐 가는데 힘들어 죽는 줄 알았다니까?"

"너 잔차가 문제가 아니고 엔진이 저질이라 그렇지!"

"그건 그렇고. 야, 너는 잔차 언제 사냐? 얼른 사라니까. 같이 라이딩 가자."

'잔차'는 자전거를 지칭하는 말이고, '엔진'은 자전거 타는 사람을 뜻한다. 그렇게 아이들과 함께 지내다 보니 어느새 나 또한 '해녀'의 모습이 되어 신나게 자전거를 타고 있었다. 그러던 어느 날, 한 친구가 내게 와서는 다음 주에 라이딩이 있으니 함께 가자고 하였다. 나는 한 번도 가보지 않았고 초보자이기에 대답을 망설였다. 하지만 자기만 따라오면 된다며 호언장담하는 친구 모습에 선뜻 알겠다고 말하였다. 그때까지만 해도 앞으로 닥칠 일은 상상도 하지 못했던 나였다.

시간이 흘러, 약속했던 정모 날이 왔다. 나는 장비를 갖춰 입고 빠진 것은 없는지 하나하나 체크해 보았다. 헬멧, 장갑, 라이트에 들어갈 여분의 배터리도 챙겼고, 에너지 보충을 위한 초코바와 물통에 물도 가득 채웠다. 나는 내 '잔차'를 끌고 약속 장소로 나갔다. 새벽 3시 30분, 목동현대백화점 인근에서 버스로 출발이었다. 너무 이른 출발 시간에 한 번쯤 의심을 품어볼 법도 했는데 순진한 나는 친구 녀석만 믿고 약속 장소로 나갔다.

벌써 몇몇 사람들이 와 있었지만, 내 친구는 보이지 않았다. 실제로는 얼굴도 본 적이 없는 사람들이기에 나는 어색하게 우리 모임이라고 생각되는 사람들 주변에서 서성거렸다. 점점 더 많은 사람들이 도착했고, 전에 서로 봤던 사람들은 반갑게 인사를 하였다. 출발 시간이 되었는데도 친구 녀석은 보이지 않았다. 전화도 받지 않고 문자도 답장이 오지 않았다. 불안해지기 시작했다. 하지만 자전거를 타고 오는 중이면 핸드폰을 보지 못할 수도 있겠다는 생각에 좀 더 기다려 보았지만, 시간이 지날수록 나의 불안감은 커져만 갔고 확신이 되었다. 친구는 자고 있는 것이었다.

　순간, 친구를 향한 분노보다도 앞으로 일이 까마득했다. 대충 보더라도 모두들 30살은 넘어 보이는데 나 혼자 이 사이에서 아저씨들과 자전거 탈 생각에 불편함이 앞섰다. 게다가, 나는 이런 장거리 라이딩은 처음이지 않은가! 딱 보아도 아저씨들의 저 터질 듯한 허벅지는 모기조차도 침을 박아 넣지 못할 것만 같았고, 새벽녘이라 어둑어둑했지만, 아저씨들의 얼굴에 남아있는 올 여름 그 따사로웠던 햇빛은 선명히 볼 수 있었다. 오늘의 코스는 차로 평화의 댐까지 간 후 성곡령 ->파로호(양구읍) ->사명산 임도 ->추곡터널 ->부용산 임도 ->하우고개 ->청평사로 이어지는 약 95km정도 되는 코스였다. 초보자가 타기에는 힘든 코스였지만 배려라고는 눈곱만큼도 없는 친구 녀석의 꼬드김에 넘어가 버린 나였고, 정작 당사자는 나타나지도 않았다. 정신을 차려 보니 이미 나는 차에 타 있었고 기사 아저씨는 매정하게 출발하셨다.

　가는 버스 안, 동호회 경험이 없는 나로서는 굉장히 어색했다. 마치 가시방석과 같았다. 서로의 이름도 모른다. 부를 때는 가슴에 붙어 있는, 카페에서 활동하는 닉네임으로 불렸다. 나의 닉네임은 '가을'이었다. 사실, 닉네임 같은 거 정하지도 않았다. 있을 리가 없지 않은가. 알지도 못하는 카페였고, 친구의 소개로 가게 된 정모였으니. 그런데 우리 팀의 우두머리이신 분이 나에게 오더니 종이 한 장을 주시며 가슴에 달라고 하셨다. 그 종이에는 '가을' 두 글자가 적혀 있었다. 어리둥절해 하며 주변을 둘러보니 모두 가슴에 무언가 하나씩 달고 계셨다. 어떻게 된 일인가 하니, 한 명의 닉네임이 공란으로 되어 있어서 운영자 측에서 임의로 '가을'

로 하셨고 그렇게 나는 '가을'이 되었다.

한두 시간쯤 갔을까, 우리 버스는 구불구불 산길을 올라 목적지에 도착했다. 차가운 공기가 코를 통해 폐 깊은 곳을 가득 채웠다. 코끝이 시렸다. 도시를 떠나 이런 상쾌한 공기를 마셔본 것이 언제였던가. 기분이 너무 좋았다. 우리는 간단한 아침을 먹고 이동을 시작했다. 아직 오전에 시간이었기에 햇빛은 구름에 가려 있었고 처음 가보는 산길과 주변에 흐르는 경치들은 벌써 단풍이 온 산을 물들이고 있었다. 나를 가을이라 부르며 말을 걸어오시는 아저씨들을 보니 정말 내가 가을이 된 것만 같았다.

바람이 내 몸을 스쳐지나가며 이야기를 하는 것만 같았다. 자전거 라쳇 소리가 경쾌하게 들려왔고, 평소에 보지 못하고 지났던 작은 행복들이 보였다. 길가에 핀 이름 모를 야생화들, 나무에 매달려 있는 작은 열매들 산 밑으로 보이는 마을들. 친구도 없이 혼자 왔지만 그 순간 내 주변에 모든 자연이 내 친구였다. 가끔 가다 보이는 마을 주민들이 신기한 듯이 쳐다보았고 우리는 인사를 하며 지나갔다. 오르막을 힘들게 오르면 곧 반가운 내리막이 반겨 주고, 맞바람이 괴롭히다가도 어느덧 뒤에서 나를 밀어 주며 응원해 주었다.

중간 중간 쉬는 곳에서 마셨던 물은 정말 꿀맛이었다. 하루에도 몇 번씩 먹는 물이지만, 그때 마셨던 물맛은 잊을 수 없었다. 앞서거니 뒤서거니 하며 친해진 아저씨들도 몇 분 계셨다. 그분들은 내게 싸 오신 간식을 내밀었고 나는 웃으며 감사히 받았다. 그렇게 쉬다가도 선두의 우두머리 분들의 신호에 맞추어 출발하였다.

80명의 자전거가 동시에 출발하는 광경은 마치 한 무리의 물고기들이 물속에서 헤엄치는 모습을 연상케 했다.

　하지만 그렇게 감상에 젖어 있는 동안, 나의 허벅지는 주인 모르게 신음을 참고 있었다. 오르막길이 시작되면서 내 다리 근육은 한 가닥 한 가닥이 부풀어 올라 터지기 직전까지 가 있었다. 하지만 나는 멈출 수 없었다. 열심히 주물러 가며 조금만 더 조금만 더 내 허벅지를 달래었다. 하지만 결국 나의 허벅지는 쥐라는 극단적인 수단으로 나에게 한계를 알렸고, 내 앞에 보였던 아름다웠던 경치들이 지옥도에서만 보이던 광경으로 변하기 시작했다. 푸르고 높던 가을 하늘은 노오랗게 물들어 갔고, 코끝을 시리게 했던 차갑고 신선한 공기는 내 폐 속에서 천근만근이 되어 내 몸을 누르기 시작했다. 입은 다물어지지 않았고 황량한 사막과 같이 말라만 갔다. 핸들을 잡고 있는 나의 팔에 힘이 빠져나가기 시작했다. 나의 고개는 이미 바닥만을 향해 고정되어 있었고 나는 점점 뒤쳐져만 갔다. 젊음이라는 무기는 모두 녹슬어 무뎌져 버린 지 오래였다. 선두에 있던 나는 어느덧 뒤에서 선두가 되어 버렸다.

　시간도 멈추었고, 나도 멈추었다. 멈추지 않는 것은 이미 나의 것이 아닌지 오래된 나의 두 다리뿐, 내 주변에는 아무도 없었다. 하아얀 나비마저 나를 두고 앞으로 나아갔다. 온 몸의 수분은 빠져 나갔고, 물통에는 주인을 닮아 파란 하늘만 남아 있었다. 포기하고 싶었다. 더 이상 앞으로 나아갈 자신이 없었다. 이젠 한계에 도달했다는 생각과 함께 포기하려는 그 순간, 무언가 번쩍였다. 벼락이 치기에는 너무 좋은 하늘이었다.

'아, 이게 생과 사의 경계에서 보는 그 무엇인가. 나는 죽기에는 너무 이른데. 아직 하고 싶은 것도 너무 많고…….'

온갖 생각이 다 들었다. 갑자기 친구 녀석의 얼굴이 떠올랐다. 미웠다. 친구가 내게 가자고했을 때, 거절했었다면 지금 어딘지도 모를 이 외딴곳에서 이렇게 고통 받지 않아도 되는 것이었는데. 아름답던 모든 것들은 이제 내게 원망의 대상일 뿐이었다. 그만두고 싶었다. 멈추고 싶었다.

그때였다.

"어이 학생! 얼른 와. 수고했어!"

번쩍였던 불빛은 카메라의 플래시였고 나는 도착지에 와 있었다. 95km의 장정을 끝마친 것이었다. 그 순간 정체를 알 수 없는 감정이 내 머리부터 시작해서 목을 타고 가슴으로 내려오더니 핸들을 잡고 있는 내 손끝과 페달을 밟고 있는 발끝으로 빠르게 질주했다. 그 것은 환희였다. 그 느낌은 말로 표현할 수 없었다. 내 온몸 가득 기쁨과 환희의 감정이 가득 차 있었다. 나는 사람들의 박수를 받으며 캠프 안으로 들어왔다.

우리 서울 팀을 비롯하여 전국에서 모인 약 80명의 참가자 중 내가 꼴찌였다. 물론, 중간에 낙오해서 차로 이동하신 분들도 계셨지만 모두 어린아이나 여자 분들이었고 완주한 사람들 중에서는 내가 제일 늦었다. 처음에 들어오신 분과 40분이나 차이가 났다고 한다. 캠프에는 막걸리와 음식이 준비되어 있었고, 아저씨들과 함께 기쁨을 나누었다. 나중에 알았지만 그중에는 우리 아버지보다 나이가 많으신 분들도 계셨다. 오고 가는 막걸리와 이런저런 대화들. 그렇게 아저씨들과 나는 나이를 초월해 하나가 되었다.
친구에 대한 미움은 이미 잊은 지 오래였다. 단풍 옷을 입은 산속
에 둘러앉아 높은 하늘과 구름 아래에서 2011년 10월 어느 날, 나
는 내 가슴에 달려 있는 이름처럼 정말 가을이 되었다.

찌들다

전혜령 (동서의학과)

2011년 3월. 경기도 의료원 수원 병원에서 주최하는 수원역 노숙인 의료봉사에 매주 도우미로 나가기 시작했다. 간단히 차트를 정리하고 질서를 유지하는 것이 도우미의 역할이기에 '어렵지 않겠지' 하는 기대감을 갖고 처음으로 그분들을 맞았다. 수원역에 있는 모든 노숙인이 모인 듯 생각보다 노숙인의 수는 참 많았다. 점점 풍겨오는 악취에 머리가 아파 오고 있었다. 거기에 더해 술 냄새까지. 이곳저곳 아픈 노숙인, 그들에게서 번져오는 듯한 바이러스. 숨이 턱턱 막혔다. 서로 시비를 거는 노숙인과 욕설을 하는 노숙인. 차트를 조금이라도 늦게 찾아주었을 때 어린 나에게 참을성 없이 삿대질과 욕을 하는 노숙인. 심지어 차트를 찢으며 내 눈에 그렁그렁 눈물이 맺히도록 한 노숙인까지. 간단하게 봉사 시간을 벌 수 있는 일이 아니었다.

한 4개월쯤 지났으려나. 이제 노숙인 한 분 한 분의 이름이 기억나기 시작한다. 좋은 감정은 아니었다. 술을 자주 드시는 김** 아저씨, 항상 새치기를 하는 박** 할아버지. 그런데 얼굴만 보고 본인의 차트를 찾아 드리면 굉장히 좋아하신다. 칭찬을 해 주시는 분들도 많았다. 괜히 친해진 듯한 느낌에 어디가 아픈지 진료하시는 의사 선생님의 목소리에 귀가 쏠리기도 한다. 언제부턴가 눈인사를 하는 것도 어색하지 않다. 방학 중에 사정이 생겨 며칠 가지 못했을 때 나를 찾는 분들이 많았다고 한다. 단순히 차트를 주고, 질서 정리만 하는 나를 기억하고 있다니! 그 이후부터 내가 먼저 그분들께 말을 걸어 보았다. 이제는 어디가 아프다며 나에게 보채시는 분들도 계신다.

1년 반째, 예전엔 나에게 화를 내어 울컥하게 만들었던 사람들이, 아픈 모습을 보여 주어 나를 울컥하게 만들도록 변해 버렸다. 정이 든 것이 분명하다. 학업에 찌들고 바빠도 그곳을 계속 찾게 되는 이유는 누구보다 이들이 순순한 사람임을 느끼고 있기 때문이다. 노숙자를 만나는 그곳에서, 오히려 순수한 이들에게 내가 정화되는 느낌을 받을 수 있다. 병이 옮을까 두려워 세 번씩이나 손을 씻었던 내가 정화되는 느낌을 받고 있다니, 참 신기한 일이다. 노숙인이라는 이름에 가려, 풍겨 오는 냄새에서 생기는 거리감에 가려, 그들의 인간적인 면모를 볼 수 없었다. 사실 보려 하지 않았고 피하기만 했다.

나는 세상 속에서 얼마나 찌들었나. 얼마나 깨끗하기에 이들을 더럽다고 할 수 있을까. 세상의 더러운 먼지들이 주름 하나하나에 서려 있는 그들, 하지만 그들 자체를 어찌 더럽다고 할 수 있을까. 노숙인은 노숙인이라는 이름에 더렵혀지고, 사람들의 시선에 의해 찌들어버린 존재이다. 집이 없다는 설움에, 집이 없어 노숙을 해야만 하는 설움에 더해진 시선들. 그 시선들이 노숙인을 지금의 노숙인으로 만들었다. 작은 일에 버럭 화낼 수밖에 없도록 가장 약한 사람으로 만들었다.

　나는 집이 있다. 아주 커다란, 품에 나를 꼭 안아 주는 집이 있다. 세상의 모든 힘듦 속에서 벗어나도록, 찌든 때를 털어내도록 토닥여 주는 집이 있다. 이런 집의 존재가 없다면 나도 노숙인이다. 세상은 나를 보호해 주지 않는다. 밤새 세상의 찌든 때가 나의 위로 쌓일 것이다. 그렇게 나는 우리가 말하는 더러운 노숙인이 될 것이다. 우리 모두 같은 사람이다. 분명히 같은 사람이다. 집이 없는 설움을 가진 노숙인들에게 더한 상처를 주지 말자. 우리가 더럽힌 세상의 때를 온전히 지니고 있는 노숙인, 그들의 때를 벗긴다면, 그 때가 쌓이지 않도록 감싸주는 집이 있다면 그들은 어쩌면 우리보다 더 순수한 사람일 것이다.

내 생애 최고의 순간

장세림 (한방재료가공학과)

사람은 '희망'을 가지고 있을 때 가장 행복하다는 구절을 읽은 적이 있다. 주인공 '세림' 역시도 그렇게 생각한다. 아무리 열악한 환경에 처해 있는 사람도 희망을 가지고 있으면 즐거운 수밖에 없다. 이 '희망'이라는 것은 막연한 것일 수도 있지만 주인공 '세림'은 준비된 자에게 있는 구체적인 '희망'을 진정한 의미의 희망이라고 생각한다. 이러한 이유로 그녀는 항상 희망을 가지며 살기 위해 미래에 대한 준비를 하면서 산다. 준비된 상황에서는 예외적으로 변수가 존재하지 않는 한 예측된 결과를 가질 수 있기 때문이다. 최선을 다해 준비를 하고 긍정적으로 결과를 예측하는 것이 희망을 가지고 있다는 말과 같은 말이라 생각하는 것이다.

이러한 생활 태도에 따라 가장 철저한 준비를 바탕으로 결전의 날을 기다린 때가 그녀가 생각하는 최고의 순간이다. 21살, 삼수를 한 그녀가 수능을 보기 하루 전이 바로 그 날이다. 먼저 그녀는 완벽한 준비에 의한 자신감을 가지고 있다. 삼수를 한 1년은 정말

하루도 빠지지 않고 하루의 계획, 일주일의 계획을 넘어서 한 달의 계획까지 철저히 지켜서 공부를 했다. 그 정도로 공부를 열심히 했었기에 각오가 남달랐다. 삼수를 처음 시작할 때 세웠던 계획까지 모두 끝냈기에 수능 날이 다가오는 것을 무서워하지 않았고, 오히려 기다리는 모습까지 보인다. 그녀의 한계를 넘어 노력했기에 하느님께서 어떤 결과로든 그녀에게 보상을 해줄 것이라고 생각한 것이다.

이러한 자신감은 그녀가 구체적인 '희망'을 가지게 하였다. 수능 하루 전날, 그녀는 수능 날에 대한 상상을 한다. 자신이 가장 어려워하던 수학 과목에서 모든 문제를 다 풀고 검토까지 끝내고 10분이 남아 여유를 짓고 있는 모습, 만족한 결과가 나올 것이라는 기대감을 갖고 수능 고사장을 나가는 그녀의 뒷모습, 채점을 끝내고 부모님과 기뻐하는 모습 등이다. 또한 수능 날 이후의 모습도 상상해 본다. 지금은 정해진 틀 안에서 공부하고 있지만 이제는 하고 싶은 공부를 선택하는 모습, 그녀가 가고 싶은 학교, 학과에서 하고 싶은 공부를 하는 자신의 모습 등이다. 그녀는 생각만 해도 기쁜지 입가에 미소가 지어져 있고, 설레는 마음을 주체하지 못하고 안정을 위해 산책을 한다.

다른 사람이 생각하면 가장 떨리는 최악의 순간이라고 생각할 수도 있지만 그녀는 그 떨림을 긍정적으로 받아들인다. 물론 기쁨과 환희에 젖어 있었던 순간은 아니지만 차분히 준비했던 시간을 돌아보고 희망을 가지고 있는 그녀의 모습은 지금까지 그녀의 인생에서 만족할 만한 모습이라고 할 수 있다. 수능 전날 잠들기 전 그녀의 목표는 '내 실력을 뽐낼 수 있는 그 순간을 즐기자'이다. 그리고 다음날도 다른 시험 전과는 다르게 상쾌한 시간을 보내고, 수능 고사장에 가서도 그녀는 다른 아이들과 다르게 침착하고 자신감 있게 기다린다. 이렇게 온통 '희망'으로 가득 차 있는 수능 전날부터의 수능 시험 직전까지가 그녀 인생에서 최고의 순간이라고 말한다.

지금도 더 나은 미래를 위해 항상 준비하며 사는 것이 그녀의 생활신조이다. 하지만 그 때만큼 완벽한 준비 속에서 활짝 필 미래를 행복하게 생각해 본 적은 아직까지 없다. 물론 수능 날 언어 영역 시간에 문제가 생겨 꿈꿔 왔던 미래가 현실화되지는 않았지만 그래도 그녀는 희망에 가득 차 있던 그 당시 자신을 잊을 수가 없다. 항상 그 의미 있던 순간을 기억하며 준비된 자세로 살아 최고의 순간으로 한 발짝 나아갈 것이라는 그녀의 이야기를 담은 영화이다.

빛나던 오후

정채림 (글로벌커뮤니케이션학부)

고등학교 2학년 때, 우리 학교에서는 한참 '보충수업, 자율학습 몰래 도망가기'가 유행처럼 번지고 있었다. 공부와는 아예 담 쌓은 아이들은 물론이고, 담임선생님이 신뢰하는 반장과 모범생마저도 그 짜릿한 유혹을 저버리기 어려웠는지 이런저런 적당한 핑계를 둘러대며 책상을 비우곤 했다. 복도 끝 교무실에선 매일 호통과 울음소리가 끊이지 않았음에도 살금살금 기회를 엿보는 아이들의 눈동자는 쉬지를 않았다. 그만큼, 활기찬 여고생들에게 새벽부터 밤까지 쉬지 않고 이어지는 수업과 자습은 숨이 막혔다. 일주일간의 달콤한 여름 방학이 끝나고 보충 수업이 시작되었을 때, 점심시간에 몰래 아이스크림을 사러 나갔던 나와 친구 4명이 교실로 돌아올 수 없었던 것도 그래서라고 합리화해 본다. 아이스크림을 입에 물고 지루한 자습이 이어질 교실로 돌아가는 여고생들의 발걸음은 웃으며 가볍게 뛰다가, 점차 느려지다가, 머뭇거리다가, 결국 책가방도 없이 돌아서고 만 것이다.

우리는 웃으며 재촉하며, 또 조마조마해 하면서 어디서 시간을 보낼까 궁리하고 있었다. 한 여름의 점심시간이니만큼 푹푹 찌는 듯한 더위가 정수리를 뜨겁게 달구었다. 한 친구가 조심스럽게 자기 아버지의 사무실에 가는 것은 어떠냐고 제안했다. 아마 그 말을 들은 우리 모두가 당장이라도 그곳에 뛰어 들어가고 싶은 심정이었을 것이다. 그 순간만큼은 우리가 등진, 적어도 시원한 교실이 그리워서 후회가 될 정도로 정말 더웠던 것이다.

친구의 아버지는 아마 유리세공업 같은 것을 하셨던 것 같다. 사무실 앞 큰 마당에는 크고 작은 유리창들이 양쪽으로 빼곡히 세워져 있었다. 어떤 사정인지 오랫동안 그 곳을 비웠던 듯 듬성듬성 잡초가 자라 몽글한 하얀 꽃까지 군데군데 피어 있었고, 공구들엔 먼지가 켜켜이 쌓여있었다. 창문도 없는 사무실 안은 꽤 컸지만 전등도 잘 들어오지 않아 어두웠고 벽을 마주 댄 옆집 카센터 소리가 크게 윙윙 울렸다. 다섯 명의 소녀들은 현관문을 열어놓고 작은 벽걸이 선풍기 한 대에 의지해 소파에 늘어져 있었다. 그 곳은 아주 낯설었지만 동시에 우리들의 아지트 같기도 했다. 혹시나 선생님께 전화가 올까 핸드폰을 손에 꼭 쥐고, 조마조마한 마음과 작은 죄책감에서 드는 후회, 그래도 뭔가 일탈했다는 짜릿함이 뒤섞여 들었다. 시시콜콜한 주제로 이야기꽃을 피울 때, 이렇게 복잡한 생각이 뒤엉켜 있었던 것은 비단 나뿐만이 아니었을 것이다.

한바탕 짓궂게 웃고 떠들고 난 뒤, 더위에 지치기도 했고 또 우리의 일탈이 발각될까 신경을 쏟은 탓에 모두 깜빡깜빡 잠이 들려고 할 때쯤이었다. 나는 소파에 기대어 반쯤 누워 있다가, 문득 시선을 현관문 쪽으로 향했다. 이 방 안은 이렇게 어두운데, 열린 현관문 밖으로 눈부시게 밝은 햇살이 마당 가득 빼곡히 들어차고 있었다. 안 그래도 따갑고 날카롭게 빛나는 한 여름의 한 낮의 햇살이, 마당에 늘어선 수많은 유리들에 의해 사방팔방으로 반사되어서 전에 없이 화려하게 빛났다. 너무 '가득한' 햇살이어서, 그저 바라만 봤을 뿐인데 숨이 막힐 지경이었다. 어항에 물이 가득 차듯이, 마당에 햇볕이 가득 차 있었다. 그것은 그 전에도, 그 후에도 겪어보지 못한 아주 황홀한 느낌이었다. 순간 다른 세상에 있는 듯한 붕붕 뜬 기분이 들었다. 문득 '나는 이렇게 아름다운 곳에서 사랑하는 친구들과 아무 걱정 없이 웃고 떠들고 있지 않은가'라는 생각이 나자 마음이 뭉클해졌다. 갖가지 상념도 떠올랐다. 2학기가 지나면 나도 고등학교 삼학년이 되겠지, 입시와 성적에 끌려 다니고 그러다가 대학생이 되겠지, 또 학생의 울타리를 벗어나면 내 행동에 모두 책임을 져야겠지 등, 일련의 생각이 이어졌다. 미래에 대한 불안함이 예고 없이 들이닥치자 나는 내가 지금 얼마나 평화롭고 걱정 없는 나이를 살고 있는가 실감이 났다. 시간을 멈출 수 있다면, 딱 그 때쯤에서 멈추고 싶었다.

나는 지금도 그 때의 아름다운 햇살과 행복함을 깨달았던 순간을 잊을 수가 없다. 돌이켜 생각해 보면 그 때보다 훨씬 즐겁고 행복할 뿐만 아니라 뿌듯하고 자랑스러웠던 순간들도 많았다. 그런데 그 순간에는 내가 행복하다는 사실을 별로 자각하지 못했다. 지나고 나서야 '그 때 행복했지, 즐거웠지, 아름다웠지'하고 회상하곤 했다. 내 생에서 '바로 지금 여기'라는 그 순간의 아름다움과 행복감을 느꼈던 것은 그 빛나던 오후의 한 때가 아니었나 싶다. 내가 있는 '지금'이 너무 아름답다고 느꼈던 오후의 특별한 느낌과, 어떤 영상매체로도 담아내지 못할 기억 속의 햇살은, 평생 잊지 못할 것 같다. 다른 무엇보다도, 내가 지금까지 살아오면서 '이대로 시간이 멈췄으면 좋겠다'고 생각한 순간은 그 때가 유일하다. 말 그대로 빛나는, 내 생애 최고의 순간이었다.

화성마을 사람들

여인혁 (환경조경디자인과)

본래 나는 착함을 싫어했다. 착한 사람, 착한 마음씨, 착한 행동 등등 착함은 나에게 덜 떨어지거나 바보스럽다는 느낌을 준다. 더욱 솔직하게 말하자면 봉사, 기부, 자선, 선행 등의 착한 냄새가 나는 단어들에도 심한 거부감을 느꼈었다. 내가 그렇게 되기까지는 살아온 과정이 모두 연관되어 있겠지만, 돌이켜 생각해보면 타인이 따뜻함을 꺼려하는 나의 태도가 큰 이유인 것 같다. 어디를 가도 착한 사람들은 많다. 학교든 학원이든 교회든 성당이든, 웃어주고 좋은 말 해주고 그늘 없이 행복해 보이는 사람들이 많다. 난 그 그늘 없는 밝음에 이질감을 느꼈다. 그들의 따뜻한 손길도 돌아서면 쉬이 사라졌고 사라진 손길에 난 더욱 실망을 했던 것 같다. 그래서 종교도 친구도 하나하나 정리되었고, 어느 순간부터 꼭 해야 할 일 외에는 사람들과 함께 하지 않게 되었다.

2011년 3월 나는 경희대 조경학과에 편입하였다. 수능실패와

재수실패 그리고 군복무와 제대 후 휴학으로 많은 시간을 보낸 후 오랜만에 나는 다시 학생이 되었다. 한 학기를 어려움과 낯섦으로 헐떡거리다보니 한 학기가 끝났다. 새로운 전공에 대해 더 알고자 전국의 열정 있는 조경학도들이 참가한다는 조경디자인캠프에 참가했다. 다소 소란스러웠지만 그 곳에서 개성 있는 다양한 학생들을 만났다. 학생들은 둘셋 정도의 인원이 팀을 이루어 팀별 작업을 진행하였다. 나는 우리 팀의 조장을 맡았고 수원화성 내 공간에 무언가를 해보자는 의견으로 조율이 되었다.

화성은 세계문화유산에 등재된 명소답게 아름다운 자태를 지니고 있었다. 한발 한발 걷다보니 우리는 성곽에서 나와 근처 주거지역에 다다르게 되었다. 그곳에서 허물어진 건축물들과 폐허처럼 변해버린 공터들을 발견하였다. 주민들은 익숙한 듯 개의치 않고 생활하고 있었지만 표정들은 그리 밝아 보이지 않았다. 그 곳의 환경과 주민들의 표정을 보자 환경을 개선해야겠다는 생각이 모락모락 피어올랐다.

부지에 대한 분석을 해보니 그 곳은 문화재보호 관련으로 건축물에 대한 개발제한에 걸려 있었다. 새로운 건물의 증축은 물론 기존 건물의 수리조차 힘들었다. 시간이 흐를수록 폐수지와 폐건축물은 쌓일 수밖에 없는 상황이었다. 도시내부는 슬럼화되고 있었다. 수원시가 중장대한 비전을 가지고 화성을 꾸려나가는 것은 알고 있지만 그 과정에서 주민들이 피해 입는 것은 옳지 않다고 생각했다.

의욕만 앞선 나는 무작정 페인트 몇 통과 로울러를 사들고 화성으로 향했다. 사실 시청과 구청, 주민센터 그리고 마을의 여러 사람과 사전에 이야기를 해보았지만 폐부지들에 대한 관심과 계획은 전무했고 소유주나 법에 관한 부분도 명쾌한 구석이 없었다. 답답하고 두려운 마음을 안고 널찍한 화성 내 폐부지에 도착했다.

처음에는 '뭐하냐'는 식의 차가운 시선이 목덜미에 엉겨 붙었다. 한 시간 두 시간 작업은 계속 되었고, 거친 파편이 가득했던 부지가 말끔하게 정리되어가자 주민들은 신기해했고 함께 거들기 시작했다. 페인트칠로 집을 장만했고 자식을 모두 키워냈다는 어르신의 페인트칠 시범도 있었고, 아주 옛날 마을이 생길 때부터 살아오셨다는 할아버지의 옛 마을에 대한 설명도 있었다. 게다가 감자와 식사를 대접해주시는 아주머니들, 함께 그림을 그리고 줄넘기도 같이한 귀여운 아이들, 집에 초대해 진수성찬을 차려주시고는 먹을 것이 얼마 없다며 미안해하시던 옥황도사님 등의 응원과 도움의 손길이 작업하는 내내 끊이지 않았다.

작업은 삼 일간 계속 되었다. 이제는 마을 어디를 가도 주민들이 나를 알아봐주었다. 따뜻했다. 함께 벽화를 그리던 아이들은 하나같이 꿈이 있었고, 피아노를 좋아했고, 달리기를 좋아했다. 순수하고 맑았다. 아이들의 부모님들도 흡족해하며 아이를 안은 채 웃으면서 작업을 했다. 그렇게 작업은 마무리 되었다. 완성된 아늑한 정원에서 주민들이 옹기종기 수다를 떨고 있는 모습을 보니 묘한 성취감이 샘솟았다. 어느 덧 익숙해져버린 마을 아이들과 주민분들을 떠날 시간이 되었다. 떠나는 내게 언제 오냔다. 이런 것이 정이고 마을인가. 아쉬움을 뒤로한 채 손을 흔들며 마을을 빠

져나왔다. '자주 올 게요'

　버스에 앉아 한참을 무엇에 홀린 듯 넋을 놓았다. 아이들 생각
도 나고 사람들의 격려와 응원과 웃음도 생각난다. 카메라에 저장
된 사진들을 뒤적거려 본다. 내가 많이 웃고 있다.

천만 전망대, 그 중턱에서

임찬미 (예술디자인대학)

2010년, 대학 입시에 성공한 나는 많이 울었다. 우여곡절이 많았던 세월들이 '합격자 창'을 봄과 동시에 머릿속으로 빠르게 스쳐지나갔다. 그 동안 마음고생 많이 시켜드렸던 부모님께 제일 죄송스러웠지만, 지난 몇 년 간의 세월 동안 너무 가혹하게 채찍질하며 자학했던 바로 나 자신에게 제일 미안했다. 합격자 발표 바로 다음 날, 나는 다이어리 한 권에 올 해 꼭 이루고 싶은 몇 가지 일을 적었다. 그 중 하나가 나 자신을 위한 '여행'이었다. 솔직히 여행이라는 단어는 오래 전부터 스스로 갈망해 오던, 나에게는 판타지 같은 것이었다. 매일 계속되는 아르바이트와 여유롭지 않은 집안 형편이라는 현실적인 문제와 낯선 것을 시도하기 두려워하는 소극적인 성격은 낯선 곳으로의 여행을 실현하기에 역부족으로 보였다. 단지 다이어리에 적은 꿈으로 남을 수도 있겠다, 적으면서 어렴풋이 그렇게 치부했던 것 같기도 하다.

1학년 1학기가 빠르게 지나갔다. 힘들었지만, 대학에서 배우는 전공 수업은 재미있었다. 몸은 힘들었지만 정신적으로는 행복한 시간이었다고 지금의 나는 회상한다. 그리고 무더운 여름 방식이 시작되었다. 갑작스럽게 걸려온 친구의 전화가 내 생에 최고의 순간의 발단이 되었다. 2년째 휴학 중이었던 내 친구는 계속되는 아르바이트와 반복되는 일상에 힘이 든다며 나에게 '내일로'라는 여행을 제안했다. 내일로는 간단히 설명해 7일간의 기차 자유이용권 형식의 여행 티켓이다. 나는 앞 뒤 재지 않고 그러자고 대답했다. 먼저 제안한 것은 그 친구였는데, 내가 더 적극적으로 나서서 여행 일정을 짜기 시작 했다. 나는 1시부터 10시까지 학원에서 고3아이들의 그림을 봐주는 강사 아르바이트를 하고 있었다. 빡빡한 아르바이트 일정 때문에 여행을 다음으로 미룰까 생각을 했지만, 이번이 아니면 왠지 계속 못할 것 같다는 생각에 무작정 진행시켰다. 그리고 여행 전날까지 아르바이트를 하던 나는, 출발 당일 기차 시간에 지각을 해버렸다. 썩 좋지 않은 첫 출발이었다. 몸도 피곤했고, 마음도 지쳐있었다.

그렇게 몸도 마음도 불편했던 나를 위로해준 것은 기차 안에서 바라본 바깥 풍경들이었다. 아름다웠다. 내가 살고 있는 한국이라는 나라가 이렇게나 아름다운 곳이었나 생각했다. 파랗고 끝없이 펼쳐진 하늘을 보고 있으면 아무 생각 없이 있어도 머리와 마음이 아름다운 풍경으로 꽉꽉 채워졌다. 전주, 경주, 보성, 안동, 부산, 화순. 쉴 새 없이 많은 도시를 여행하였다. 그 중에서도 가장 기억에 남는 곳은 '순천만'이다. 그 날은 전주를 들러 갔기 때문에 순천에 도착한 것은 해가 뉘엿뉘엿 질 때쯤이었던 것으로 기억한다. 순천만을 둘러싸고 있던 노을의 오묘함과 신비함은 내 지친 마음을 조심스레 어루만져 주었다. 푸름과 붉음이 어우러진 석양 노을의 하늘을 아직도 잊지 못하겠다. 그 아름다움을 영원히 간직하고 싶어 사진기의 셔터를 눌렀지만, 프레임 안에는 내가 보았던 그 날의 그 아름다움이 완전히 녹아들지 못했다. 바람 한 점 없던 그 더웠던 2010년 8월 20일 오후에는, 선선한 바람까지 불었다. 순천만 갈대들 사이로 시원한 자연의 소리를 내며 지나다니던 바람들, 갯벌 사이로 제 집과 이웃 집 넘나들던 조그만 게의 귀여운 모습들에서 생명의 신비를 느꼈고, 하늘을 여유롭게 날던 이름 모를 새들의 날개 짓에 경이로움을 느꼈다. 그러한 풍경들을 바라보며 난 내가 자연의 일부가 된 것 같은 착각을 느꼈다. 뉘엿뉘엿 지던 노을 사이에 난 고전설화 속의 신선이 된 듯한 기분이었다.

하지만, 그 아름다운 풍경들도 미처 전망대까지 가는 내 발걸음을 가볍게 해주지는 못했다. 순천만 생태공원 입구에서부터 전망대까지의 거리는 실로 엄청났다. 오전에 전주 한옥마을에서 힘을 뺐던 탓일까. 전망대까지 가는 중턱에서 나는 포기하고 다시 내려갈까 고민했다. 숨이 턱 끝까지 치솟았고 심장 박동 수는 점점 커져 옆의 친구에게까지 들리지 않을까 걱정될 정도였다. 해는 지고, 빛이 하나도 없는 산 중턱에서 지친 나는 자리를 잡고 앉았다. 포기하고 싶었다. 저 끝이 곧 정상이라는 것을 알지만 너무 힘들었다. 전망대에 올라갔다 내려오는 사람들의 즐거운 목소리와 나와 같이 지쳐 다시 돌아가는 사람들의 퉁명스런 볼멘소리가 양쪽에서 들려왔다. 나는 다시 일어섰다. 힘들지만, 전망대까지 가보기로 결심했다. 비약일지 모르지만, 지금 이 중턱에서의 헐떡임이 내가 겪었던 몇 번의 지난 입시 고배의 순간인 것 같이 느껴졌기 때문이다. 지금 이 시간을 견디면 분명 가치 있는 무언가가 나를 기다리고 있을 것이라는 신념 하나로 걷기 시작했다. 그래도 여전히 힘이 들었고 숨은 차올랐다.

그리고 정상에 올랐고 정상의 풍경을 마주 하였다. 시간은 9시를 넘어 있었고, 해는 이미 지고 없었다. 새까맣고 한치 앞도 보이지 않았다. 고요한 순천만 전망대의 하늘에는 휘영청 떠 있는 둥근 달만이 나를 넌지시 보고 있었다. 착각이었을까. 그 달이 날 보고 방긋 웃었던 것 같기도 하다. 밤하늘에 떠있는 수십 개의 별들은 서울에서 보았던 수많은 별들과는 다른 방식으로 나에게 다가왔다. 저 넓은 하늘이라는 캔버스 위에 작은 점으로 반짝 반짝 저마다의 방식으로 영롱하게 빛나는 별들을 바라보며 마치 날 보는 것 같기도 했고, 내 친구들의 모습을 마주한 것 같아 기분이 들떴다. 저 멀리 빛나는 도심의 모습들은 한 폭의 명작 같았다. 고흐가 그린 '별이 빛나는 밤에'라는 작품이 떠올랐다. 그 풍경들을 사진으로 먼저 담지 않고 마음으로 눈으로 천천히 조심스레 담았다. 넘치지 않게 그 아름다운 풍경을 가슴속에 꾹꾹 담던 그 때의 나, 순천만 전망대 위에 서서 나는 많은 생각을 했다.

신기하게도 그 위에 올라서니 과거에 대한 상념보다는 미래에 대한 계획이 많이 떠올랐다. 생산적인 생각에 힘을 실어 준 것은 바로 나를 이 전망대까지 올라가게 해준 순천만의 소박하고 아름다운 풍경들이 아니었나 싶다. 자연에게 위로 받고 치유 받는다는 문장의 뜻을 예전에는 미처 알지 못했다. 지금은 알 것 같다. 휴식 같은 자연은 나를 어머니의 품처럼 따스하게 반겨주었고 위로해주었다. 벅차오르는 따스함에 용기를 얻었던 것 같다. 그리고 나는 그 해, 순천만에서의 힘으로 내가 다이어리에 적었던 많은 목표들을 이루었다. 힘든 순간마다마다 순천만 전망대로 가는 중턱에서의 순간을 회상하며, 나는 또 다시 힘을 얻고 꿈을 향해 걷는다.

내 인생의 달리기

고상문 (영미어학부)

내 생애 최고의 순간은 가쁜 호흡과 진한 땀 냄새와 함께 찾아왔다. 숨이 끊어질 듯한 고통과 고통 속에 느껴지던 희열을 아직도 잊을 수가 없다. 이제 갓 입학한 12학번 후배들이 이것저것 나에게 묻는다. "오빠, 마라톤 했었어요? 우와 완전 멋있다.""형, 그건 어떻게 해야 참가할 수 있는 건가요? 안 힘들어요?""저도 하고 싶어요!" 나도 모르게 웃음이 나왔다. 내 동생보다도 어린 신입생들이 호기심 어린 눈빛으로 칙칙한 복학생의 냄새가 나는 나에 대해 궁금해 한다. 순간 너무 기분이 좋았다. '러닝과 마라톤이 이렇게 주목을 받을 만큼 대단한 일인가?' 하는 생각이 들면서 작년 가을 처음 달리기를 시작하던 때를 떠올려 본다. 우연히 접한 '나이키 러닝 프로그램'과 'We run Seoul 10K' 마라톤은 나에게는 정말 소중하고 특별한 경험이었다.

달리기를 시작하기 전까지 나는 항상 무슨 일을 할 때 걱정부터

했었다. '이렇게 하면 괜찮을까? 맞게 하고 있는 것일까? 좀 더 잘해야 되는데……' 라며. 이것은 완벽한 것을 추구하는 내 성향과도 관련이 있는 것 같다. 어느 날 '경희랑 달리기'라는 경희대학교 달리기 동아리가 꾸준하게 '나이키TR'이라는 프로그램에 참가한다는 것을 들었다. 그래서 동아리 회장에게 연락을 해서 같이 뛰고 싶다고 말한 뒤, 토요일 오전 호기심으로 가득 찬 나는 여의도공원으로 갔다. 처음에는 단순히 '동네 공원이나 한강에서 여러 사람들과 같이 뜀박질 하는 거겠구나.' 라는 생각을 했다. 그러나 이 프로그램의 규모는 예상을 뛰어넘었다. 정말로 단순한 뜀박질 이상의 러닝이었다. 먼저 놀란 것은 그 규모였다. 큰 스포츠 회사에서 주최한 것이라 서울의 거의 모든 대학교 학생들이 참여하였고, 일반인들도 많이 참가했다. 또한 다양한 코스 프로그램이 개발되어 있었고 이벤트와 경품도 있었다. 마케팅의 일부이겠지만 나이키 최신 러닝화를 즉석에서 무료로 빌려주고 그것을 신고 러닝을 즐길 수 있다는 것 또한 이 행사의 큰 장점이었다. 나는 이 러닝 프로그램에 매료되어 매주 수요일과 토요일에 있는 러닝 프로그램에 꾸준히 참가했고, 그렇게 내 인생의 달리기는 시작되었다.

나이키 러닝 프로그램에는 3, 5, 9km 코스를 선택할 수 있었다. 첫날에는 3km 코스를 선택했다. 왜냐하면 5km를 뛰는 것은 불가능할 것 같다는 걱정이 앞섰기 때문에 제일 짧은 코스를 선택한 것이다(나중에 알고 보니 3km 코스는 여성을 위한 코스였다고 한다). 그렇게 3km 코스를 서너 번 정도 뛰었을 때 하루는 회장 형님이 "야, 고상무이. 남자 놈이 맨날 무슨 기집애들이랑 3km

나 뛰고 있노. 마, 니는 5km도 충분히 뛸 수 있을 것 같은데, 행님이랑 한번 같이 뛰어보자. 힘들 때는 내가 페이스 조절하면서 맞춰줄게."라고 말하셨다. 그냥 형님의 평범한 권유에 나는 뭔가 적지 않은 충격을 받았다. '나는 왜 여태껏 무엇이든 못할 것이라고 앞선 걱정만 하며 나의 한계를 스스로 만들어서 그 안에 나를 가두기만 했던 것일까.' 그 뒤로 나는 형님과 함께 5km 코스를 뛰었다. 처음 뛰었을 때 힘이 들고 뛰고 나면 숨이 턱까지 차올라서 바닥에 주저앉아 헐떡거리기 일쑤였다. 그래도 나는 꾸준히 5km 코스를 달렸고, 중간에 한 번도 쉬지 않고 열심히 뛰었다. 2주 정도가 지나자 5km 코스가 익숙해지면서 숨도 덜 차고, 조금씩 재미가 느껴졌다. 러닝이 점점 쉽다고 느낀 순간 어디서 배짱이 생겼는지 한 번 죽어보자는 생각에 9km 코스에 도전했다. 처음 9km를 다 뛰고 들어 왔을 때는 하늘이 노랬다. 정신을 차릴 수가 없었다. 1시간동안이나 힘이 없고 멍하니 있을 수밖에 없었다. 오기로 한 번 더 9km로 뛰어 보았다. 그런데 5km를 뛸 때와는 다른 점이 있었다. 5km코스를 적응한 시간보다 더 빨리 9km에 적응한 것이다. 점점 9km도 익숙해지고, 그런 어느 순간 엔도르핀이 돌면서 기쁨을 느끼는 '러너 하이' 상태도 경험하였다. 그리고 학교별 대항 레이스에 참가해서 우리 학교가 2등을 하는 데 기여도 했다. 우리 학교는 종합 랭킹 2위를 해서 200만원의 상금도 타고, 나는 나이키 가방도 선물 받았다. 그러다 드디어 또 다른 한계를 뛰어 넘어 볼 계기가 생겼다. 마라톤에 참가해 보는 것이었다.

2011년 10월 23일 나는 내 생애 첫 마라톤인 나이키 We Run

Seoul에 참가했다. 날씨도 선선하고, 몸 상태도 좋았다. 달리기하기에는 최고의 상태였다. 광화문 광장에 무려 삼만 여명의 사람이 붉은색 티셔츠를 입고 모였다. 경기 시간이 다가올수록 내 심장은 더 빠르게 쿵쾅쿵쾅 뛰었다. 이번 첫 마라톤의 목표는 걷지 않고, 끝까지 뛰어서 완주하는 것이다. 드디어 카운트다운이 시작되고 3, 2, 1, Start사인과 함께 수많은 사람들이 환호를 하며 일제히 뛰어갔다. 광화문에서 여의도까지. 그야 말로 대낮에 대한민국의 수도 서울의 도심을 질주하는 것이다. 나는 신이 났다. 최근 이렇게 기분 좋게 흥분한 적은 없었던 것 같았다. 이어폰에서 나오는 신나는 음악과 함께 달렸다. 마냥 신났던 초반부와는 달리 마라톤 후반부에 다다르니 점점 체력이 떨어지고 힘이 들었다. 주위 사람들도 말없이 숨 가쁜 호흡만 해대며 앞만 보고 달렸다. 그때 나도 '아 그냥 걸으면서 천천히 갈까? 포기할까?'는 생각을 했다. 그러다 문득, 러닝 프로그램에서 내 한계 속에 스스로를 가뒀던 기억과, 그것을 극복했던 많은 시간들과, 형님이 조언해 주신 말들이 생각났다. 거기에 힘을 얻어서 53분이라는 시간 동안 걷지 않고, 꾸준하게 뛰어서 피니시 라인을 통과했다. 그렇게 나는 내 첫 마라톤을 완주했고, 하나의 한계를 뛰어넘었으며, 목표를 달성했다. 결승선에 들어온 순간 가슴이 터질 듯한 아픔과 함께 세상을 다 얻은 듯한 희열감과 자신감이 차올랐다. 숨을 고르고 정신을 차린 뒤 내 안의 한계를 이겨내고 완주하면서 느낀 성취감과 기쁨이야말로 내가 맞이한 내 생애 최고의 순간이 아닐까 생각해 보았다. 한계를 뛰어넘을 수 있다는 것과 그것을 뛰어넘었을 때 새로운 목표가 생긴다는 깨달음이 생을 살아가는 데 큰 힘이 되고 기쁨이 되리라는 것을 느낄 수 있었다.

러닝 프로그램과 마라톤은 나에게 '걱정하지 말고 일단 시작하라. 그리고 하면 된다'라는 가르침을 주었다. 그리고 그것을 스스로를 통해 증명해 보임으로써 매사에 힘차게 달려갈 수 있는 힘과 용기를 얻었다. 앞으로 무슨 일을 하든지 걱정보다는 그 일에 즐겁게 도전하고 시작할 수 있는 자신감이 생겼다. 나 스스로가 자랑스럽다. 나는 이제 한계라고 느낄 때 더 이상 피하지 않기로 마음먹었다. 내 마음속의 한계를 만들면서 도망가거나 핑계를 대지는 않을 것이다. 한계에 부딪혔다고 생각될 때, 그 때가 바로 시작할 때라는 것을 명심할 것이다. 새로운 시작을 통해 목표를 세우고, 보다 나은 내일을 위해 앞으로 달려갈 것이다.

명빈아, 선생님도 널 사랑한단다

윤상윤 (전자전파공학과)

"선생님, 사랑해요."

"선생님, 제가 선생님 얼마나 좋아하는지 알죠?"

초등학교 3학년인 명빈이가 나에게 했던 말이 아직도 귀에 생생하다. 이번 여름방학 때, 나는 강원도 화천군 토고미 마을에 봉사활동을 하러 갔다. 사실은 7월 한 달간의 여름방학을 너무 헛되게 보낸 것 같아 좀 더 알찬 방학을 보내기 위해 봉사활동을 덜컥 신청한 것이다. 신청하면서도 사실 불안했다. 집이 광주인지라 교통편도 넉넉지 못해 광주에서 동서울을 거쳐 화천까지 6시간 이상 버스를 타야했기 때문이었다. 스무 살이 되는 동안 한 번도 가보지 않았던 강원도를, 단지 2박 3일간의 봉사활동을 위해서 가야되나하는 생각도 들었다. 하지만 강원도의 맑은 공기도 마시고, 봉사활동의 기쁨도 느끼는 좋은 추억거리를 만들 수 있을 것 같은 마음이 있어 그런 결정을 내렸다. 토고미 마을에 도착하여 나에게 처음 주어진 임무는 아이들을 맞을 준비를 하는 것이었다. 경제적 형편이 어려운 초등학생들을 대상으로 1박 2일의 캠프를 개최하는데, 자원봉사자들은 그보다 하루 일찍 도착하여 10명의 아이들을 맡는 담당교사로서 준비를 하는 것이다. 주어진 아이들의 명단을 보고 사이즈에 맞는 단체티를 접어서 넣어주고, 물통과 책 등을 가방에 하나둘씩 넣었다. 다가올 1박 2일의 프로그램을 어떻게 진행할 것인가에 대한 회의도 했다.

마침내 날이 밝고, 아이들이 하나둘씩 캠프장에 오기 시작했다. 그동안 교육봉사는 한 번도 해본 적 없는 나였기에, 아이들을 어떻게 다뤄야할지 걱정부터 앞섰다. '아이들이 내 말을 잘 듣지 않으면 어떡하지? 아이들의 이름을 다 외워놓아야 할까?' 등등 나 혼자 상상의 나래를 마구 펼치며 긴장하기 시작했다. 하늘도 내가 가여웠던지 착하고 말 잘 듣는 예쁜 친구들만 보내주셨다. 특히 명빈이라는 아이는 나에게 자꾸 "선생님, 저 선생님이 좋아요."라며 언제나 졸졸 따라다니면서 함께 있으려고 했다. 처음 만난 아이들이었지만 내가 맡은 아이들 10명 중 대부분이 나를 잘 따르고 열심히 활동해주었다. 물론 한두 명은 눈길을 주지 않으면 자꾸 딴짓을 했지만, 애정이 부족한 어린 친구들에게 내가 잘 대해주지 못해서 그런 것이라고 판단하고 아이들 한명 한명에게 더 많은 관심을 가지려고 노력했다. 하루 동안 정말 바쁜 일정이었다. 처음 만난 아이들끼리 아이스브레이킹 도와주기, 태양열자동차 조립 도와주기, 만든 자동차로 시합하는 데 심판을 맡기, 강의듣기 싫다고 징징거리는 아이 달래주기, 별 관측 시 아이들 통솔하기, 간식 나눠주기 등등 하루 종일 내가 맡은 아이들을 챙기다보니 몸이 너무 피곤했다. 하지만 아이들 한명 한명에게 정이 들었고, 징징거리며 떼를 써도 항상 감싸주시는 부모님은 얼마나 힘드셨을까 하는 생각을 하니 피곤이 확 가셨다. 이렇게 아이들과 함께 했던 시간이 어느덧 1박 2일이 흐르고 작별의 시간이 왔다. 이틀 동안 부모가 된 마음으로 아이들과 지내다보니, 너무나 아쉬웠다. 캠프를 마무리하는 시간에 명빈이가 울기 시작했다. 명빈이도 나에게 정이 들었는지 가지 말라며, 나의 품에 안겨 계속 울었다. 아이들을 버스에 태우고 나는 집에 가기위해 동서울터미널로 가야했지만, 나도 우리 5조 아이들을 배웅해주고 싶은 마음에 춘천행 버스를 탔다. 버스에서 명빈이가 나에게 편지를 써주었다. '선생님, 제가 선생님 얼마나 좋아하는지 아시죠? 다음에 저희 집에 놀러오세요. 선생님, 사랑해요!'라고 쓴 편지였다. 짤막한 편지였지만, 나는 눈물을 흘리지 않을 수 없었다. 처음으로 교육봉사를 해서 처음 만난 아이였지만, 나를 무척이나 잘 따라주어서 내가 교육봉사에 자신감을 가질 수 있게 해준 정말 고마운 친구였다. 그래서 나는 명빈이와 앞으로도 힘들 때마다 든든한 멘토가 되어주기로 약속했고, 지금까지도 연락을 하면서 명빈이의 고민을 들어주고 있다. 문득 나의 유년시절이 떠올랐다. 나도 어렸을 때 어린이들을 위한 캠프에 참가해본 적이 있는데, 그 시절 나는 정말 개구쟁이였던 걸로 기억한다. 선생님의 말도 안 듣고, 내가 좋아하는 장난감만 가지고 놀았던 '천방지축 윤상윤'이었는데 선생님께서는 나를 잘 이끌어주려고 노력을 많이 하셨다. 선생님께 사랑받았던 만큼 나도 이제 봉사활동을 통해 누군가에게 사랑을 돌려주고 싶다는 생각을 했다.

누구나 생애 최고의 순간은 있기 마련이다. 다만 어떤 일들이 자신에게 있어서 최고의 순간이 되느냐가 다를 뿐. 자랑할 만한 상을 받거나 대단한 부나 명예를 얻는 등 물리적 행복이 자신에게 최고의 순간일 수 있다. 하지만 나에게는 '푸른별 환경학교 봉사활동'의 경험이 최고의 순간이었다. 내 손에 자랑할 만한 결과물이 남은 것은 아니다. 하지만 나는 정말 값진 것을 얻었다. 항상 나를 돌봐주시는 부모님에 대한 감사함, 명빈이가 기댈 수 있었던 버팀목이 되었다는 뿌듯함, 아이들을 통솔하면서 배우게 된 리더쉽, 나도 누군가에게 교육봉사로 든든한 멘토가 될 수 있다는 자신감을 배웠다. 봉사활동은 이런 맛에 하나보다. 나눔의 미학이 이런 것인가 보다. 나는 앞으로 방학 때마다 교육봉사 캠프에 참여하여 제 2의, 제 3의 명빈이의 멘토가 되고 싶다.

혼자만의 시간

이해지 (자율전공학부)

요즘 현대인들은 혼자 있는 시간이 별로 없다. 혼자 있어도 혼자가 아니다, 쉴 새 없이 울리는 핸드폰과 언제나 다른 사람들과 접촉할 수 있는 컴퓨터는 혼자 있어도 혼자 있는 것이 아니게 해 준다. 뿐만 아니라, 우리는 혼자서 자신만의 공간에서 무엇인가를 진지하게 생각하지 않는다. 심지어 자신의 고민조차도 혼자 헤쳐 가기 보다는 다른 사람과 고민을 나누면서 해결해 나간다. 작년 겨울, 나는 수능이 끝나고 혼자만의 시간을 가져 보기로 했다. 누군가와 함께 하면서 추억을 공유해 나가는 것이 아닌, 정말 혼자만의 시간을……

작년 겨울, 나에게는 남모를 많은 고민들이 있었다. 이것들을 다른 사람과 나누고 싶지는 않았다. 이때 이상으로만 생각하고 실제로는 막상 실행으로 옮기기 힘든 '나 혼자만의 여행'을 결심했다. 부모님께만 간다는 사실을 알린 후, 주위 어느 누구에게도 알리지 않고, 문명의 이기들과 모두 단절한 상태로 말이다. 혼자만의 여행을 방해 할 수 있는 핸드폰은 책상에 올려두고 훗날 추억으로 남길수 있는 카메라 하나와 간단한 옷을 챙기고 여행을 시작했다. 장소는 경주와 부산이었다. 평소에 꼭 다시 한 번 가보고 싶었던 경주와, 한 번도 가보지 않아 로망으로 남아있던 부산을 가보기로 하였다. 혼자서는 처음 가보는 곳이어서 걱정이 되기도 하였지만 무엇보다도 혼자서 내 발길이 끄는 대로, 내 마음이 이끄는 대로 돌아다닐 수 있다는 것만으로도 무척 설레었다.

처음 향한 곳은 경주였다. 초, 중학교때 단체로 오는 수학여행에서 석굴암, 불국사, 안압지 등을 구경하였지만, 혼자서 투어 버스를 타고 다닐 때는 예전과 느낌이 전혀 달랐다. 단체로 우르르 이동하는 것이 아니라, 내가 마음에 닿는 곳이면 한 시간이고 하루고 있을 수 있었다. 그곳에서 혼자 여행 온 간호사 언니를 만나서 여러 이야기를 나누기도 하였다. 같이 밥도 먹고 여행을 다니며 새로운 사람을 만나 색다른 시간도 가졌다. 또한 겨울 저녁의 안압지에서 혼자 세 시간을 있기도 하였다. 물에 비친 모습이 사진을 찍어 놓으면 어느 쪽이 진짜이고 어느 쪽이 그림자인지 구분할 수 없었던 안압지가, 연달아 이어지던 수능에 의해 메말랐던 나의 감수성을 다시 촉촉하게 적셔 주었다.

경주에서 이틀이라는 시간이 눈 깜짝 할 사이 흘러버리고 부산으로 가는 버스에 올랐다. 부산에 도착하자마자 해운대를 먼저 갔는데, 깜깜한 해운대 바다를 앞에 두고 앉아서 파도 소리를 들으며 눈을 감고 있었던 기억이 난다. 혼자서 자는 찜질방도 무섭지 않았다. 오로지 다음날 어떤 곳을 가야하는지에 대한 기대감만이 나를 들뜨게 했을 뿐이었다. 이른 아침 해돋이를 보며 더욱 열심히 살아야겠다는 결심을 하고, 날아다니는 갈매기를 보며 나도 저렇게 자유롭게 어디든 가고 싶다는 생각을 했다. 자갈치 시장의 아주머니들을 보며 어디서든 자신이 하고 있는 일을 열심히 하고 있을 때 가장 아름다워 보인다는 것을 알 수 있었다. 어느 한 곳의 지역만이 아니라 모든 부산은 역시나 아름다운 곳이었다. 어디를 가도 볼 것과 먹을 것이 너무나 많았다. 아름다운 경치는 걸어가고 있던 나의 걸음을 멈추어 세웠고, 어디선가 흘러나오는 냄새는 배부른 나를 다시 배고프게 하였다. 부산은 빛나는 도시였다.

지나가는 사람들에게 물어물어 길을 찾아가 보기도 하고, 새로운 사람들과 밥도 먹어보고, 서로 다른 경험을 한 사람들과 함께 나눈 이야기는 여행을 오지 않았다면 얻지 못했을 소중한 추억들이다. 혼자 다니는 여행은 분명히 여럿이 다니는 것보다 외로웠다. 하지만 같이 여행간 사람과 수다를 나눌 시간에 나만의 생각을 할 수 있었고, 깊은 사색에도 빠져볼 수 있었다. 사람들 사이에 섞여 있던 '나'가 아니라 진정한 나만의 '나'를 만날 수 있는 기회이었다. 작년 겨울, 2박 3일간의 혼자만의 시간, '나 혼자만의 여행'은 내 생애 최고의 순간이었다.

내 인생의 터닝포인트

이찬란 (환경학 및 환경공학과)

"찬란아, 모종삽 챙겼니?" 밝은 햇살이 내리쬐는 오후, 엄마가 큰 목소리로 나에게 물어왔다. "응, 챙겼어~" 나 또한 큰 목소리로 대답한 후, 우리 가족은 다 같이 차에 올라탔다. 무서울 정도로 조용하고 삭막한 도시를 떠나자 점차 따뜻하고 포근한 시골풍경이 눈에 들어왔다. 길가에 피어있는 파스텔 색깔의 예쁜 코스모스들을 멍하니 보다보니 어느새 목적지에 도착했다. 모종삽, 비료, 여러 가지 씨앗, 장갑, 삽……. 도심과는 사뭇 다른 느낌의 물건들을 꺼내 들었다. 아는 사람은 알겠지만 그렇다, 우리 가족은 주말농장을 해왔다. 주말농장이란, 주말을 이용하여 가족이 채소 등을 가꾸는 도시 근교의 농업 체험장이다. 나에게 내 생의 최고의 순간을 꼽으라면 이 주말농장을 했던 몇 달간이 내생의 최고의 순간이다. 그렇다면 이런 경험이 나에게 주는 의미는 무엇이었을까? 왜 최고의 순간일까? 누군가는 어린 시절의 한 추억일 뿐이지 않느냐고 물을 수도 있다. 하지만 주말농장은 나에게 큰 의미를 주었으며, 내 인생의 터닝포인트가 되었다.

나는 몇 달 동안 주말농장을 하면서 나도 무엇인가를 할 수 있다는 자신감을 얻었다. 나는 어릴 때부터 남들보다 소심한 성격이었다. 자심감도 별로 없고, 끈기가 부족하여 무엇 하나 끝까지 하여 이루어 낸 적이 별로 없었다. 발표를 할 때에도 누군가 시키지 않으면 먼저 적극적으로 하는 법이 없었다. 또 남들 앞에서 무엇인가를 선보여야 할 때는 극도의 긴장감에 덜덜 떨었고, 스트레스에 고민도 많았다. 하지만 몇 달 간의 주말농장을 하면서 끈기도 배우고 나도 무엇인가를 할 수 있다는 자신감을 배우게 되었다. 그 다음부터는 무엇이든 적극적으로 할 수 있게 되었다. 또 농작물을 키울 때에는 기나긴 끈기가 필요했기 때문에 자연스럽게 배우게 되지 않았나 싶다. 힘들지만 끈기를 가지고 꿋꿋이 일하면 결국은 열매를 맺고 수확을 할 수 있게 된다. 그때의 뿌듯함은 말로 다 표현 할 수 없다.

생명의 소중함에 대해 알게 되었다. 우리가족도 농작물을 처음 키우는 것이라 나름대로 열심히 한다고 했는데 어느 날 죽어버리는 경우도 있었다. 매주 물을 주고 비료도 주고 힘들게 키운 것인데 어느 날 갑자기 죽어버리니 매우 안타까웠다. 그리고 큰 애정과 관심으로 돌보다 보니 애틋한 마음이 더 컸던 것 같다. 또 농작물들도 말은 못하지만 하나의 생명체라고 생각하니 더욱더 그랬다. 이런 농작물을 키우다보니 생명체에 대한 소중함을 배우게 되었다. 작은 것 하나도 무시하지 않고 조심히 해야겠다는 생각이 들었다. 더욱 정성을 들이고 관심을 가져야겠다고 깨달았다.

 가장 중요한 것은 나의 꿈을 갖게 해주었다는 것이다. 사실 어렸을 때부터 딱히 장래희망도 없었고 꿈도 없었다. 그래서 항상 진로에 대해 고민을 했다. 하지만 주말농장을 하다 보니 나에게 꿈이 생겼다. 주말농장을 하면서 생명의 소중함에 대해 깨닫게 되었다. 요즘 환경 문제에 대해 배우고 오염이 심각해지는 것을 알게 되니 환경을 지키고 싶었고 장래희망으로 어떨까라는 생각을 해 보게 되었다. 환경공학과에 대한 꿈이 생긴 것이다. 이 경험을 발판으로 환경에 대한 여러 가지 공모전이나 캠페인 활동을 하게 되었고 환경공학과라는 과에 입학하게 되었다. 결국 주말농장이 내생의 최고의 순간이자 내 인생의 터닝포인트가 되었던 것이다.

 나에게 그 몇 달간의 주말농장 체험은 내생의 최고의 순간이었다. 남들에게는 한낱 하찮은 추억으로 보일지 모르지만 나에게는 많은 의미가 있는 순간이었다. 여러 가지를 배울 수도 있었고 나 스스로를 성장 시킨 경험이었다고 생각한다. 지금은 주말농장을 하지 않지만 가끔 그날을 떠올려보면 주말농장을 가던 길의 햇살, 바람, 벌레 울음소리가 아직도 들리는 듯하다. 매일 똑같은 생활, 똑같은 행동, 지루하지만 정신없을 정도로 바쁜 일상을 보내다 문득 그날을 떠올려보면 많이 그립다. 마음도 평온해지고 따뜻해지는 걸 느낄 수 있다.

2장

나는 무엇을 사랑하는가

'나'는 끊임없이 관계를 형성하는, 변화하는 주체이다. 그렇다면 나를 나이게 하는 타자들, 그 타자들과의 관계를 주목해야 한다. 내가 사랑하는 사람, 내가 좋아하는 사물이나 상태, 또는 내가 두려워하는 대상과의 관계 속에서 나를 재발견할 수 있다. 나와 타자 나와 객체 사이에서 형성되는 관계가 나의 정체성에 결정적 영향을 미치기 때문이다. – 나를 발견하는 글쓰기 중에서

초록병 안의 물약

조성현 (유전공학과)

현재 나는 대학생이다. 대학생들은 어디 놀러 간다거나 친구들과의 모임에서 빠지지 않고 따라 오는 게 있다. 바로 술이다. 내가 술을 처음 맛보게 된 것은 중학교 삼학년 때였다.

우리 집은 명절이나 기일이 되면, 큰집이라 제사를 지냈다. 그러던 어느 날 작은 아버지께서 제사상에 올렸던 술을 권하셨다. 처음에는 조금 망설였지만 맛이 궁금하기도 했고 작은 아버지의 권유에 못 이기는 척 한잔 마셨다. 그와의 첫 만남은 이렇게 시작되었다. 사실 첫인상은 매우 좋지 않았다. 음료수보다 가격도 비싸고 맛도 없는데 이걸 왜 먹는지 이해할 수 없었다. 그렇게 술에 대한 안 좋은 인상을 가지고 고등학교 삼학년이 되었다. 어느 날 아버지께서 동창들과 여행을 다녀온 후 남은 음식 등을 집에 가져오셨다. 그 중에서 내 눈에 띄는 게 하나 있었는데 바로 팩소주였다. 보통 소주라 하면 초록병 안에 들어있다고 생각했는데 아버지께서 가져오신 이 친구는 마치 두유모양을 하고 있었다. 공부가 안 되서 많은 스트레스를 받던 나는 가족들 몰래 팩소주 한 개를 옷 속에 숨겨서 방으로 들어왔다. 빨대를 꽂고 쭉 들이키는데, 다 먹고 나니 나는 장자의 나비처럼 내가 책인지 책이 나인지 모르는 물아일체의 경지에 올라있었다. 그 날부터 공부가 안 되면 베란다 창고에서 술을 하나씩 가져와서 몰래 마시곤 했다. 요령 있게 잘 훔쳐서 부모님께는 들키지 않았다. 어느덧 수능이 백일이 남게 되었고 친구들과 나는 꿀에 본 것은 있어서 백일주를 마시게 되었다. 쿨한 친구의 어머니께서는 우리에게 맥주를 사 주셨고, 우리는 맥주를 먹으면서 수능 날의 승리를 다짐했었다. 그렇게 시간이 지나 수능시험을 봤고, 2008년 1월, 드디어 나는 합법적으로 그를 만날 수 있는 나이가 되었다. 2007년 12월까지만 해도 친구들과의 모임은 피씨방, 노래방이었는데 1월부터는 여기에 호프집이 추가되었다. 대학에 가서는 내 자신의 주량을 몰랐기 때문에, 선배가 주는 대로 널름 받아먹었다. 그 결과, 수십 판의 피자생성, 세 번의 기억상실과 한 번의 순간이동을 경험하게 되었다. 하지만 그 와의 만남을 멈추진 않았다. 아마 그 때의 그와 나는 가장 정열적인 관계였던 것 같다. 그러던 어느 날, 속이 쓰렸던 나는 전날 먹은 술 때문에 생긴 숙취 때문에 머리를 부여잡고 일어나서 거울을 봤는데 왠 아저씨가 서 있었다. 그러면서 동시에 할아버지께서 간경화로 돌아가셨다는 어머니의 말씀이 떠올랐다. 항상 젊고 탱탱할 줄 알았으나 무섭게 노화가 촉진되는 모습을 보고 그 날부터 나 자신에게 술과의 이별을 결심하였다. 그날부터 최대한 절주하였고 4년이 지난 지금도 술을 많이 먹지는 않고 있다.

  하지만 요즘도 즐거운 일이나 속상하고 괴로운 일이 있을 때마다 한 번씩 찾고 있다. 어색한 사람과 금방 친해질 수 있고 슬픔은 두 배, 괴로움은 반으로 줄여주는 마법의 물약. 나는 이 물약을 사랑한다.

11명의 바보들

김강현 (글로벌커뮤니케이션학부)

이제 시작하는 이야기는 11명의 바보들이 이룬 작은 기적에 관한 이야기입니다. 중학교에서 아이들과 게임을 즐겨했던 저는 고등학교에 진학을 앞두고 공부에만 전념하기로 다짐했습니다. 방학 동안 하루 종일 독서실에서 공부만을 하며 지냈습니다. 열심히 노력한 결과 고등학교 심화반에 들어가게 되었습니다. 저희 고등학교에는 유명한 자체 내의 축구 리그가 있습니다. 참가비를 내고 우승할 경우 상금을 받을 수도 있습니다. 공부만을 하며 지루한 나날을 보내던 저와 심화반 친구들도 재미삼아 참가하게 되었습니다. 말할 것도 없이 처참하게 졌고 바로 탈락하게 되었습니다. 그래도 우리끼리는 재미있는 경험이었다고 웃으며 즐기고 있을 때 주위에서 들려오는 소리가 있었습니다.

"너희는 축구 왜 하냐? 공부나 하지."

"그냥 너희는 참가비 셔틀(어떤 표현인지 정확히 이해가 안 됨.)"

“너희랑 게임을 했던 우리가 더 쪽팔리다.”

등 저희를 무시하는 말들이었습니다.

우리는 교실로 묵묵히 돌아와 너나 할 것 없이 축구를 해보기로 결정했습니다. 지금 생각하면 조금 웃기지만 팀 이름도 심화반과 레알 마드리드를 합친 ‘심화마드리드’로 만들었습니다. 팀 이름과 유니폼도 맞추고 역할을 나누어 연습을 했습니다. 한 명은 전술을 짜고, 한 명은 아이들의 능력을 파악하며, 한 명은 공격 방법을 알려주는 등 조금은 체계적으로 훈련을 시작했습니다. 다른 학교 친구들과 경기를 뛰며 실전 연습도 자주 했습니다. 또한 학교에서 축구 잘하기로 소문난 팀들과 우리가 상대해야 할 팀이 경기를 뛸 경우 관전하면서 분석하기까지 했습니다. 그렇게 7개월 간 연습하며 드디어 리그에 다시 참가하기로 했습니다. 우리 팀은 자신감이 절정에 올랐고 실력도 많이 향상되었다고 생각했습니다. 하지만 결과는 또 처참한 패배였습니다. 지금까지의 실력 차이도 있었지만 우리가 연습한 것만큼 다른 아이들도 연습했기 때문이었습니다. 또 다시 아이들은 우리를 무시하는 말을 했습니다.

“역시 니들이 그렇지.”

“축구를 하는 건지 개그를 하는 건지…….”

등이었습니다. 우리 팀은 이러한 비난에 절대 좌절하지 않았고 오히려 더 도전하겠다는 의욕으로 넘쳤습니다. 이제 와서 생각해 보면 이때 무엇보다 자존심이 많이 상했던 것 같아 오기를 부렸던 것입니다. 우리가 다시 도전하기 전에 맹세한 것이 있었습니다. “이제 다시는 우리를 무시하는 말은 듣지 말자.”는 것이었습니다.

이 날 이후로 우리는 축구가 마음의 1순위가 되어버렸습니다. 하루에 3시간씩은 매일 축구를 했습니다. 운동장을 8번씩 뛰고 슛 연습도 50개씩은 꼭 했습니다. 패스 연습과 전술도 바꿔가며 우리끼리 시합하여 지는 쪽이 밥이나 음료수를 사는 내기도 했습니다. 조금은 힘든 연습이었지만 재미가 있었기 때문에 버텼던 것 같습니다. 이렇게 3개월을 더 연습하고 나서 고2가 되었을 때 다시 학교 리그에 참가했습니다. 이번에 우리 팀은 들떠 있지 않았습니다. 비장한 각오로 정말 지금까지의 시간과 노력을 생각하며 첫 경기를 뛰었습니다.

경기 초반에는 우리 팀이 밀리는 분위기였으나 후반부터는 골 점유율이 높아지면서 여러 차례 기회가 왔습니다. 서로 한 골씩 주고받은 상황에서 종료 10분 전 우리 팀 주장이 헤딩골을 넣어 극적으로 역전했습니다. 결과는 2:1. 우리 팀의 승리였습니다. 드디어 첫 승을 이루는 순간이었습니다. 이미 그때 우리는 모든 것을 보상받은 기분이었고 당장 탈락해도 상관없는 분위기였습니다. 이때까지 다들 그래도 다음 경기는 지겠지 하고 예상했습니다. 하지만 모두의 예상과 달리 우리는 또 이겼습니다. 그것도 이번에는 3:0으로 승리했습니다. 다들 너무 놀랐지만 더 이상의 기대는 하지 않았습니다. 왜냐하면 다음 경기는 준결승이었고 남은 팀들은 3학년으로 구성된 팀들만 남았었기 때문에 당연히 질 것이라고 예상했습니다.

그러나 경기 시작 10분 만에 골이 터지고 그 예상도 빗나갔습니다. 경기 내내 우리 팀의 적극적인 움직임과 활발한 측면 공격

으로 상대 팀은 제대로 된 공격도 못해보고 패배했습니다. 결과
는 3:0. 우리 팀의 승리로 끝이 났습니다. 우리는 너무 얼떨떨하고
명할 뿐이었습니다. 이제 결승만이 남았고, 마지막 상대팀은 우리
학교에서 축구를 제일 잘하는 사람들로 구성된 팀이었습니다. 경
기 시작에 앞서 이런 일은 학교에서도 처음이라 선생님들과 많은
학교 친구들이 창문으로 구경할 정도로 관심이 컸습니다. 경기가
시작되고 우리는 너무 긴장했을 뿐 아니라 역시 우리 학교에서 제
일 잘하는 사람들로 구성된 팀이었기 때문에 실력 차이가 있었습
니다. 결국 경기 시작 10분 만에 골을 내주었습니다. 수비를 중심
으로 어떻게든 한 골 차이로 전반전이 끝나고 우리끼리 모여 있을
때 우리 얼굴은 이기겠다는 의지보다 재미있다는 표정들이 가득
했습니다. 다시 호흡을 가다듬고 작전을 바꾼 다음에 경기를 다시
시작했습니다. 후반전이 시작되었고 저희는 우리가 할 수 있는 최
선을 다해 뛰었습니다. 결과는 4:0. 우리의 완패였지만 저희는 절
대 졌다고 생각하지 않았습니다.

그 이후 아이들은 더 이상 저희를 무시하지 않았고 다 같이 축
구를 즐기게 되었습니다. 이때 그 친구들과 만든 작은 첫 기적이
지금까지 저에게는 가장 사랑하는 것이 되었습니다. 10분만 뛰어
도 숨이 벅차고 축구공이라고는 거의 차보지 못했던 우리가 그 누
구도 무시하지 못할 만큼 실력을 키우고 승리했을 때의 짜릿함과
흥분은 우리만이 알 것입니다. 저는 항상 힘들거나 스트레스를 받
을 때마다 이 기적을 회상합니다. 그럼 일단 웃음부터 나와 기분
이 좋아지고 힘든 일에 대해 긍정적으로 다시 한 번 생각하게 됩

니다. 아무리 힘들고 혼자 하기에 벅찬 일이라도 "그래 그때 그렇게 열심히 했는데 이 일이라고 못할게 뭐 있겠냐. 한번 열심히 해 보자." 하고 다짐합니다. 지금 제가 대학 생활을 하고 앞으로 세상을 살아감에 있어 이 기적은 저에게 큰 교훈을 줄 것입니다. 불가능이란 존재하지 않다는 것을 알려주고 누구도 넘지 못하는 벽도 충분히 넘어설 수 있는 힘을 줄 것입니다.

만약 친구나 선배, 아는 지인이 어떠한 일로 고민하거나 힘들어한다면 말해주고 싶습니다. 어느 작은 학교에서 11명이 이룬 기적이 자신들에게 얼마나 큰 변화와 힘을 주었는지를 든는다면 그들에게도 가장 사랑할 수 있는 것이 하나쯤 생기지 않을까 하는 생각을 하며 이 글을 마칩니다.

나의 커다란 나무

신지하 (국제학과)

20년이라는 길고도 짧은 기간 동안 내가 과거에 사랑했고, 지금 사랑하는 것들은 손에 꼽을 수 없을 정도로 아주 많다. 그 사랑하는 '것'들은 때로는 사람이었고 물건이었고 추상적인 것이기도 했다. 부모님, 동생, 친구들부터 키우던 애완동물과 여러 물건까지……. 이 많은 것들 중에서 나는 이번 글쓰기 과제로 나의 할아버지에 대해서 쓰고 싶다. 자기 가족을 사랑하지 않는 사람은 물론 이 세상에 없겠지만, 할아버지에 대한 나의 사랑은 아주 각별하다.

부모님이 맞벌이를 하셨기 때문에 나와 내 동생은 어린 시절부터 할아버지가 돌봐주셨다. 내가 7살 때부터니까 약 13년간 할아버지는 우리를 돌봐주시었다. 지금 헤아려보면 부모님과 함께 한 시간보다 할아버지와 함께 지낸 기간이 더 많을 정도이다. 할아버지는 학교에서 돌아온 나와 동생을 맞아주셨고, 학원을 갈 때 간식을 챙겨 주시곤 했다. 이렇게 할아버지는 부모님께서 안 계신 시간에 그 빈 자리를 우리와 함께해 주셨다.

이러한 여러 가지 일 이외에도 할아버지는 나에게 정신적인 측면에서 많은 도움을 주셨다. 부모님처럼 직접적인 영향을 끼치진 않았지만, 나에게 있어 할아버지는 더울 때는 시원한 그늘이 되어주고, 바람이 불면 바람막이가 되어주는 '커다란 나무' 같은 존재였다. 할아버지는 나름 신세대라고 자부하시며 나와 동생에게 반말을 쓰게 하셨고, 고민이 있으면 비밀로 할 테니 다 털어놓으라고 하셨다. 또 내가 시험을 망치거나 부모님께 혼나는 등 좋지 않은 일이 있으면, 할아버지는 묵묵히 어깨를 토닥여 주시며 나에게 맛있는 음식을 해주셨고, 상을 받거나 대학에 합격하는 등 좋은 일이 있으면 나보다 더 기뻐하시곤 했다. 이렇게 나의 할아버지는 내가 힘들고 어려울 때면 달려갈 수 있는, 항상 변치 않고 한자리에 있는 나에게 그런 존재였다.

지금 할아버지는 큰 병원에 입원해 계신다. 병명은 폐암 말기. 사실 나는 아직도 믿기지가 않는다. 내가 집 현관문을 열 때마다 한결같이 날 반겨주시던 할아버지가 지금은 병실에 누워 산소 호흡기를 끼고 계신다. 항상 바쁘게 움직이며 나와 동생을 돌봐주시던 나의 할아버지가 지금은 휠체어가 아니면 움직이지 못하신다. 요즘 나는 수원에서 기숙사 생활을 하지만 주말마다 할아버지를 보러 서울을 오간다. 병원을 오가는 길에 나는 내가 할아버지에 대해서 아는 것이 없다는 것을 뼈저리게 느낀다. 나 나름은 지금까지 다른 아이들과 비교하여 괜찮은 손녀딸이라고 자부했지만, 돌이켜 생각해보면 나는 정말 철없는 손녀딸이었다. 할아버지는 내가 좋아하는 음식을 다 꿰고 계셔서 내가 힘들고 아파할 때 그 음식들을 해주시면서 날 위로해 주셨다. 그러나 정작 할아버지가 아프신 지금 나는 할아버지가 좋아하는 음식조차, 할아버지가 좋아하는 TV 프로그램조차 모르고 있었다. 나는 할아버지에게 도움만 받고, 정작 할아버지에게 도움은 되지 못하는 그런 손녀딸이었다.

이제 할아버지에게 주어진 시간은 얼마 남지 않았다. 의사 선생님의 말을 빌리자면, 치료를 받고 생활을 건강하게 할 때 길어야 6개월이다. 사실 '6개월'이라는 말을 들으면 그게 어느 정도인지 잘 모르겠다. 그러나 올가을 즈음에, 아니 어쩌면 그 이전에 할아버지가 내 곁을 떠나신다고 생각을 하면 마음이 먹먹해진다. 한편으로 나는 그 6개월이라는 시간이 있음에 아주 감사하다. 그래도 6개월 동안 할아버지에게 정성을 다할 수 있기 때문이다. 지금 나는 매주 할아버지를 뵈러 수원에서 서울을 오가고, 병원을 방문할 때마다 할아버지께 전화를 드려 드시고 싶은 음식을 1가지 꼭 말씀해달라고 졸라서 그 음식을 사 가고 있다. 가능할지는 모르겠지만, 여름방학이 되기 전에 할아버지를 모시고 할아버지가 원하는 곳으로 여행도 다녀오고 싶다. 6개월이라는 기간은 아주 짧지만, 그 기간 동안 나는 '나의 커다란 나무'이셨던 내 할아버지에게 진심으로 최선을 다할 것이다.

할머니의 냄새

정지문 (컴퓨터공학과)

저는 어렸을 적 할머니에게서 나던 냄새를 아직도 기억합니다. 시골에서 사시던 할머니께서는 항상 아궁이에 불을 때셨습니다. 그래서 그 매캐하기도 하고 구수하기도 한 불 냄새가 할머니 냄새라고 생각했습니다. 지금도 그 불 냄새가 나면 어렸을 적 할머니의 냄새가 가져다주는 아련한 추억이 생각납니다.

아버지가 운영하시던 사업체가 많이 힘들어져서 저는 5살이 되던 해부터 할머니와 할아버지께 맡겨졌습니다. 그렇게 저는 어머니의 손이 아닌 할머니의 손에서 자라게 되었고, 시골의 대가족 가운데서 유년시절을 보냈습니다. 집에서는 닭, 개, 소, 오리를 키웠습니다. 호탕하신 할아버지 덕분에 집에는 친구 분들의 발길이 끊이지 않았습니다. 기르던 닭이며 오리며 귀한 것들은 다 손님 접대용이었습니다. 그런데 제가 시골로 내려올 때 아버지께서 사다 주신 강아지가 있었습니다. 그 강아지는 털이 누렇고 반점도 없었고 주둥이만 까만색이었습니다. 그래서 저는 그 강아지를 '누렁이'라고 불렀고, 가족들은 '주둥이'라고 불렀습니다. 낯선 환경에서 그 강아지는 아버지의 빈 자리를 대신할 의지처였고 귀여운 친구였습니다.

　2년이 지나고 사건은 제가 7살 때, 유치원을 다녀와서 벌어졌습니다. 마당에는 제가 제일 좋아하는 '누렁이'가 어디로 갔는지 텅 빈 개집만 보였습니다. 마당과 마루에는 손님들이 북적였고 저는 불길한 생각이 스쳤습니다. 저는 부엌에 계신 할머니께 달려갔습니다. 할머니는 아무 말도 없으셨고 미안하다고만 하셨습니다. 그때 할아버지와 할아버지 손님의 술상이 제 눈에 들어왔습니다. 술상에 고기 접시가 있었습니다. 닭똥 같은 눈물이 툭툭 떨어지고 할아버지와 그 손님들이 미웠습니다. 어린 마음에 저는, 우리 집 누렁이가 없어진 것은 할아버지의 손님이 오셨기 때문이라고 생각한 것입니다. 그래서 저는 마당에 계신 손님에게 소리치고 화를 내었습니다. 당신네 때문에 우리 집 '누렁이'가 없어졌다고 말입니다. 그 모습을 보신 할아버지께서는 화가 많이 나신 것 같았습니다. 밖에서는 호탕하시고 성격 좋다고 소문이 났지만 집안 식구들에게는 매우 엄하셨습니다. 할아버지께서 화가 나시면 온 가족이 벌벌 떨었습니다. 그런 불같은 성격의 할아버지께서 저를 혼내시려 마루에서 내려오시는 게 보였고, 저는 잡히면 죽는다는 생각이 들었습니다. 그때 저는 산으로 밭으로 도망 갈수도 있었고, 친구들 집으로 도망 갈 수도 있었는데, 제가 도망 간 곳은 부엌에 계신 할머니 품이었습니다. 부엌에선 도망 갈 길이 없었습니다. 그렇게 할머니는 저를 품으시고 할아버지의 매를 대신 맞아 주셨습니다. 저를 품으시고는 미안하다고 말씀하셨습니다. 그때 맡았던 그 할머니의 불 냄새가 아직까지도 또렷이 기억납니다.

왜 도망갈 곳이 없는 부엌으로 도망갔는지 지금 생각하면 바보 같습니다. 하지만 몸과 마음이 조그맣던 저는 할머니가 나를 제일 사랑하고 내가 믿을 수 있고 나를 안전하게 지켜주는 사람이라고 생각했기 때문입니다. 지금도 할머니를 안아 드릴 때 그 냄새가 나는 것 같습니다. 매일 밥하느라 아궁이에 불을 때고 방의 아궁이에도 불을 때고 소여물 때문에 불을 때고 그렇게 할머니 몸에 베인 불 냄새. 세상에서 가장 따뜻한 냄새입니다. 명절이 돼서 온 가족이 모이면 그 당시의 시골에서의 추억들을 이야기하곤 합니다. 그렇게 이야기를 하다 보면 제가 할머니를 얼마나 따랐고 할머니가 저를 얼마나 사랑하셨는지 새삼 깨닫게 됩니다. 저를 가장 사랑하시는 분도 할머니시고 제가 가장 사랑하고 따르던 분도 할머니입니다. 어릴 때 받았던 그 큰 사랑 이제 제가 할머니께 돌려 드리고 싶습니다.

할머니, 사랑합니다.

뒤늦게 깨달은 사랑

김가연 (전자전파공학과)

어머니께서 말해 주시기 전까지 나는 아버지께서 출장 가시는 줄로만 알았다. 하지만 어머니 말씀을 듣고, 나는 내 귀를 의심할 수밖에 없었다.

"가연아, 아빠가 좀 아프셔. 며칠 뒤에 수술하실 거야."

듣자마자 가슴이 철렁 내려앉았다. 말씀하시면서 눈에 눈물이 맺힌 어머니를 보니 아버지의 몸 상태가 그리 좋지 않음이 짐작되었다. 아버지는 갑상선암이셨다. 그날 나는 아무것도 손에 잡히질 않았다. 오랜 기간 매일같이 운동을 하셔서 건강하실 것만 같았던 아버지가 암에 걸리시다니 별의 별 생각이 나서 매일을 걱정 속에서 지냈다. 수술 날이 되었고 긴장한 표정이 역력한 아버지는 걱정하지 말라며 애써 웃어 주시고는 수술실로 가셨다. 수술을 기다리는 내내 있어서는 안 될 일까지 상상하며 걱정 속에 너무 괴로웠다.

나의 아버지는 무뚝뚝하시고 엄격하시다. 아버지와 같은 공간에 같이 있으면 마냥 편하지만은 않다. 약 25년 동안 군대라는 보수적이고 계급적인 집단에 계셔서인지 가끔은 내가 부하 병사 같은 느낌이 들 때도 있었다. 어렸을 때부터 아버지께서는 예절을 중요하게 가르치셨다. 때문에 항상 아버지 앞에서는 어느 정도 예의를 갖춰야 해서 같은 공간에 있는 게 어려웠다. 그러다 보니 거실에서 텔레비전을 볼 때에도 누워서 보지 못하는 것은 물론이고, 아버지께 살가운 장난이나 농담도 쉽지 않았다. 아버지 앞에서는 항상 예절을 생각하다 보니 점점 아버지를 대하는 게 어려워졌다. 어머니와는 이런저런 사소한 이야기도 나누고 장난도 치고 하는데 아버지께는 어머니처럼 대하기가 힘들었다. 다른 친구들이 아버지와 친구처럼 친하게 지낸다고 할 때면 나도 아버지와 친하게 지내는 것을 상상하며 무척이나 부러웠다. 이러한 아버지께 불만을 가진 적도 많았지만 이제는 적응이 되어서 부정적인 생각은 사라졌다. 그저 우리 아버지는 '직업 군인이셨던 무뚝뚝하신 분'이라고 생각했다. 그렇다고 아버지를 못마땅하게 생각하거나, 아버지를 사랑하지 않는다고 생각하지 않았다. 다만 아버지께서 나를 대해 주시는 언행들로 인해 아들로서 서운함을 느낄 때가 가끔 있었다. 그래서인지 '아버지께서는 나를 아들로서 진정 사랑해 주실까'라고 의문이 들기 시작했다.

직업 군인이셨던 아버지께서는 내가 장교가 되길 바라셨다. 직업 군인까지는 아니더라도 최소 학군단을 거쳐 장교로 전역하기를 원하셨다. 먼저 인생을 경험하신 아버지의 생각은 내가 잘되길 바라고 권유한 것이지만, 나는 장교로 군복무를 길게 하고 싶지 않았다. 게다가 나는 군복무를 장교도 현역도 아닌, 회사에서 대체복무를 하게 되었고 아버지는 내 결정에 실망하셨는지 약 한 달 넘게 나와 일절 대화를 하지 않으셨다. 아버지께서 권유하신 장교의 길을 가지 않고 다른 길을 선택한 나를 서운하게 생각하셨겠지만, 이후 내게 말조차 걸지 않고 없는 사람처럼 무시하는 것 같은 아버지가 이해되질 않았다. 왠지 내가 부하로서 상사의 명령을 어기는 잘못을 한 느낌이었다. 그래도 아들인데, 사랑하는 아들이라면 적어도 대화로 이런저런 얘기를 나눴을 텐데 큰 잘못을 한 것처럼 대하는 아버지가 무척이나 서운하게 느껴졌다. 오죽하면 내가 친아들이 아닌, 다리 밑에서 주워온 아들인가 싶을 정도였다. 아버지한테서 최소한의 아들 대우도 받지 못하는 것 같아서 더욱 서운했다. 이 일로 아버지는 과연 나를 아들로서 진정 사랑하는 것인지에 대한 의문이 증폭되었다.

그렇게 며칠이 지나 훈련소에 입소를 하게 되었다. 대체 복무라 가족들과 약 2년을 떨어져 있는 현역에 비해 난 고작 한 달만 군 생활을 하면 됐기에 최대한 덤덤하게 보이려고 노력했다. 약 25년이나 군 생활을 하신 아버지 앞에서 고작 한 달 군 생활하는데 훈련소 간다고 생색조차 낼 수 없었다. 가족들과 점심을 함께하고 소집하라는 방송이 나왔을 때 마지막으로 가족들과 인사를 했다. 동생과 엄마랑 포옹을 했다. 고작 한 달인데도 가족들과 떨어진다니 맘이 뒤숭숭했다. 마지막으로 아버지와 인사를 하려고 아버지를 바라보았다. 아버지는 꽤나 상기된 표정으로 말씀하셨다.

"아빠가 훈련소 입대할 때 생각나네. 몸 건강히 잘 갔다 와."

아버지는 자신의 품에 안기라고 팔을 벌렸다. 어렸을 때 안아 보고 십여 년 만에 아버지에게 안겼다. 사진 속에서 아버지께 안겨 있는 어릴 적 내 모습은 봤어도 아버지를 안고 있는 생생한 기억은 없었다. 아버지와의 오랜만의 포옹은 어색하기도 했지만 그동안 아버지의 사랑에 대한 의심을 모두 잊게 만들었다. 따뜻했다. 형식적인 작별 인사가 아니라 상기된 아버지의 표정과 애써 침착하려는 아버지의 목소리는 더욱이나 내 맘을 흔들었다. 애써 울컥하려는 맘을 단단히 부여잡았다. 눈물 고인 모습을 보여 드리면 괜히 걱정하실까봐 뒤도 안 돌아보고 소집하는 곳으로 뛰어갔다. 현역 군 생활도 아니고 고작 한 달인데 왜 그렇게 울컥했는지, 지금 생각해 보면 사랑하는 가족들과 한 달씩이나 떨어진다고 생각해서이기도 하겠지만, 그것보다는 나를 사랑하지 않는다고 의문을 가졌던 아버지의 따뜻한 사랑을 느껴서인 것 같다.

드디어 수술이 끝났고 아버지는 약품과 마른 핏자국을 얼굴이며 몸 곳곳에 묻힌 채 수술실에서 나오셨다. 아버지 모습을 보니 너무 맘이 아파 울음이 터질 것만 같았다. 의사 선생님께서는 다행히 수술이 잘 끝났다고 했다. 그제야 조금 안심했다. 몇 분이 지나 아버지는 마취가 풀려 눈을 뜨셨다. 눈을 뜨시고 제일 먼저 하는 말씀이 "기연아 미안해. 아빠가 병력을 만들어서"였다. 울컥했다. 그렇게 자신을 아끼셔서 매일 같이 운동하고 몸에 좋다는 음식은 다 챙겨 드시는 분이 눈 뜨자마자 하시는 말씀이 가족 병력을 만들어서 미안하다니.

아버지 입가에 묻은 마른 핏자국을 물티슈로 닦으면서 어색함을 느끼는 내 자신이 너무 미안하고 죄송스러웠다. 아버지는 자신이 위험에 처한 상황에서도 날 이렇게 생각하고 걱정해 주시는데 그동안 아버지 사랑을 의심했던 내가 한심하기 짝이 없었다. 낳아 주시고 건강하게 잘 키워 주신 것만으로도 충분히 날 사랑하심을 알 수 있는데 그것을 의심하고, 확인하려 했던 내가 철이 없었던 것이다. 무뚝뚝한 아버지라고 거리를 두고 벽을 만들었던 나 때문에 오히려 부자 사이가 돈독하지 못했던 것이 아닐까 하는 생각이 들었다. 아들인 내가 먼저 아버지께 다가갔으면 지금보다 더욱 좋은 부자지간이 되었을 텐데. 단지 아버지께서 표현이 많이 없으셨지만 언제나 나를 걱정해 주시고 생각해 주신다는 것을 성인이 되어서야 깨달았다. 뒤늦게야 아버지의 사랑을 느끼고 그동안 괜히 아버지한테 서운한 마음에 엇나가고 속 썩인 행동들이 더욱 죄송스러웠다. 앞으로는 아버지와 운동도 같이하고 목욕탕도 같이 다니는 사이좋은 부자지간이 되고 싶다.

아버지, 사랑합니다.

내 몸에 흐르던 푸른 피

윤빈 (유전공학과)

　지금은 몇 장이 채 남지 않은 내 초등학교 시절 사진들을 보면 한 가지 독특한 부분이 있다. 우스꽝스럽게 돌려 쓴 모자. 초등학생이 입기에는 다소 긴 스포츠 재킷, 촌스런 파란색 가방에 한 손에는 야구 글러브까지. 빛바랜 사진들 속의 이것들. SL이라는 이니셜이 박힌 이것들이 바로 내가 삼성 라이온즈의 어린이 회원임을 상징하는 것이었다.

　내가 나고 자란 대구에서 그 당시 가장 인기 있는 스포츠는 단연코 프로야구였다. 나는 야구라는 스포츠가 뭔지 어렴풋이 알 만한 나이가 되었을 때부터 이미 삼성 라이온즈의 팬이었다. 그럴 수밖에 없었다. 주위의 모든 사람들이 소위 말하는 '모태' 라이온즈 팬이었다. 라이온즈 팬이 아니면 모두가 적이었다. 그것은 마치 한국인이 월드컵에서 대한민국 축구 대표 팀을 응원하는 것과 같이 당연시되는 것이었다. 사실 이렇듯 반강제적으로 팬이 되기 시작한 나였지만, 삼성 라이온즈의 야구를 보고 있노라면 그들의 플레이에 반하지 않을 수 없었다. 화끈한 공격과 차원 높은 수준의 수비, 격이 다른 야구를 보며 어린 시절 그들에게 열광하였고, 그 화려함에 빠져 버렸다. 그렇게 점차 그들의 푸른 유니폼을 동경하게 되었고 어느새 나에게는 삼성 라이온즈의 푸른 피가 흐르기 시작하였다.

하지만 그 시절은 인터넷과 휴대전화가 보급되기 전이었으므로, 중계방송은커녕 경기 경과를 제때 아는 것조차 쉽지 않았다. 그래서 자주 이용하던 것이 700번 유료전화 서비스였다. 밤마다 부모님 몰래 안방에 들어가 전화기를 붙잡고 경기 결과를 확인하였고 그러다가 혹시 들키기라도 하는 날엔 엉덩이가 성하지 못하였다. 그래도 경기 결과를 확인하고 잘 수 있는 날은 오히려 다행이었다. 경기가 길어지기라도 하는 날에는 경기 결과를 궁금해 하며 다음날까지 꼬박 기다리는 수밖에 없었다. 자다 말다를 반복하다가 6시가 되고 신문이 배달되는 소리가 나면 쫓아 나가서 평소에는 관심도 없던 신문을 펼쳐들었다. 스포츠란의 전날 경기 스코어와 간략한 기사를 보고는 마치 아무도 보지 않은 것처럼 신문을 살포시 접어 두었던 기억이 난다. 또 그 당시 한창 우리 친구들 사이에서는 삼성 라이온즈의 에이스인 박충식 선수의 사이드암 투구 폼을 따라하는 것이 유행이었다. 하지만 그 꽈배기를 꼬는 듯한 애매한 투구 폼을 따라하는 것은 여간 어려운 것이 아니었다. 그래서 어느 잡지에 실린 박충식 선수의 연속 투구 폼 사진을 오려 와 내 방에 붙여 놓고 한동안 따라했던 기억이 난다. 간혹 주말 낮에 삼성 라이온즈 경기의 중계라도 있는 날이면 친구들과 모여 목청껏 응원을 하였다. 그때는 그랬다. 이런 사소한 소식 하나하나가 정말 중요했다. 한 경기를 보는 것이 무척 어려웠고, 선수들의 투구 폼, 몸짓 하나까지 너무나 간절히 보고 싶었으며 무척 애틋하였다.

하지만 그 후 중학교와 고등학교를 거치면서 나의 라이온즈 사랑은 거짓말처럼 식어갔다. 물론 그 당시 프로야구의 인기가 바닥을 치던 시기인 탓도 있겠지만 그뿐만이 아니라 무언가가 달라졌다. 인터넷과 휴대전화를 통해 너무도 쉽고 당연하게 경기 결과는 물론 경기 하이라이트, 선수들의 인터뷰, 앞으로의 팀 전망까지도 원하면 바로 볼 수 있게 된 것이다. 그 희소가치가 떨어져버림으로써 나의 애정 또한 식어버린 것일까. 마치 주문만 하면 바로 나오는 패스트푸드처럼, 이제는 원하면 쉽게 접할 수 있지만 모순적이게도 더 이상 나에게 프로야구는 손닿을 수 없는 애틋한 존재가 아니게 되었다.

그 뒤 대학에 진학하면서 다시금 프로야구의 봄이 찾아왔고, 나는 다시 라이온즈의 열렬한 팬임을 자처하면서 열심히 응원하고 있다. 며칠 전 있었던 창단 후 6번째 우승의 과정 또한 매 경기 빠지지 않고 모두 보았다. 하지만 초등학생 시절의 그 간절함과 애틋함, 목마름이 사라져버리면서 예전의 그 애절함은 많이 사라진 것 같다. 더 이상 상대팀의 에이스가 밉지도, 억울한 역전패가 쓰라리지도 않다. 혹시 지금의 나는 온전히 삼성 라이온즈의 야구를 사랑하는 것이 아니라 초등학교 시절의 향수, 그 순순한 애정,

애틋함과 목마름의 기억, 그러한 추억을 사랑하는 것은 아닐까.

지금은 예전 그 초동학교 시절의 그 푸른 피가 많이 묽어진 듯하다. 하지만 난 여전히 예전의 그 순수한 애정과 목마름을 기억하며 목청껏 라이온즈를 응원하고 있다. 마치 사라져 버린 열정과 애틋함을 다시 살려 내려고 나를 채찍질하듯이.

시(詩)

신찬경 (스페인어학과)

우리가 살아가는 이 땅 위에서는 비도 발끝이 젖어 축축하고 바람도 제 몸이 시리다. 파란 하늘과 빛나는 별도 어둠을 막지 못해 밤이 밀려온다. 제자리에 머물지 못하고 더 나은 곳으로 나아가기를 꿈꾸는 것이 인간이다. 그러나 꿈과 현실은 늘 부딪혀 실패와 좌절을 낳고 그럴 때마다 우리는 스스로를 한심하고 못난 존재로 몰아세운다. 가만히 날 다독이는 그 누군가의 온기조차 없어서, 가수 루시드 폴이 노래했듯 혼자라는 것은 지울 수 없는 낙인이다. 이러한 사실을 모르는 이는 없다. 하지만 적어도 누구 하나쯤은 세상은 살만한 곳이며 아름다운 곳이라고 말해 주어야 하지 않겠는가.

이때 우리에게 조용하고 낮은 목소리로 다가오는 것이 있다. 이것은 내가 사랑하는 '시'에 관한 이야기다. '시'에는 시를 노래하는 시인의 아름다운 마음이 있다. 이는 '바람에 흔들리고 비에 젖었기에 꽃이 피어난 것'이라며 우리가 실패의 아픔을 따뜻하게 끌어안는 것을 지켜보는 마음이다. 또한 '단 한 번도 스스로를 사랑하지 않았음'을 일깨우는 마음이며, '외로우니까 사람'이라고 이야기하며 함께 곁에 있어 주는 마음이다. 그렇게 시인의 마음 덕분에 우리는 저마다 '굳고 정한 갈매나무' 한 그루씩을 마음속에 세울 수 있었다.

시는 이렇게 주저앉아 있던 우리를 일으켜 세워 따뜻하게 껴안는다. 그리고 우리가 보아야 했으나 지나쳐 버렸고 들어야 했으나 흘려버렸고 느껴야 했으나 무시했던 것들에 대해 이야기한다. 현실의 고통에 치여 깨닫지 못했으나 세상은 충분히 아름답다는 것이다. 그런데 시는 손가락으로 하나하나 가리키며 세상의 아름다움을 이야기하지 않는다. 다만 자신의 마음과 시선에 따라붙는 세상의 평범한 모습을 보여줄 뿐이다. 그런데 그 평범한 모습이 시인의 마음과 눈을 거쳐 아름다워지는 것이다.

> 내가 이렇게 외면하고 거리를 걸어가는 것은 잠풍 날씨가 너무나 좋은 탓이고/ 가난한 동무가 새 구두를 신고 언제나 꼭 같은 넥타이를 매고 고운 사람을 사랑하는 탓이다// 내가 이렇게 외면하고 거리를 걸어가는 것은 또 내 많지 못한 월급이 얼마나 고마운 탓이고/ 이렇게 젊은 나이로 코밑수염도 길러보는 탓이고 그리고 어느 가난한 집 부엌으로 달재 생선을 진장에 꼿꼿이 지진 것은 맛도 있다는 말이 자꾸 들려오는 탓이다.
>
> —백석, 「내가 이렇게 외면하고」

백석의 시 〈내가 이렇게 외면하고〉를 읽으며 시인의 눈에 특별하게 비추어지던 바람 잔잔한 날씨와, 새 구두를 신은 가난한 동무와, 사랑하는 사람과, 많지 못한 월급과, 젊은 나이의 코밑수염과 달재 생선을 생각한다. 그리고 그것들을 바라보던 시인의 마음을 생각한다. 다른 이는 모두 외면하는 것들이 시인에게는 얼마나 아름답고 귀한 것이었을까. 그 마음은 애틋한 것이기까지 해서, 우리는 순간을 누리지 못하고 존재에 감사하지 못했던 과거를 반성하게 되는 것이다.

세상은 저절로 아름다워지지 않는다. 어두운 돌 부스러기도 반짝이는 빛으로 볼 수 있는 눈을 갖게 될 때, 세상은 비로소 아름다워진다. 그리고 '시'는 우리가 그런 아름다운 눈을 갖도록 끊임없이 노래하고 있다. 세상이 아름답다고 가르치려는 노래가 아니라 자신이 본 아름다운 세상을 우리에게 똑같이 보여 주기 위한 노래다. 그 노랫소리가 다시 우리의 좌절과 열등감, 외로움에게 말을 건넨다. 세상 곳곳에 숨겨진 아름다운 가치들을, 물질적인 것보다 더 귀한 가치들을 스스로 발견해 보지 않겠느냐고.

그 목소리를 들을 때, 시는 우리의 마음을 파고든다. 내게도 시는 그렇게 왔다. 맑은 눈을 가진 '척'하는 거짓된 목소리라 의심하던 때도 있었으나 시인은 우리를 대신하여 조금 더 넓고 깊은 마음으로 세상을 바라보고 있는 것이다. 노력하는 것이다. 그 마음을 닮고 싶으나 거리를 수놓는 낙엽에 나는 그저 무심하기만 해서 시를 읽는다. 세상에 나누어 줄 것이 많아 낮은 곳으로 내려오는 낙엽의 사랑을, 우리에게 가을을 선물하는 그 마음을 깨닫기 위하여.

나를 사랑하는 내가 사랑하는 너에게

김도윤 (생체의공학과)

"세상이 말이야 내일 당장 사라져 버린다면, 지구가 멸망한다면 어떻게 할 거야?"

"글쎄. 난 오늘 하는 일에 행복해 하며 그것에 충실하고 싶어."

안녕, 친구야. 너 그거 아니? 이 세상엔 '보통 사람처럼만 살자' 라고 말하는 사람들이 많아. 하지만 정말 힘든 것이 보통의 삶이 거든. 이미 흔해 빠진 저 물음에 사람들은 흔한 대답을 하곤 하지 만 사람들은 자신들이 한 말을 과연 지킬 수 있을까? 그래도 나 는 저 질문을 하루에 한 번씩 되새기곤 해. 그리곤 항상 그 다음 의 대답으로 내 가슴에 외치곤 하지. 가끔 힘든 일이 있을 때에는 저 질문에 답하면서 감정을 주체하지 못하고 펑펑 울어버릴 때도 있었어. 그래도 난 오늘 저 질문을 내게 또 던졌어. 태양처럼 활 활 타오르는 삶을 살고 싶었거든. 왜냐면 나는 나를 사랑하니까.

나를 사랑한다는 것은 나르키소스 같은, 외모에 빠진 그런 사랑이 아니야. 음, 예를 들면 난 나를 하나의 게임 캐릭터로 보는 거야. 게임에서 퀘스트를 얻고 몬스터를 잡으면서 레벨이 오르는 것처럼 나는 나에게 새로운 세상에 대해 도전하는 미션을 주지. 그리고 그 세계와 부딪혀 보면서 나의 성장을 직접 체험해 봐. 얼마나 신나는 일이야? 흔히들 사람들은 이걸 스펙 쌓기라고 하더군. 하지만 나는 이 자체가 나를 향한 성숙이라고 생각해. 누군가는 매일 당구를 치고 누군가는 매일 술을 마시겠지. 내가 그들을 부정하는 것은 아니야. 그들도 그들만의 수련 방법을 통해 자신들을 성숙시키는 것이니까. 그러니까 나는 나만의 방법으로 끊임없이 다지고 다져서 언젠간 이 게임에서 만렙(마지막 레벨)에 도달할 거야.

나는 나를 사랑하기 때문에 내가 사랑하는 것들을 모두 사랑해. 가족, 친구(아쉽지만 아직 애인은 없네. 언젠가 생길 애인이라 해 둘게.), 과거, 현재, 미래의 내 가까운 지인들. 그들은 나와 교감을 나누고 나와 함께 이 세상에 있지. 어떻게 보면 유치하기도 한 말이야. 하지만 난 그들에게 내가 도움이 되었을 때 얼마나 기쁜지 몰라. 그들이 기쁠 때 나도 행복해지거든. 그래서 내가 기쁘기 위해서 난 그들을 위해 조금이라도 도움을 더 주고 싶어. 나도 마찬가지로 그들에게 도움을 받지. 꼭 조건을 달고서 서로가 도움을 주는 것은 아니지만 나는 그들이 있어 존재하지. 그러고 보니 나도 그들처럼 내가 있어 그들이 존재하는 사람이 되어 보고 싶기도 하네.

내가 세상을 사랑하는 이유는 말이지, 이 세상에 내가 사랑하는 나란 녀석이 존재하기 때문이야. 그런데 세상을 사랑하는 방법은 너무나 고르기 힘들더라고. '내가 어떻게 하면 이 세상을 사랑할 수 있을까?'라는 질문에 수없이 고민을 했어. 그래서 나는 이 세상을 밝히는 등불이 되는 데 더 앞서기로 했어. 그중 하나가 처음부터 약간은 부족하게 이 세상에 나거나 태어난 후에 부족함을 얻은 사람들에게 그 허전함을 채워 주고 싶었어. 내가 신이 아니기에 그들에게 평범함을 줄 수는 없지만 나는 그들과 교감할 수 있다는 것을 알았어. 그들과 소통하며 이야기했을 때에는 오히려 내가 엄청 부족하단 것 또한 느낄 때도 많아. 아직도 내가 그들을 채우는 것에는 많이 부족하지만 내가 그들을 사랑함을 그들 또한 알아주면 좋겠어.

내가 하는 말들이 마치 나 잘난 맛에 사는 사람으로 보일 수 있어. 또한 지나친 긍정론자로 볼 수도 있겠지. 하지만 세상에 '너'가 하나의 '나'란 객체로 없었을 때 네가 겪은 즐거웠던 모든 추억들을 맛볼 수 있었을까? 네가 사랑하는 타인들에게 고마움을 느낄 수 있었을까? 나는 몇 년 전만 해도 이 세상에 대한 비관론자였어. 몇 가지 불행한 일을 연달아 겪으며 내가 이 세상에서 제일 불행한 놈 같았지. 하지만 그렇지 않더라고. 내가 너무나도 세상을 좁게 보고 살아 놓고는, 나쁜 면만 보려고 살아 놓고는 시원찮은 말들로 스스로 내 주위를 가득 채웠지. 그러나 나, 타인, 세상에 감사하기 시작했을 때 내겐 신이 필요하지 않더라고. 원하는 게 있다면 그것을 믿고 따랐을 때 언젠간 이 험한 세상이 길을 열어 줄 테니까. 그러니 나는 내가 사랑하는 너 역시 어서 행복해졌으면 좋겠다.

날 항상 바라보는 그대

윤성용 (우주과학과)

가끔씩 혼자 조용한 밤길을 걷고 있다 보면 괜스레 마음이 울적해 질 때가 있다. 그럴 때면 세상 모든 것이 허무해 보이고 세상에 나 혼자 남겨진 듯한 고독함이 느껴진다. 집에 오던 길에 주위엔 아무도 없고 풀벌레 소리만이 멀리서 나지막이 들려오면 나는 가만히 하늘 위를 쳐다보았다. 그 위엔 나를 항상 바라보는 별빛이 있었다. 그것들은 초라한 나의 삶을 다시금 비춰 주었고 외로운 마음에 따뜻함을 주었다. 인생에 대해 고민하게 하고 나의 존재에 대해 의문을 품게 만들었다. 별은 나에게 어머니이자 선생님이고 친구이다.

우리는 모두 별로부터 태어났다. 별은 일생 동안 핵융합을 통하여 탄소, 산소, 규소, 철과 같은 갖가지 원소들을 만들어 별 내부에 차곡차곡 쌓아 놓는다. 별은 물질과 생명체의 재료가 되는 원소들의 생성공장인 셈이다. 그리고 별이 죽을 때 일어나는 초신성

폭발은 그것을 우주로 환원하는 과정이 된다. 모든 별이 그냥 조용히 죽음을 맞는다면 우리는 이 세상에 존재하지도 않았을 것이다. 지구상의 모든 것들과 우리 몸을 이루는 원소들은 대부분 별 속에서 만들어진 것이기 때문이다. 그런 의미에서 별은 우리의 어머니이며, 우리는 별의 후손이다. 그래서 사람들은 모두 별을 사랑하는지도 모른다.

또한 별들은 나에게 무궁한 호기심을 제공하고 여러 사실들을 알려 준다. 천문학은 수학과 과학이 필수적인 학문이지만 또 동시에 철학적이기도 하다. 예로부터 많은 과학자들과 철학자들은 자신들의 기원을 궁금해 하였고 우주와 별들은 그 고찰에 빠질 수 없는 존재였다. 끝없이 펼쳐진 우주에 셀 수도 없이 많은 별들은 우리의 존재가 어디서 왔는지 궁금하게 한다. 나란 존재에 대해 고민하게 하고 그 기원을 찾고 싶게 만든다. 이것이 내가 우주론을 좋아하는 이유이기도 하다.

별들은 그 물음에 대하여 빛을 통해 대답을 한다. 우리 눈에는 그냥 빛의 강도 차이만 있을 뿐이지만 좀 더 세밀하게 분광과 측광을 통해 관찰하면 그 속에는 별들의 성분과 별의 거리, 밝기, 수명, 에너지, 크기 등을 알 수 있는 지표들이 있다. 그리고 우리는 끊임없는 관측과 연구를 통해 지금 우리 우주가 137억 광년의 크기를 가지고 있다는 것과 그 시작은 10-33 센티미터에 불과했다는 것을 알게 되었다. 수소원자의 크기가 10-8 센티미터 정도라는 것을 생각하면 상상도 할 수 없을 만큼 작은 부분에서 우주가 발생했다는 것을 알 수 있을 것이다. 물론 지금도 우주에는 풀어

가야 할 숙제들이 너무나 많다. 너무나 어려운 숙제들이어서 조금 두렵기도 하지만 그 두려움마저도 내 심장을 두근거리게 하는 한 요소이다. 이 모든 숙제를 풀게 될 날이 내 인생에 꼭 오길 바란다.

나는 사람들에게 생각이 복잡하고 삶의 고뇌 때문에 힘이 들 때면 밤하늘을 바라보라고 말해주고 싶다. 왜냐하면 이 우주는 너무나 광활하고 우리의 존재는 너무도 작기 때문이다. 언젠가 우주에서 지구를 찍은 사진을 본 적이 있다. 까만 배경에 놓여 있는 지구의 모습은 창백한 푸른 빛깔의 작은 점이었다. 그런 작은 점 속에 사는 존재가 겪는 고뇌는 또 얼마나 작단 말인가. 우리는 우주의 시간 속에 찰나를 사는 존재이다. 밤하늘의 별을 보며 그것을 느끼길 바란다. 그러면 사람들은 조금 덜 고민하고 욕망하지 않을까 하는 생각이 든다.

키워보자!

오윤실 (식품생명공학과)

움직이는 것, 살아서 움직이는 생명은 우리의 관심을 끈다. 어디로 움직일지, 갑자기 나에게 튀어오지는 않을지 기대감을 가지고 지켜보게 된다. 나도 그랬다. 더 나아가 그들을 가지고, 또 키우고 싶어 했었다. 그것들은 나에게 자연에 대한 경외심을 가르쳐 주었으며 어린 날 나의 감수성을 상당히 예민하게 만들었다. 명절에 가끔 차례 상 위에 올라가 있는 배 한 덩이를 보면 생각한다. 자라는 동안 어찌 가지에서 떨어지지 않고, 이렇게나 커다랗게 자라날 수 있는지, 갓난아이 머리만 하니 이 경우엔 경외감을 넘어서서 차라리 연민마저 든다.

어린 시절, 누구나 자기만의 소중한 애완동물을 가져 보고 싶었던 적이 있었을 것이다. 그 동물이 닭이건, 장수풍뎅이가 되었건 간에. 그러나 나는 비교적 평범한 동물을 골랐다. 나는 쓰다듬기 좋은 털과 반들반들한 눈망울을 가진 동물을 키우고 싶었다. 그래서 갖고 싶다고 조른 것이 강아지였다. 어머니께서는 털 날리고 냄새난다고 반대하셨지만, 친척집에서 마침 잡종 강아지를 얻어 온 터라 그 강아지를 우리 집에 냉큼 데려왔다. 나의 머릿속에는 애견 배변훈련의 순서 -강아지가 자신의 변 냄새를 기억하게 하고, 신문지 위에 변을 놓아둔 뒤 배변 장소가 신문지 위임을 각인시킵니다. - 가 나름 체계적으로 쟁여 있었다. 그러나 나는 아무런 행동도 하지 않고 어머니가 알아서 처리하시도록 두었다. 변명이지만, 그때 나는 초등학교 1학년생이었다. 학교 다녀와서 강아지가 보이지 않을 때 어디에 있나 찾아보면 항상 그 녀석은 내 방 베란다에 감금되어 있었다. 겨울 날 오후, 베란다에 갇힌 채 여기저기에 균일한 크기의 똥을 싸 놓고는 춥다는 듯 발발거리던 녀석이었다. 이름도 없던 그 강아지는 집에 데려온 지 일주일 만에 사료, 개집과 함께 친구에게 넘겨졌다.

이로써 개를 키우는 것이 만만찮다는 것을 깨달았으므로, 그 다음으로는 병아리, 거북이, 햄스터, 금붕어를 키웠는데 다 죽었다. 그나마 오래 산 건 금붕어였다. 4~5년 있는 듯 없는 듯 조용히 살아왔는데, 몇 년 전 그만 실수로 어항 위에 에프 킬라가 뿌려지면서 죽어 버렸다. 식물도 곧잘 길렀다. 아파트 단지 내 화단에 피어 있는 빨갛고 하얀 봉선화가 예뻐서 꽃잎만 뜯어 오다가, 씨 주머니를 발견했다. 손끝으로 꾹 누르니까 둥근 우산살처럼 다섯 조각으로 오므라드는데 그 속에 갈색의 씨들이 달려 있었다. 신기해서, 그리고 기특해서 만지작거리고 있으려니까, 꽃 주인으로 생각되는 할머니께서 왜 익지도 않은 걸 그래 쌌냐고 혼내셨던 기억이 난다. 어쨌거나 기회를 보다 결국 손을 대서, 8~10개의 씨앗을 가져오는 데 성공했다. 1.5리터 생수 통을 반을 잘라 화단 흙을 넣어 화분을 만들었고 집 베란다에 두고 길렀다. 매일 아침 줄기가 길어지고 매끄러운 새 잎이 벌어져 나오는 것이 사랑스러웠다. 여름이 되자 꽃이 두어 개 달렸으나 기둥 굵기가 제 어미의 기둥만 못했다.

그 뒤로도 식물의 씨라면 가리지 않고 모았다. 그중 완전히 성장해서 한살이를 마친 것은 나팔꽃이었다. 창틀을 빙그르르 휘감으며 천장까지 올라간, 생기 넘치는 줄기들과 잎사귀 사이로 난 붉고 파르스름한 꽃을 바라보던 그때의 기분을 잊을 수 없다. 초등학교 6학년짜리의 조그만 가슴에 차오르던 그 묵지근한 열기. 그것은 바로 감동이었다. 나의 꾸준한 관심과 이 여린 생명의 몸짓이 나를 성장시켰고 나는 다만 감사의 마음으로, 꽃이 지고 씨를 맺을 때까지 이 나팔꽃 한 줄기를 가슴 깊이 사랑했다. 이후 상급학교로 진학하며 뭔가를 키워 보려는 생각은 할 수 없었다. 수학 실력을 키우는 방법은 많이 강구했었지만, 나 자신도 생명체이자 성장하고 있는 개체면서 또 다른 생명들을 키우고 있다는 데에서 오는 경외심, 연민과 같은 감정들은 절대 느낄 수 없었다.

대학교에서 기숙사 생활을 하며, 방에 작은 화분을 두고 키워 볼까 생각해 보았다. 하지만 햇빛을 받게 할 마땅한 자리가 없다 싶어 관두었다. 사랑을 받는 것보다 사랑을 주는 것이 더 행복하다는 말을 어디선가 들어 본 적이 있을 것이다. 이 말은 사람과 사람의 관계를 보고 한 말일 것이다. 나의 경우 대상이 동식물이었지만 듣는 순간, 나는 곧바로 그 말에 공감할 수 있었다. 그들은 사람처럼 이것저것 재지 않는다. 그저 사랑과 관심만이 필요한 순수한 개체다. 그렇기에 나도 내가 기르는 금붕어와 나팔꽃들이 잘 자라 주기만을 바랐을 뿐, 그들을 사랑할 수 있었다. 그들이 보여 주는 화려함이나 생명력은 목적 없이 피어 있기에 나는 자연물을 사랑한다.

음악과 걷는 동반길

이정민 (일본어학과)

나는 여태껏 살아오면서 나 자신을 목석과 같다고 느낀 것이 한 두 번이 아니었다. 가족에게도 호감이나 애정표현 한 번 해본 적 없는 무감각한 나의 태도는, 남은 물론 가까이 지내는 사람들에게도 거리감을 느끼게 했을 것이다. 하지만 인간이라면 누구나 심장을 가지고 있듯이, 내 마음속 깊은 곳에도 뜨거운 무언가가 있었다. 오랜 세월 눈치만 보고 있던 그것은, 20세기의 강렬한 전자기타 소리에 모습을 드러냈다. 내가 태어나기 훨씬 전 시대부터 녹음되어 온 그 소리들은 인간에 대해 노래하며, 우물 안 개구리로 살아왔던 내게 다양한 감정들을 전해 주었다. 음악은 내게 따뜻한 마음을 주고, 몰입의 즐거움을 알려 주었다. 이처럼 음악은 항상 내게 친절하였고, 나는 음악을 연인처럼 열렬히 사랑하였다.

예전부터 나는 기쁜 일이 있어도 슬픈 일이 있어도 감정을 겉으로 드러내지 않는 것이 미덕이라고 생각해 왔다. 그 탓에 항상 무표정했고, 차갑고 무뚝뚝한 태도가 몸에 배어 있었다. 하지만 표출되지 못한 감정의 응어리들이 쌓이고 쌓이면서 나는 더욱 어둡고 신경질적으로 변해 갔다. 가끔은 나대신 누가, 내 마음속 울분을 끄집어내서 폭로해 주었으면 싶을 때도 있었다. 그러한 내게 음악은 최적의 해방구가 되었다. 어느 날 우연히 듣게 된 펑크록의 고함소리. 거칠고 투박하지만 꾸밈없고 진실한 그 목소리를 듣고 나는 그만 덜컥 눈물을 흘리고 말았다. 펑크록은 부끄러움 없이 인간의 감정을 내뱉었다. 거친 말로 분노를 외치고, 고통에 울부짖고, 저속하게 조롱하고, 때로는 달콤한 목소리로 속삭였다. 나는 음악을 통해 더 많은 것을 느끼고 싶어졌고 그때부터 음악을 광적으로 찾아 듣기 시작했다. 그리고 어느 때부터인지 몰라도 모든 음악이 장르의 벽을 넘어 내 억압된 감정을 대변해 주기 시작했다. 누군가를 사랑할 때는 에릭 클랩턴이 사랑을 읊조렸고, 사회의 부조리함에 직면하면 밥 딜런이 저항을 노래했다. 음악과 교감할 때면 어느새 근심과 두려움은 사라지고 용기가 샘솟았다. 누군가와 같은 감정을 공유하는 위안과 기쁨을 음악을 통해 마침내 깨닫게 된 것이다. 음악은 이처럼 그때그때 내가 필요로 하는 목소리가 되어 주었고, 점차 나 자신의 목소리를 낼 수 있도록 이끌어 주었다. 위로가 필요할 때 손을 잡아 주고, 변화를 앞두었을 때 용기를 준 음악. 음악은 그 시절 힘들었던 내게 사랑을 알려준 소중한 존재다.

나는 음악이 주는 끝없는 즐거움에 매혹되었다. 음악의 세계를 탐구하는 것은 내게는 더할 수 없는 행복이었다. 음악은 어떤 사람들에게는 단순히 음의 나열에 지나지 않을 수도 있다. 그러나 음악에 마음을 바친 나는 음악 속에서 조금씩 보이지 않는 또 다른 세계를 느낄 수 있었다. 문학작품 속에 작가의 인생과 사상이 깔린 것처럼, 음악 안에도 음악가가 살아온 인생과 철학이 숨어 있었다. 혈기 넘치는 젊은 시절, 정열적인 사랑, 그리고 불행한 결혼생활, 인생의 나락, 종교로의 귀의. 이처럼 한 인간의 일대기가 음악 속에 담겨 있었고, 또 이러한 개개인의 이야기 뒤편에도 무수한 세상이 펼쳐져 있었다. 60년대를 지나, 70년대, 80년대, 그리고 현재에 이르기까지, 시대를 관통하는 사상·가치관·사회현상·유행 등의 이야깃거리가 지적 흥미를 자극했고, 이를 발굴하는 작업은 정말로 짜릿하고 통쾌한 성취감을 주었다. 음악은 내 가슴에는 따뜻함을 주고, 머리에는 지식과 메시지를 주었다. 감정이 풍부하고 생각이 많은 나에게 음악은 감성의 양식이며 건전한 유희였다. 그야말로 마음도 맞고 취미도 맞는, 둘도 없는 연인이 아닐 수가 없다.

많은 음악인들이 죽을 때까지 긴 세월을 담아 음악을 만들어 왔다. 그 세월의 의미를 고작 20여 년밖에 살지 않은 내가 다 이해할 수 있을 리가 만무하다. 사랑을 경험해 보지 못한 시절, 사랑 노래를 우습게 여기던 적이 있었다. 그러나 누군가를 사랑하게 된 순간, 수백 번을 듣고 질렸던 한 음악이 전혀 새롭고 오묘하게 다가오는 것을 느꼈다. 새로운 경험은 언제나 음악도 나 자신도 더 깊고 성숙하게 해 주었다. 매 순간 나는 더 많은 것을 보고 느끼면서 새로운 나를 만들어 가고 있다. 음악과 나는 앞으로도 끊임없이 새로워지고 변화할 것이다. 우리가 함께한다면 언제 다가올지 모르는 인생의 역경도 두렵지 않다. 음악은 내 인생의 동반자이며, 이것이 내가 음악을 사랑하는 이유이다.

My name is……

박서빈 (러시아어어학과)

이민지, 이다원, 박다원, 박서빈……. 내 20년 인생의 흔적이며 동반자였던 나의 이름들이다. 남들은 평생에 한 번 할까 말까 한 개명을 나는 세 차례나 했다. 그리고 이 세 번이라는 숫자만큼 나의 어린 시절 또한 평범하지만은 않았다.

이민지. 나의 첫 번째 이름이자 내 인생 첫 번째 대사건 즈음까지의 이름이었다. 솔직히 이 이름이었을 때의 나는 잘 기억이 나지 않는다. 그저 가족의 품에 싸인 작은 꼬마 숙녀로서 집안 식구들의 사랑을 한 몸에 받는 어린아이였다는 기억만이 남아 있을 뿐이다. 그러던 중 초등학교 2학년 때 이름이 사주에 좋지 않다는 말에 개명을 하게 되었다. 그리고 얼마 후, 아이러니하게도 부모님의 이혼이 찾아왔다.

이다원. 질풍노도의 시기를 함께 보낸 나의 이름이다. 부모님의 이혼 후 어머니와 함께 살게 된 나는 내가 엄마를 잘 지켜 드려야지 하는 생각을 막연하게나마 품고 있었다. 그런데 얼마 후 어머니의 재혼, 또 곧이어 아버지의 재혼이 찾아오면서 나에게는 3명의 여동생이 생겼다. 그때까지만 해도 집안의 외동딸로서 모든 사랑을 독차지하고 자랐던 나는 나 자신을 모든 관심을 빼앗겨 버린, 세상에서 가장 불쌍한 존재라고 생각했다. 그래서 나름 반항을 해본답시고 가족의, 특히 나만을 믿고 계시는 어머니의 마음을 아프게 하는 행동을 수없이 저질렀다. 이러한 반항들을 하나하나 열거하자면 너무 길기에 대표적인 것들만 이야기해 보자면 초등학교 고학년 때는 말도 없이 무단결석을 하고 학교 밖을 배회했다. 그리고 중학교 3학년 때는 안 좋은 친구들과 어울리며 소위 말하는 '껄렁껄렁한 학생, 요주의 학생'이 되어 학교에서 전화가 오게 만들기도 했다. 그렇기에 이런 질풍노도의 시기를 함께 보낸 이다원이라는 이름에 나는 애증의 감정이 뒤섞일 수밖에 없었다.

한편 중3 말, 호주제의 폐지로 나는 새 아빠의 성을 따를 수 있게 되었다. 그런데 이때는 철없던 중학교 3학년 시절의 막바지였다. 내가 했던 일련의 반항들로 인해 엄마께서는 나에게 많이 지치신 상태이셨던 듯싶다. 엄마께서는 나를 붙잡고 우시기도 하고, 혼내시기도 하고, 모진 말씀을 많이 하시기도 하며 나를 바로잡으려 하셨다. 생각해 보면 머리가 커질 무렵부터 마지막 이름으로 바꾸기 직전까지 항상 엄마와 나는 나의 반항들로 인해, 서로가 가진 너무나도 똑같은 성격으로 인해 날이면 날마다 싸웠었다. 이 당시에는 하루하루가 너무 힘들고 "왜 나에게만 이러한 불행이 찾아왔나"라는 생각까지 들 정도였다. 이야기하자면 너무나도 길고 길어서 자세히 설명은 하지 못하지만 이 당시의 엄마와 나는 정말 '살벌할' 정도로 다투었고 서로에게 너무 많은 상처를 줬다. 지금 생각해 보면 가끔씩 큰 문제들도 있었지만 집안일을 배분하거나 학교생활에 대한 관심과 같은 사소한 문제로 싸울 때가 더 많았다. 엄마께서 내가 이혼 가정의 아이라는 시선을 받지 않고 올바른 길로 나아가도록 해야 한다는 책임감 때문에 나를 더 엄격하게 키우셨다는 것을 그때는 깨닫지 못하였다. 그리고 나는 엄마와의 갈등을 핑계 삼아 항상 나만 가족 내에서 소외당하는 이방인이라는 생각만을 하며 가족의 품에서 벗어나려고 애썼다.

박서빈. 나의 새 출발을 알리는 이름이었으며 지금의 나를 만든 이름이라고 자신 있게 말하고 싶다. 중간에 박다원이라는 이름도 있었지만 이 이름은 박서빈이 되기 위한 일련의 과정이었으니 넘어가기로 하자. 내가 서서히 철이 들어가고 이름이 바뀌게 되면서 엄마와 나의 다툼은 잦아들었으며 이 무렵 나는 서서히 가족의 소중함을 느끼게 되었다. 내가 반항을 하거나 신경질을 부려도 끝까지 나를 놓으시지 않았던 엄마가 너무나 존경스러웠다. 피 한 방울 안 섞인 나에게 친딸에게 줄 수 있는 것보다 더 큰 사랑과 관심을 주시는 새아빠에게 감사했다. 항상 "언니, 사랑해"라고 말하며 나에게 애교를 부리고 날 걱정해 주었던 어린 동생이 너무나 사랑스러웠다. 이처럼 가족에 대한 소중함을 느껴 가고 있는 와중에 성씨와 이름이 바뀌게 되었다. 같은 성씨를 갖게 되었다는 사실 하나만으로도 가족 내에서 떨쳐낼 수 없었던 이질감은 싹 사라져 버렸으며 동시에 새롭게 태어난 것 같은 기분을 느졌다. 그리고 나는 내게 주어진 이 이름에 걸맞은 사람이 되기 위해 지금까지 끊임없이 노력해 왔다. 이름에 들어 있는 옥 광채 빈(霦). 이 뜻에 맞게 항상 반짝반짝 빛나는 사람이 되는 것이 고등학생 시절 나의 목표였다. 그리고 열심히 노력해 온 결과 지금의 내가 만들어졌다.

이전의 나는 개명 사실을 부끄러워했고 나의 예전 이름들을 숨기고만 싶어 했다. 내 이름의 변천 과정에는 부모님의 이혼과 재혼, 내가 청소년 시기에 경험했던 기쁨, 슬픔, 분노 등이 모두 들어 있기 때문이다. 그러나 철이 들어 갈 무렵, 평범하지 않은 나의 가족이 결코 부끄러워 할 대상이 아님을 깨닫게 되었고 나는 나의 이름들을 사랑하게 되었다. 내 이름 모두가 나를 표현해 주는 그 자체이며 내가 끌어안아야 할 나의 일부라는 것을 알게 되었기 때문이다. 김춘수의 시인 「꽃」에는 '내가 그의 이름을 불러 주었을 때 그는 나에게로 와서 꽃이 되었다'라는 구절이 있다. 이름을 불러 주는 행위를 통해서 대상에 대해 의미를 부여하게 된 것이다. 나 또한 나의 이름을 불러 주고 끊임없이 나 자신을 아껴 줌으로써 나라는 존재가 더욱 더 의미 있는 사람이 될 수 있도록 노력해야겠다.

20살, 넌 풋내기였다

류지혜 (동서의과학과)

3년 전 서울에서 대학을 다니기 시작하면서, 대구라는 나의 고향을 떠나 서울에서 혼자 자취를 하게 되었다. 고등학교의 작은 울타리에서 벗어나 '진짜' 세상으로 나오게 된 첫 시작이었다. 고등학교 때 꿈을 꾸었던 서울에서의 대학생활은 상상만큼 달콤하지 않았다. 새로운 세상에 적응하는 과정은 실수투성이였고, 모든 일을 내 스스로 해야 한다는 부담감에 막막하기도 했다. 무엇보다 오랜 시간을 함께한 친구들, 그리고 사랑하는 가족들과 떨어져 지낸다는 생각에 외롭기도 하였다.

대학교 1학년 1학기, 그 시절 나는 많은 시행착오를 겪었다. 세탁기를 한 번도 돌려 본 적 없었던 나는 섬유 유연제만 넣고 빨래를 하는가 하면, 전기밥솥에 밥을 하려다 밥을 모두 태워 버리기도 했다. 대학 생활에서도 모든 일들이 낯설고 서툴렀다. 새로운 과 친구들, 선배들과의 친분, 동아리 활동, 수업 내 그룹 활동 그리고 계단 강의실에서의 발표들이 어렵게 느껴졌다. 나는 친한 선배가 없어서 학교생활에 대한 정보가 하나도 없었다. 수업시간에는 교수님이 어려운 질문을 내게 시킬까 봐 항상 불안했었다. 특히 나의 경상도 사투리는 새로운 환경에서 날 더 낯선 이방인처럼 느껴지게 했다. 슈퍼를 가든, 식당을 가든, 서울 어디에서든 낯선 말투들이 내 주위를 둘러쌌다. 과 친구들은 내가 말할 때마다 호의적인 의미에서 재미있고 귀엽다며 웃었지만 내게는 괜히 비웃음처럼 느껴져 자존심이 많이 상했다. 나는 갈수록 자신감을 잃었고, 아이들의 대화에 끼는 것이 어려워졌다. 수업을 기다리는 강의실에서, 삼삼오오 친한 아이들끼리 앉아 저마다의 이야깃거리로 수다를 떠는 모습을 보면 나는 무척 외로웠다. 학교에만 가면 조용해지고 소심한 아이가 되어 가고 있었다. 새로운 환경에 적응하지 못한 채, 기대와 로망에 가득 찼던 대학생활은 너무나도 가기 싫은 곳으로 변해 가고 있었다.

밝고 명랑한 고등학생이었던 나는 낯선 환경과 낯선 사람들에 둘러싸여 점점 자신감을 잃고 소극적으로 변해 가고 있었다. 사람들과의 만남이 두려워서 몇 명의 친한 동기들과의 만남을 제외한 술자리, 과모임도 잘 나가지 않았다. 수업이 끝나면 바로 자취방으로 돌아와 혼자 밥을 먹고, 혼자 텔레비전을 보는 것이 일상이었다. 매일매일 고향집에 가고 싶었고, 가족들도 그리웠고, 고등학교 때의 친한 친구들이 너무도 보고 싶었다. 고등학생 때 꿈꾸었던 대학생활과 현실은 너무나 달랐다. 나는 어린 시절 꿈꾸던, 열정적으로 대학생활을 즐기는 대학생이 아니었다. 고등학교 친구들의 미니홈피 사진첩의 화려한 대학생활을 보면서, 나는 왜 빨리 적응하지 못할까, 나는 왜 새로운 인간관계가 어색하고 두려울까, 자괴감이 들었다. 주말이 되어 애타게 기다리던 대구로 내려가서 친구들을 만나면, "서울에서의 생활은 어때? 강남도 가봤어? 너희 과 애들은 어때? 네가 대학생활 가장 재미있게 잘할 것 같아. 선배들이 너 웃기다고 좋아하지? 완전 부럽다, 야."라며 날 부러워했다. 하지만 친구들의 기대와 달리, 새로운 생활에 잘 적응하지 못하는 나의 모습을 들키기 싫어서 대학생활이 무척이나 재밌는 듯 거짓말을 했다.

4월의 어느 날, 고등학교 시절 가장 친했던 민정이라는 친구가 우리 학교로 놀러 왔다. 친구와 맥주도 마시며, 이런저런 이야기를 나누었다. 그 친구도 서울에서 대학교를 다니고 있어서 서울에서의 생활에 대해 공감되는 이야기가 많았다. 조금 취기가 올랐을 때쯤 용기를 내서 조심스럽게 친구에게 내 고민을 말했다.

"민정아, 나 사실 대학생활 잘 적응 못하고 있어. 다른 동기들은 선배들이 밥도 사주고, 자기들끼리 재밌게 보내는 것 같은데, 나는 어색하고 힘들어. 사람들 앞에서 사투리로 말해야 하니깐 나도 모르게 말수가 줄어드는 것 같아. 그리고 나 고등학교 때 엄청 밝고, 남들 재밌게 하는 거 좋아했잖아. 그런데 여기 친구들은 나 조용하고 재미없는 애라고 생각해. 지금 내 생활은 내가 생각해도 너무나 충격적이야."

내 이야기를 들은 친구는 정색하며 말했다.

"대학이란 곳이 너에게 새로운 환경이라서, 불안하고 두려운 것이 당연한 거야. 나도 처음에는 힘들었지. 그런데 넌 스스로 지금의 상황을 너무 피하기만 하는 것 같은데? 대학생활은 너 스스로 적극적으로 다가서고, 참여하지 않으면 학원과 다를 게 없어. 혼자 수업 듣다가 과제 받고 밥 먹고 집에 오는 것. 그게 학원이지 대학교야? 파릇파릇한 20대 대학생의 특권들을, 먼저 다가서기 부끄럽다는 이유로 낭비하지 마. 자존심을 한번쯤은 버리고, 용기 내어 새로운 사람들에게 먼저 연락해 봐. 대학생이 되기 전에 꿈꾸었던 일이 무엇인지 다시금 생각해 봐. 그리곤 적극적으로 열정을 가져서 도전해 봐. 그러면 자연스럽게 새로운 환경에 적응할 거야. 그리고 너가 원하는 대학생 '류지해'의 모습도 보게 될 거야."

친구의 조언은 내가 보지 못했던 나의 모습, 내가 깨닫지 못했던 착오들을 깨우치게 했다. 사실 지금 와서 생각해 보면, 그 시절 나의 사고는 좁고 외롭고 불편한 틀 안에 갇혀 있었다. 그 당시의 나는 새로운 환경에 대해 늘 불만과 실망감만 늘어놓으며 부정적으로 상황을 바라보았고 모든 문제는 내가 아니라 남의 탓, 새로운 환경 탓만 하였다. 그날 밤, 나는 자취방에 누워서 눈물을 뚝뚝 흘리며 그 동안의 내 모습을 객관적으로 돌아보았다. 나는 그 동안 무작정 그러한 상황들을 피했던 것이다. 수업이 마치면 바로 자취방으로 달려 왔고, 수업시간에 조 모임 하는 수업을 싫어했다. 그러면서도 사람들에게 내 성격을 보여 주지 못해서 안달 나 했었다. 남들이 해주길 바라거나 그 기회가 올 때까지 기다리지 말고 내가 먼저 그 두려움에 도전했어야 하는 것이었다.

그날 후, 나는 동아리에도 가입하며 많은 사람들을 만나려고 애썼다. 과 선배들에게도 먼저 연락했고, 같이 밥을 먹으면서 많은 이야기를 하려고 노력했다. 또한 과모임에도 자주 나갔다. 모르는 것이나 고민거리가 있으면 나는 교수님을 직접 찾아가기도 했고, 학교에서 하는 모든 행사에 참여했다. 처음에는 사람들이 날 어떻게 생각할까 두려웠지만, '한 번만 눈 딱 감고 시도해 보자. 실패한다면 또 다른 방법을 해보면 돼.'라는 긍정적인 생각으로 조금씩 달라지기 시작했다. 점차 어색한 사이였던 친구들과도 친해졌고, 어렵게만 느껴졌던 선배들과도 친한 언니 오빠가 되었다. 6월 한 학기가 지날 때, 과에서 모르는 사람이 없을 정도로 많은 사람들을 사귀었고, 학기 초에는 내가 감히 할 수 없을 거라고 생각하였던 일들, 해외연수프로그램, 해외대학생봉사단, 교내 봉사프로젝트, 청소년 멘토링 등 다양한 프로그램에 지원하여 좋은 경험을 만들며 최고의 대학생활을 보냈다.

1학년 첫 학기는 내게 상처대신 더 큰 교훈을 가르쳐 주었다. 나는 새로운 세계에 두려움 없이 나아가는 법을 배웠다. 그 도전이 주는 실패나, 민망함을 두려워하지 않고, 즐기는 법을 배웠다. 내가 만약 그때, 주위상황을 비관하며 더 이상 그 상황을 견디지 못했다면 아마 지금도 새로운 모든 것들에 대해 두려움을 느끼고 있었을 것이다. 비록 새로운 일을 시작하고, 목표를 향해 나아가는 과정은 힘들었지만 시간이 지나면 모든 일은 추억이 되고, 경험이 된다는 것을 깨달았다. 나는 그때의 경험을 비롯하여. 힘들어 하는 후배들이나 머뭇거리는 친구들에게 거침없이 세상을 향해 몸을 던져 봐라, 부끄러움과 창피함을 딱 한 번만 눈 감고 원하는 삶에 한발 내딛어 보라고 한다. 그것이 앞으로의 삶에 얼마나 큰 영향을 미칠지 내가 직접 느껴보았기 때문이다.

앞으로의 나는, 내게 펼쳐질 많은 세상에 도전할 것이다. 두려움에 물러나 포기하기 시작하면 또 다른 시련이 왔을 때에도 포기할 것이고, 계속 악순환을 되풀이하게 될 것이다. 하지만 이것을 이겨낸다면, 또 다른 도전에서 그 어떤 어려움이 닥치더라도 극복할 수 있을 힘이 생길 것이다. 또한 시련을 이겨낸 자의 황홀한 승리감을 맛볼 수도 있다. 앞으로 나의 20대는 새로운 일들에 항상 도전하고, 내가 하고 싶은 일이 있다면 끝까지 도전할 것이다. 단 한 번밖에 오지 않는 찬란한 나의 20대는 실패들이 많았으면 좋겠다. 그 실패들은 내게 또 도전하고 싶은 자극을 줄 것이기 때문이다.

내 인생 최악의 슬럼프가 아닌, 빛나는 터닝 포인트로 만들어 준 그것, 오늘을 살아가는 이유가 된 바로 그것. '새로운 세상을 향한 도전'을 계속 사랑할 것 같다.

3장

나를 슬프게 하는 것들

누구에게나 외면하고 부정하고 싶은 그림자가 있다. 성인이 된다는 것은 '네 안의 낯선 나'를 인정하고 서로 화해한다는 것이다. 긍정적인 나와 부정적인 내가 하나가 되어야 온전한 내가 될 수 있다. 홀로 선다는 것, 즉 성인이 된다는 것은 자기 안의 빛과 그림자를 인정하고 이를 통합하고 조절하는 능력을 갖춘다는 것이다.

– 나를 발견하는 글쓰기 중에서

마음속에 묻은 것

오태희 (전자전파공학과)

"와아!"

작은 케이지 안에 들어 있는 자그마한 것은 토끼였다. 한 마리는 새하얗고 한 마리는 검은 무늬가 있는 귀여운 한 쌍이었다. 이제 막 찾아온 봄에 우리는 그렇게 만났다. '토돌이'와 '토순이'라는 이름은 단순하지만 정겨운 이름이었다.

"토돌아!", "토순아!"

하고 부르면 쳐다보지는 않아도 부르는 것 자체로 행복했다. 아침에 일어날 때, 학교가 끝나고 집에 올 때 항상 토돌이, 토순이가 먼저였고 점점 내 일상이 되었다. 매일 토끼풀과 민들레꽃을 구하기 위해 아파트 단지를 돌아다니는 일은 나의 취미였다. 열심히 구해온 풀을 맛있게 먹는 아이들을 보는 일은 하루 중에 제일 좋아하는 일이었다. 앞니로 오물거리며 먹는 게 얼마나 귀여웠던지 아직도 눈에 선명하다. 그렇게 둘에 대한 나의 사랑과 함께 토돌이와 토순이는 무럭무럭 성장해갔다.

그리고 여름이 되었다. 그 날은 여름 중에 유난히 더운 날이었다. 또한 나에게는 절대 잊을 수 없는 날이었다. 토돌이와 토순이는 몸집이 많이 자라서 베란다에서 살게 되었다. 나는 여느 때와 다름없이 수업이 끝나 집에 돌아온 후 베란다로 달려갔다. 베란다에는 토순이가 더위 때문에 헥헥거리며 숨을 거칠게 쉬고 있는 모습이 보였다. 나는 안쓰러운 마음에 물을 주었다. 토순이는 기다렸다는 듯이 허겁지겁 먹었다. 좀 괜찮아진 듯 보였지만 잠시였다. 다시 거칠게 숨을 쉬는 토순이였다. 물을 먹고 괜찮아진 토순이를 봤던 나는 계속 물을 주었다. 그래도 나아지지 않아서 아빠에게 상황을 말했다. 그런데 아빠께서는 토끼한테는 물을 많이 주면 안 된다 하시면서 나를 혼내셨다.

아니나 다를까. 아빠와 같이 베란다로 나갔더니 토순이가 설사를 하고 있었다. 나는 빨리 병원에 데려가자고 했지만 아빠는 이미 늦었다고 하셨다. 눈물이 나왔다. 이러지도 저러지도 못하고 울고만 있는데 갑자기 토순이가 발작을 일으키기 시작했다. 나는 너무 마음이 아파 눈을 감았다. 그리고 잠시 후 눈을 떴을 때 아무 미동도 없이 누워 있는 토순이가 보였다. 아빠가 토순이 위에 신문지를 덮어 주시면서 이따 저녁 때 아파트 뒤쪽에 묻으러 가야겠다고 하셨다. 그 날 저녁 엄마와 언니가 토순이를 묻으러 갔다. 하지만 나는 가지 못했다. '내가 물을 많이 주지 않았더라면……' 하는 죄책감과 사랑하고 아끼던 것이 눈앞에서 죽은 충격 때문에 도저히 갈 수 없었다. 며칠 되지 않아 외로움을 많이 타던 토돌이를 친척집에 보냈다.

그 후로 애완동물을 볼 때마다 토순이가 생각났다. 그리고 후회했다. 내가 조금만 더 깊게 생각했다면, 그래서 더위에 지친 토돌이와 토순이에게 물을 줄 것이 아니라 집안으로 데리고 왔다면 하고 말이다. 그 때에는 어려서 깊게 생각하지 못했다는 생각에 나 자신이 정말 싫었다. 또한 나의 사랑이 토순이에게 독이 되어 돌아갔다는 생각이 슬펐다. 식물을 사랑하는 마음에 물을 많이 주는 것은 식물을 오히려 시들게 한다는 말이 절실하게 느껴졌던 날이었다.

지금도 토순이를 생각하면 마음이 아프다. 처음 키웠던 애완동물이 눈앞에서 죽어가는 것을 보았기 때문에 이 슬픔은 몇 십 년이 지나도 사라지지 않을 것이다. 토순이는 땅에 묻혔지만 함께 했던 행복한 추억들은 아직 내 마음속에 살아 있다. 그것이 토돌이, 토순이가 갔던 여름이 매년 찾아와도 마냥 슬프지 않은 이유이다.

제 점수는요?

이한솔 (프랑스어학과)

오늘날 우리는 모든 것이 숫자로 통하는 사회에서 살고 있다. 현재 내가 이 페이지에서 쓰고 있는 부분은 1쪽 1단 6줄이다. 이 문서파일은 '빈 문서 1'이다. 지금은 오전 11시 13분이다. 내가 오늘 먹은 아침밥의 가격은 2,700원이다. 이 글의 마감일은 4월 28일이다. 이렇듯 우리가 매 순간 확인하는 시간과 날짜를 포함하여 우리 주변에 있는 거의 모든 것들이 숫자로 표현된다. 하지만 이 세상에는 숫자로 표현할 수 없는 많은 것들이 있다. 부모님의 사랑, 친구들과의 우정, 자연의 아름다움, 한 사람의 생각의 깊이, 예술 작품의 가치 등등. 그런데 사람들은 이것조차도 숫자로 표현하려 한다. 점수를 매기려 한다. 숫자는 현대사회에서 반드시 필요한 것이지만 이 숫자를 모든 것에 적용하려는 사람들을 볼 때마다 나는 슬퍼진다. 그 중에서도 가장 나를 슬프게 하는 것은 한 사람의 가치를 숫자로 나타내는 것이다.

나는 많은 책을 읽었고 책 속에서 깨달음을 얻으며 성장했다. 나는 꿈과 목표, 앞으로 하려고 하는 일에 대해 끊임없이 고찰한다. 나는 가족과 친구들을 사랑하고, 사랑받고 있다. 이런 '나'에게 이 사회는 끊임없이 점수를 매긴다. 나는 학생부 우수자 전형으로 경희대학교에 합격했다. 내가 원했던 학교였기에 정말 기뻤다. 그런데 대학입시를 준비할 때는 허무함을 느꼈었다. 고등학교 3년 동안 공부 외에 여러 가지를 보고 느끼고 고민했던, 그리고 어른이 되어가던 나를 내신 성적 1.5등급으로 평가한다는 사실이 나를 힘들게 했다. 대학은 내신 성적 1.5등급이라는 숫자 하나만으로 그 사람이 합격할 자격이 충분한지 가치를 매긴다. 하지만 '숫자 1.5'에 내 전부가 담길 수는 없다.

요즘 사람들은 자신이 결혼할 상대에게 점수를 매긴다. 결혼정보회사에 가면 남자용과 여자용의 등급표가 있다. 그 내용을 살펴보면 직업, 학벌, 집안 환경, 재산, 외모 등을 조건에 따라 점수를 매길 수 있도록 되어 있다. 이 등급표에 한 사람을 적용시킨다면 그 사람은 결혼 상대가 아닌 물건이 되는 기분일 것이다. 이 물건이 쓸 만한 물건인지 몇 점짜리 물건인지 채점하는 것이다. 결혼정보회사는 사랑을 사고파는 회사이다. 사람들은 남자와 여자가 사랑을 하고 결혼을 하는 데 있어 서로가 저울질하는 것이 현실이고 당연한 것이라 말한다. 하지만 나는 의문이 든다. 언제부터 우리가 사랑을 저울질하고 점수를 매기는 것이 당연한 것이 되어 버린 걸까. '사랑'하면 떠오르는 것을 물었을 때 사람들은 일반적으로 그것이 순수함, 고결함, 아름다움이라는 걸 부정하지 않는다.

순수하고 고결하고 아름다운 것을 숫자로 표현할 수 있을까? 점수를 매길 수 있을까? 없다.

지금 이 순간에도 우리는 숫자의 틀에서 벗어나지 못한다. 사회적으로 인정받고 성공하기 위해 자신의 점수를 높이려 발버둥 치고 있다. 나는 가끔 이런 생각이 든다. '이 사회는 내가 대학을 다닐 때는 학점으로 나를 평가하고 내가 취업을 하면 연봉으로 나를 평가하고 내가 결혼을 하면 내 배우자의 연봉으로 나를 평가하겠지.' 그리고 이런 생각을 할 때면 슬퍼진다. 내가 속이 훤히 보이는 유리 상자 안에 갇힌 물건처럼 느껴지기 때문이다. 하지만 분명한 것은 이 세상을 떠날 때, 우리의 심장 박동수가 '0'이 될 때, 어떤 사람도 우리 인생의 가치는 '몇 점'이었다고 말할 수 없다는 것이다. 그 어떤 누구도 한 사람의 가치를 숫자로 환산할 수는 없다.

노인요양병원

문지영 (스페인어학과)

　나는 항상 인생의 좋은 면만을 생각했다. 그 이면에는 나는 젊고 뭐든지 할 수 있다는 생각이 깔려 있었다. 또한 모두들 나를 영원히 사랑해줄 것이라는 생각도 있었다. 하지만 그런 생각은 고2 때 노인요양병원으로 봉사활동을 가면서 깨져버렸다. 그 병원은 바다가 한눈에 보이고 밭과 산이 있는, 한눈에 보기에도 노인병원이 있기에 최적의 장소였다. 하지만 그러한 풍경과 달리 노인 분들이 있는 병실에는 비밀번호를 눌러야만 들어갈 수 있었다.

　병원 안에 들어가자 슬프지만 왠지 웃긴 장면들이 먼저 눈에 띄었다. 몸이 불편해 걷지 못하는 노인 분들이 바닥으로 기어 다니면서 바닥에서 교통체증이 발생했던 것이다. 마치 도로위의 한 장면처럼 그분들은 서로 비키라며 앉아서 욕도 서슴없이 하셨다. 그런 장면을 뒤로 하고 우리가 흔히 생각하는 노인병원에서의 전형적인 모습처럼, 나와 내 친구는 불편하신 노인 분들에게 밥도 먹여드리고 빨래도 하였다. 그렇게 몇 시간이 지나면서 자연히 드는 생각은 봉사활동 시간을 채우고 집에 빨리 가서 쉬어야겠다는 것이다. 그때까지는 정말 나와 그분들은 별개의 문제였고 나와는 영원히 상관없는 상황이었다.

그런데 그런 생각은 몸이 불편한 할머니의 몸을 주물러드리러 갔을 때 깨어졌다. 다른 분들과 다르게 욕도 안 하고 피부도 고왔던 그 할머니는 내가 다가가자

"선생님은 전에 오신 분이 아니네요."

하며 내 팔을 더듬어 보셨다. 그러고는 마치 내가 의사라도 되는 것처럼 아픈 곳을 하나하나 이야기하셨다. 그리고 오래 전 다녀갔던 아들은 언제 다시 오는지 물어보기도 했다. 나는 몇 번이고 나는 학생이라고 말했다. 하지만 결국 나는 할머니의 말을 마치 의사라도 된 양 듣게 되었다. 할머니의 말을 들으면서 나이가 든다는 것에 대해 처음으로 생각했다. 언제나 젊고 행복하게 가족과 친구들과 함께할 것이라고 생각했었는데 그게 아닐 수 있겠구나, 나이가 들면 이렇게 혼자 가족에 대한 사랑만 가지고 남겨지게 될 수 있겠구나, 내가 잘못해서가 아니라 몸이 불편하다는 이유로 혼자가 될 수 있겠구나, 생각했다. 할머니가 계신 방을 나오면서 또다시 교통체증을 일으키는 노인 분들을 보았다. 더 이상 그 장면은 웃기지 않았다.

조금 늦게, 밥 먹을 시간이 주어져서 병원 사무실에 들어가 밥을 먹게 되었다. 식단은 노인 분들과 같았다. 지켜볼 때는 몰랐는데 식판의 반찬들은 죄다 말라 비틀어졌고 맛도 너무 없었다. 젊

은 나도 먹고 싶지 않은 것을 그 분들이 먹는다고 생각하니 더 슬프게 느껴졌다. 하지만 나를 정말 슬프게 만들었던 것은 식판 밑에 깔려있던 서류철이었다. 그 서류에는 환자들의 보호자 연락처, 사는 곳, 환자와의 관계가 적혀 있었다. 서울, 경기, 아들, 딸, 남편, 언니, 동생……. 모두 환자에게 소중하고 사랑하는 가족들이었다. 그러나 그들의 관계는 나에게 더 이상 가족 간의 사랑으로 연결되어 있는 것이 아닌 서류 안에만 존재하는 신분을 증명하는 수단일 뿐이라고 느껴졌다. 내가 그것을 보는 순간에도 바깥에서는 할머니 두 분이 통유리로 비치는 밭을 쳐다보며

"깨 심을 때가 됐네, 빨리 심어야지 저 넓은 곳을 언제 다 심어."

"그러니까요. 우리 00이 오기 전에 다 해놔야 될 텐데."

하고 그곳을 나갈 수 없는 자신들의 처지를 아는지 모르는지 이야기를 나누고 계셨다.

그 모습을 보며, 나는 내 인생의 결말이 이런 곳이라면 너무 슬프지 않을까 하고 생각했다. 훗날 내 가족이 나를 이런 곳에 사인 하나로 간단히 남기고 떠난다면, 그 동안의 내 인생은 무엇이 되는 것일까. 영원하다고 생각했던 가족 간의 사랑이 달라보이던 순간이었다. 이런 곳에 남겨진 나는 하염없이 가족만 기다리겠지. 누군가 그런 나를 보며 슬퍼하겠지. 아니 당장 내가 이런 곳에 남겨지기 전에 우리 부모님이 이런 곳에 남게 되는 건 아닐까. 나는 내가 그렇게 하지 않는다고 자신 있게 장담할 수 있을까. '가족이라면 당연히 힘들 때 곁에 있고 함께하는 거야'라고 당당히 말할 수 있을까. 그날 나는 나이가 든다는 것. 건강하지 않은 삶. 그런

것을 이유로 가족을 버리는 것에 대해 슬픔을 느꼈다. 뿐만 아니라 영원할 것 같았던 가족 간의 사랑도 변할 수 있다는 것에 대해서도 슬픔을 느꼈다.

것을 이유로 가족을 버리는 것에 대해 슬픔을 느꼈다. 뿐만 아니라 영원할 것 같았던 가족 간의 사랑도 변할 수 있다는 것에 대해서도 슬픔을 느꼈다.

둘만의 약속

김강현 (글로벌커뮤니케이션학부)

저에게는 화사한 꽃들과 시원한 날씨로 반가운 봄이 아름답지만은 않습니다. 예쁜 꽃들과 시원한 날씨를 보고 있으면 마음 한 구석에 할아버지에 대한 그리움으로 공허감이 느껴집니다. 할아버지는 맞벌이 하시는 부모님을 대신해 제가 10살이 될 때까지 저를 키워주셨습니다. 할아버지는 5명의 손자와 손녀가 있었지만 할아버지의 성격과 외모를 많이 닮은 저를 특히 아껴주셨습니다.

저는 할아버지와 함께 시골에 있는 할아버지 댁에서 지냈습니다. 할아버지는 농사도 지으시고 돼지랑 소, 닭도 키우셨습니다. 할아버지와 제가 자주 했던 놀이 중 하나는 닭잡기였습니다. 닭을 먼저 잡는 사람이 이기는 게임으로 이긴 사람의 소원을 들어주어야 했습니다. 10살이 채 안된 아이가 닭을 잡기란 어려웠습니다. 그때마다 할아버지는 닭을 구석으로 몰아서 제가 쉽게 잡을 수 있도록 해주셨습니다. 제가 닭을 잡게 되면 할아버지는 과자도 사주시고 잡은 닭으로 요리도 해주셨습니다.

할아버지는 저를 데리고 자주 여행을 가시기도 했습니다. 그 중에서 바다에 놀러갔던 경험은 지금까지 생생히 떠오릅니다. 할아버지께서 바다를 보며 저에게 내기를 하자고 하셨습니다. 서로 목표를 하나씩 정하고 그것을 이루는 쪽이 소원을 들어주는 것이었습니다. 할아버지의 목표는

"강현이가 결혼해서 아들 낳는 걸 보는 거다."

라고 말씀하셨습니다. 그 당시 할아버지는 연탄공장을 운영하시던 사장님이었습니다. 그래서 저는

"난 할아버지보다 돈 더 많이 버는 사장"

이라고 대답했습니다. 할아버지는 껄껄 웃으시면서

"강현이가 사장님 되는 모습도 보려면 할아버지 오래 살아야겠구나."

라고 말씀하셨습니다.

하지만 할아버지와의 행복한 일상은 오래가지 않았습니다. 어느 날 갑자기 저는 외가댁으로 가게 되었습니다. 할아버지를 더 이상 못 볼 것 같다는 마음에 어렸던 저는 울면서 안 가겠다고 떼를 썼습니다. 결국 그 이후 저는 외가댁에서 살게 되었습니다. 이유는 할아버지가 치매에 걸리셨기 때문이었습니다. 할아버지께서는 자신으로 인해 손자가 다치거나 어디 가서 손자를 잃어버릴 수 있다는 마음에 저를 외가댁으로 보내셨던 것입니다. 이 사실은 제가 더 커서 알게 되었고 이후로 시간이 생길 때면 할아버지께 놀러 갔습니다. 얼마 뒤 더 큰 불행이 찾아오게 되었습니다. 할아버

지께서 폐암에 걸리셨다는 소식이었습니다.

하늘이 무너지는 것 같다는 기분이 어떤 것인지 그때 느껴보았습니다. 할아버지께서는 항암 치료로 인해 머리도 다 빠지시고 하루하루 말라가기 시작하셨습니다. 고통스러워하는 할아버지를 보며 지켜볼 수밖에 없는 무력감은 저에게는 너무 힘이 들었습니다. 하지만 할아버지는 제가 병원에 찾아올 때마다 억지로 웃으시면서 괜찮다고만 말씀하셨습니다. 저도 할아버지를 보며 눈물이 나더라도 참으며 웃는 얼굴을 보여드렸습니다. 하지만 할아버지의 병세는 더욱 악화되었습니다. 의사 선생님께서는 할아버지가 며칠을 못 넘길 것이라고 말했습니다. 결국 가족들은 할아버지의 의견에 따라 할아버지를 집으로 모셨습니다. 하루라는 시간이 얼마나 소중한지 그때 알게 되었습니다. 저는 학교도 안 가며 하루 종일 할아버지 옆을 지켰습니다. 그때의 할아버지는 더 이상 웃지 못하셨습니다. 숨 쉬는 것조차 힘들어 하시는 할아버지를 보며 너무나도 슬펐습니다. 그렇게 할아버지는 제가 잠이 든 새벽 사이에 돌아가셨습니다. 할아버지가 이제 제 곁에 없다는 공포감과 할아버지를 더 이상 볼 수 없다는 사실은 저에게 너무나 큰 충격이었습니다.

할아버지께서는 돌아가신 뒤에도 저를 위해 마지막 선물을 주셨습니다. 할아버지의 장례식이 다 끝난 후 유언장이 공개 되었습니다. 할아버지의 유언장은 두 장이었습니다. 한 장은 가족들에게 전하는 말씀이 적혀 있었고 하나는 저에게 따로 쓰셨던 편지였습니다. 그 편지에는 할아버지가 저에게 하고 싶으셨던 말들이 적혀있었습니다. 아직도 기억에 남는 내용이 있습니다. 거기에는 "강현이가 아들 낳는 것도 보고 싶고 사장이 되는 모습도 보고 싶은데 그럴 수가 없어서 너무 슬프구나. 미안하다 해준 것도 없는 할아버지가 약속도 못 지키고 먼저 가게 되어서 정말 미안하다."

라고 쓰여 있었습니다. 치매와 폐암으로 힘드셨을 할아버지가 자신의 몸보다 어릴 때 저와 한 약속을 걱정하셨다는 생각에 많이 울었습니다. 그때 저는 제가 할아버지께 했던 약속을 꼭 지키겠다고 결심했습니다.

저에게 그 약속은 세상을 살아가는 이유가 되었고 고난과 역경을 이겨나가는 힘이 되었습니다. 할아버지의 기일 때가 되면 꽃들이 아름답게 피어 있고 날씨도 사계절 중에 제일 좋습니다. 저는 이런 모습을 볼 때면 할아버지가 손자의 웃는 얼굴을 보기 위해 주시는 선물이라고 생각합니다. 하늘에서 제 모습을 보시면서 행복해 하실 할아버지를 위해 저는 항상 밝은 모습으로 다닙니다. 그리고 저도 하늘을 보며 제가 어릴 적 할아버지께 뽀뽀를 해드리면 가장 크게 웃으셨던 할아버지의 얼굴을 그려봅니다. 할아버지에 대한 기억과 그리움은 저를 가장 슬프게 하는 것이면서 동시에 아름다운 추억입니다. 이 글을 할아버지께서는 못 보시지만 그래도 할아버지께 하고 싶은 말을 적으며 끝마치고 싶습니다. 할아버지, 손자가 정말 사랑합니다.

안녕, 할아버지

신지하 (국제학과)

이번 글쓰기 과제를 받고 나는 나를 슬프게 하는 것이 무엇인지 고민해보았다. 돌이켜 생각해보니 나는 눈물이 없는 편이었다. 지금까지 내가 울었던 일은 손에 꼽을 수 있을 정도다. 몇 개의 영화, 드라마, 속상하거나 서운했던 일……. 이것들 이외에는 내가 눈물을 흘린 적은 거의 없었다. 그래서 나는 가장 최근에 슬펐던, 눈물을 흘렸던 일을 쓰려고 한다. 내가 가장 최근에 눈물을 흘린 일은 2주 전 할아버지가 돌아가셨을 때였다. 나는 지난 글쓰기 과제 '내가 사랑하는 것'의 주제로 할아버지에 관해서 글을 썼다. 그리고 내가 올린 글에 달린 동기들의 댓글과 교수님의 합평에 스스로 나름 힘을 얻으며, 그것들을 캡처해서 핸드폰에 저장해놓기도 했다. 그런데 그 글을 올린 지 얼마 되지 않아 나의 할아버지는 돌아가셨다.

때는 4월 15일 일요일. 나는 기숙사에서 늦잠을 자고 일어나 새로 산 남방과 흰옷을 같이 빨아도 되냐고 물어보기 위해서 엄마에게 전화를 걸었다. 그런데 전화를 받는 엄마의 목소리가 이상했다. 엄마는 울먹이며 "지하야, 할아버지가 돌아가셨어."라고 말씀하셨다. 드라마에서나 볼 법한 일이 나에게 일어났다. 드라마에서는 보통 이 상황에 전화기를 떨어뜨리고 주인공이 주저앉았지만, 나는 그러지 않았다. 엄마의 말을 듣는데 마치 예상이나 한 듯이 나는 너무 담담했다. 통화를 마치고, 그 길로 나는 짐을 꾸려 서울에 있는 장례식장으로 올라갔다. 어른들은 그날 장례에 관해 상의하셨고, 다음날 입관이 끝난 후에 상복을 입고 우리 가족은 온종일 조문객들을 맞았다.

3일째 된 날은 할아버지를 화장하는 날이었다. 아침 일찍 우리 가족은 할아버지 시신을 모셔 서울추모공원으로 향했다. 나는 할아버지가 돌아가셨는데도 눈물이 한 방울도 나오지 않았고 슬프지도 않았다. 너무 실감이 나지 않아서 나 스스로도 이상하다고 생각할 정도로. 화장을 마치고 수골실에 가니 화장장에서 나오는 재가 정말 신기했다. 나무였던 관은 관 모양대로 사각형으로 재가 남았고, 그 가운데에는 나의 할아버지가 계셨다. 수골을 담당하는 사람이 남은 뼈를 빻는데, 거기서 커다란 쇠나사 6개가 나왔다. 그것은 할아버지가 척추간 협착증으로 인해 몸속에 박고 사셨던 나사였다. 그걸 보는 어른들은 무너져 내리셨다. 엄마와 아빠, 그리고 삼촌들과 외숙모들은 목 놓아 우셨다. 특히 엄마는 아주 슬프게 우셨다. 태어나서 우리 엄마가 이렇게 우는 걸 처음 볼 정도로. 그렇지만 나는 그때까지도 눈물이 나지 않았다. 어디선가 우리 할아버지가 '지하야'라고 부르며 나타나실 것만 같았다. 바로 앞에 있는 코너를 돌면 나의 할아버지가 매일 입으시던 그 하늘색 잠바를 입고 기다리고 계실 것만 같았다.

모든 장례를 마치고 할아버지를 로뎀파크에 모신 뒤, 나는 다음 날 수업이 있었기 때문에 학교로 오는 버스에 올랐다. 그런데 혼자 있으니 갑자기 이상한 기분이 들었다. 조금 전까지는 부모님과 함께 있어서 그런지 하나도 슬프지 않았는데, 혼자 버스에 타니까 조금 실감이 나기 시작했다. '아 이제 할아버지를 다시는 볼 수 없구나,' 이렇게 생각하니 2박 3일 동안 단 한 방울도 흘리지 않았던 눈물이 나기 시작했다. 사람들로 가득 찬 M5107 광역버스에서 나는 고개를 숙인 채 계속 울었다. 옆에 앉은 아저씨가 이상하게 쳐다봤지만 그래도 자꾸 눈물이 나왔다. 참으려고 해도 자꾸 눈물이 흘렀다. 그렇게 학교까지 오는 길에 2시간 내내 나는 흐르는 눈물을 멈출 수 없었다.

사실 나는 아직까지 실감이 나지 않는다. 이 글을 쓰면서도, 내 뒤에서 할아버지가 소파에 앉아 날 지켜보실 것만 같다. 여전히 할아버지가 내 이름을 부르며 어디에선가 나타나실 것 같고, 할아버지 번호로 다시 전화가 올 것 같다. 할머니뿐만 아니라 부모님도, 다른 가족들도 할아버지와 유난히 가까웠던 나를 걱정하시고, 나에게 할아버지는 돌아가신 후에도 여전히 널 돌봐주실 것이라고 말씀하신다. 아직까지도 믿어지지 않지만, 할아버지가 나를 돌봐주신다고 생각하고 나에게 주어진 삶을 열심히 살 것이다. 그리고 할아버지께 잘 못해드린 것을 뒤늦게 후회만 하지 말고 할머니와 부모님, 다른 어른들에게 그만큼 잘 해드릴 것이다.

불안

신찬경 (스페인어학과)

불안하다. 마음이 편하지 않다. 누군가에게 쫓기듯 앞으로 달리기만 하니 행복 같은 건 손에 쥘 시간이 없다. 1등을 외치는 소리는 시끄럽고 돈을 외치는 소리에 귀가 먹을 지경이다. 이렇게 세상의 소리가 시끄러운 탓에, 이따금 태어나는 자신의 목소리가 있어도 그 울음소리를 들을 수가 없다. 들려도 외면한 채, 우리는 세상이 정해놓은 중요한 가치들을 맹목적으로 좇는다. 보다 높은 지위를 갈망하는 것이 의무라도 되는 것처럼 당연해졌다. 이를 위해 경쟁은 장려되어야 함이 마땅하다. 경쟁을 바탕으로 한 개인의 노력을 통해 얻지 못할 것은 없기 때문이다. 이러한 시대에 우리들은 살고 있다. 그리고 우리들은 불안하다.

이 '불안'은 현대를 살아가는 대부분의 이들이 앓고 있는 금전적 부에 대한 강박에서 비롯된 것이다. 알랭 드 보통은 그의 책 〈불안 (Status Anxiety)〉을 통해 그 강박의 원인을 분석하고, 불안으로부터 자유로워지는 것을 돕고 있다. 제목 'Status Anxiety'를 통해 알 수 있듯이 보통은 '지위에 대한 갈망'에 초점을 맞추어 불안의 원인을 다섯 가지-사랑결핍, 속물근성, 기대, 능력주의, 불확실성-로 분석하고 그에 대한 다섯 가지의 해결책 역시 다섯 가지-철학, 예술, 정치, 기독교, 보헤미아-로 나누어 우리에게 제시한다.

보통은 책의 앞머리에서 '지위'에 대한 정의를 내리며 논의를 시작한다. 지위란 '세상의 눈으로 본 사람의 가치나 중요성'이다. 지위가 높을수록 타인에게서 차지하는 중요성이 커진다는 것이다. 중요성이 커질수록 타인으로부터 더 많은 사랑(존중)을 받게 되리라는 것 또한 알 수 있다.

어떤 곳에서든 더 많이 사랑받기를 바라는 것은 인간의 본성이다. 그래서 보통은, 우리가 높은 지위를 바라는 대표적인 이유로 설명되는 돈이나 명성, 영향력에 대한 갈망이 사실은 사랑에 대한 갈망이라는 보다 근본적인 원인에서 비롯된 것일지 모른다고 설명한다. 이때, 인간은 지위를 통해 확인되는 타인의 사랑(존중)을 근거로 자신의 가치를 판단하는데, 문제는 이것이 지나칠 경우에 발생한다. 스스로의 가치를 결정하는 문제를 타인의 판단에 전부 내맡겨버리는 것이다. 따라서 상대적으로 낮은 자신의 지위로 인해 사랑받지 못할 때, 우리는 자신의 긍정적인 가치를 스스로 발견하지 못하고 불안을 느낀다. 인간의 가치를 사회적 지위와 똑같이 보는 '속물근성'을 가진 이들 앞에서는 불안이 가중될 수밖에 없다.

보통이 이야기하는 불안의 또 다른 원인은 시대적 변화와 관런이 있다. 지배자와 피지배자의 구분이 명확하여 지위의 상승이 가능하지도 필요하지도 않았던 시대에서 구성원 모두에게 동등한 기회가 주어지고 개인의 노력에 의해 지위의 상승이 가능해진 시대로의 변화이다. 이때 우리는 '기대'하게 된다. 우리 앞에 놓인 것은 오직 우리의 꿈을 이룰 수 있는 무한한 가능성뿐이기 때문이다.

이렇듯 모두에게는 평등한 기회가 주어져 있고, 그 기회를 활용하여 자아를 실현하는 것은 개인의 능력이며, 부는 그 능력에 대한 대가가 된다. 사회적 지위는 개인의 능력에 따라 차등 부여되는 것이고 이러한 '능력주의' 사회는 높은 지위를 부여받지 못한 개인의 불안을 유발한다. 그런데, 우리의 노력이 그에 응하는 결과로 항상 이어지는 것은 아니다. 운이나 고용주의 권력, 세계경제의 상황 등 그 과정에 작용하는 변수가 다양하기 때문이다. 이러한 '불확실성' 또한 불안의 원인으로 작용한다.

문제를 해결하기 위한 첫 번째 단계는 문제의 원인을 분석하는 것이다. 원인을 알면 문제는 쉽게 해결된다. 그렇다면 이제 우리는 스스로 답을 내릴 수 있다. 자신의 가치는 스스로가 판단하면 되고, 우리에게는 모두 각자의 몫이 주어져 있다는 사실 즉, 한계가 존재한다는 사실을 깨달으면 된다. 보통이 이야기하는 첫 번째 해결책 역시 자신의 가치는 스스로 판단할 것을 주장하는 철학자들의 목소리에 귀를 기울이는 것이다. '타인의 판단은 '이성'을 통한 우리의 판단을 거쳐야 하며, 자신의 가치는 지적인 양심에 따라 스스로가 판단해야 한다'는 목소리다. 보통은 이러한 생각을 다음과 같이 정리하고 있다. 중요한 것은 '어떻게 보이느냐'가 아니라 '우리가 우리 자신에 대해 무엇을 알고 있느냐' 하는 것이다.

이제, 시야를 확장하여 사회의 구조를 바라보는 것이 필요하다. 우리는 모두 평등한 것처럼 보이나 '부'를 가진 집단이 사회의 지배층으로 군림하고 있는 것이다. 그들은 부는 성공이고 행복이며 가난은 실패이고 불행이라는 식의 논리를 은연중에 퍼뜨린다. 이것을 이해하고 세상에 절대적으로 참인 명제는 존재하지 않는다는 사실을 깨달을 때, 우리는 타인의 논리에 지배받지 않는 자신만의 논리를 가지고 불안을 떨쳐낼 수 있다. 보통은 '해법3-정치'를 통해 이와 같은 논지를 우리에게 전한다.

이러한 것들을 위해서 의식의 전환이 필요하다. 이는 문제를 해결하는 것보다 더 근본적이고 중요한 것이다. 높은 지위의 집착이 불안을 가져오는 상황에 대해, '어딘가 잘못되었다'는 문제의식을 갖는 것이다. 모든 문제의 해결은 우리 앞에 당연하게 주어진 사실에 대해 의문을 제기하는 것으로부터 시작된다. 이렇게 사회가 강조하는 중요한 가치들에 의문을 제기하며 우리의 고정된 시선을 다른 곳으로 돌리도록 하는 것으로 보통은 '예술'과 '기독교', '보헤미아'를 제시한다.

예술작품 속에서 지위는 재배치된다. 비록 지위는 낮을지 모르나 선한 가치를 간직한 인물이 높은 지위를 가졌으나 도덕적으로는 악한 인물과 서로 대비가 되는 것이다. 또한 기독교의 인간 유한성에 대한 강조는 우리의 눈을 내면으로 돌려 타인이 아닌 나 자신에게 중요한 가치를 발견하도록 한다. '보헤미아'는 지금까지

위에서 이야기한 모든 것들을 이미 이해하고, 세속적 가치에 대항하여 스스로가 중요하게 여기는 가치를 주장하며 살아가는 이들이다. 위의 세 가지를 통하여 우리는 지금까지 미처 깨닫지 못한 가치를 발견할 수 있다는 것이다.

보통이 우리에게 제시하는 해결책은 단순하고 명확하다. 성공이나 행복과 같은 인생의 중요한 가치에 대한 정의는 스스로가 내리라는 것이다. '부'가 곧 '행복'이라는 논리는 '부'를 가지고 사회의 지배층으로 군림하고 있는 집단에게 속해있는 것이기 때문이다.

그러나 저마다의 기준에 따라 행복의 뜻을 새롭게 정립한다 하더라도, 조금만 고개를 돌리면 자신보다 뛰어난 존재들이 시선 안으로 들어온다. 그 앞에서 인간은 연약하다. 자신의 부족함을 인식하는 데에서 오는 자괴감으로부터 그 누구도 자유로울 수 없다. 자신보다 뛰어난 존재 앞에서 우리는 힘없이 무너지고 행복도 덩달아 아스러지는데, '모든 것은 네가 생각하기 나름이고 선택하기 나름이야'라는 식의 대답은 무책임한 것이 될 수 있다.

보통의 해결책을 우리가 느끼는 불안에 답으로 적용시키기 위해서는, 우리 자신의 삶을 먼저 사랑하는 일이 필요하다. 보헤미안의 자유로운 삶이 존재하는 것은 그들이 그러한 자신의 삶을 사랑하기 때문이다. 스스로가 정한 기준에 따라 세상을 살 수 있는 것은 그 내용이 어떠하든 나의 것인 자신의 삶을 사랑할 때이고, 그럴 때 우리는 비로소 세상이 우리에게 강요하는 것들로부터 자유로워질 수 있다.

상처를 아물게 하고 병을 낫게 하는 것은 책에 적힌 치료법이기 이전에 치료 하는 사람의 따뜻한 관심이다. 책이나 연사의 말에는 불안에 대한 해답이 담겨있다. 그러나 해답보다 중요한 것은, 불안을 딛고 일어나 행복질 수 있도록 스스로를 소중히 여기는 마음일 것이다.

코끼리열차를 타고 돌아갈 수만 있다면

정혜선 (프랑스어학과)

넓고 넓은 바닷가에 오막살이 집 한 채. 고기 잡는 아버지와 철모르는 딸 있네.

내 사랑아 내 사랑아 나의 사랑 클레멘타인. 늙은 아비 혼자 두고 영영 어딜 갔느냐.

이 노래는 미국의 민요지만 우리나라 사람 대부분이 알고 있는 〈클레멘타인〉이다. 나는 이 노래를 들을 때마다 마음 한구석이 아려온다. 미국 서부에 살고 있던 광부가 자신의 딸 클레멘타인이 죽자 슬퍼하며 부른 노래라고 하는데, 나에게 이 노래는 아버지가 철없는 나에게 말하는 것처럼 느껴진다.

스무 해 전인 1993년, 나는 부모님이 결혼하신 지 3년 만에 태어났다. 그토록 기다렸던 자식이어서 그런지 부모님은 나를 무척이나 예뻐하셨고, 나는 부모님의 하늘같이 넓은 사랑 속에서 행복했던 어린 시절을 보냈다. 아버지께서는 어머니처럼 감정표현을 잘 하시는 편이 아니었지만, 주말이면 내 손을 잡고 놀이공원을 데려가곤 하셨다. 또 종이접기 책을 사와 내 옆에서 접어주시기도 했다. 어린 시절을 생각하면 바로 아버지와 코끼리열차 타던 때가 떠오를 정도로 우리 부녀는 사이가 좋았다.

그런데 한없이 자상하신 우리 아버지는 때때로 불같이 변하시곤 했다. 아버지가 화낸 모습을 언제 처음 보게 되었는지는 기억나지 않지만, 어느 순간부터 내게 있어 아버지의 이미지는 언제 터질지 모르는 화산과도 같았다. 평소에는 온화한 휴화산이었다가, 한순간에 걷잡을 수 없이 타오르는 활화산이 되셨다. 가끔 드라마에 딸이 아버지에게 뺨을 맞아 놀라면 아버지는 곧바로 실수였다며 사과하는 장면이 나오는데, 어렸을 때부터 맞고 자란 나는 그런 장면들이 이해할 수 없었다. 시간이 지나면서 나의 마음속에는 조그만 응어리가 생겼고, 그것은 곧 아버지에 대한 반항심으로 이어졌다.

사춘기에 접어들면서 아버지와 나의 거리감은 더욱 심화되었다. 아버지는 연세가 드시면서 예전처럼 다혈질적인 성향을 보이지 않으셨지만, 이미 형성된 마음의 벽으로 인해 아버지께 살갑게 대하는 것이 쉽지 않았다. 퇴근하시면 먼저 아버지가 '잘 있었어?'라고 인사하셨지만, 나는 이에 대해 '응'이라고만 답하고 방에 들어가 공부하기 일쑤였다. 그 당시 성격이 차갑고 무표정한 사람을 지칭하는 말로 '얼음공주'라는 말이 유행했었는데, 부모님이 나를 그렇게 부를 만큼 아버지를 대하는 나의 태도는 지금 생각해도 지나치게 쌀쌀맞았다.

고등학교를 기숙사가 있는 곳으로 진학하면서, 토요일에만 집에 올 수 있었고, 옷가지와 먹거리를 챙겨 일요일에 기숙사로 향해야 했다. 학교와 집의 거리는 버스타고 약 40분정도 걸렸다. 어머니께서는 종종 데려다주기 힘들다며 버스타고 가라고 하셨다. 하지만 아버지께서는 당신이 태워다주겠다며 내 짐을 들고 나섰다. 나는 그런 아버지가 고맙고, 차갑게만 대하는 못난 딸한테 잘해주시는 아버지께 죄송했다. 고등학교 3학년 어느 날이었다. 차를 타고 가는데 문득 아버지와 사이좋았던 때가 아지랑이 일 듯 떠올랐다. "예전에 아빠랑 공원 가서 비둘기한테 새우깡 주던 게 생각나네"라고 말하자, 아버지는 "비둘기 무섭다고 피한 것은 기억 안 나고?"하며 웃으셨다. 우리 부녀는 한참을 그렇게 과거를 회상하며 보냈다. 마치 '예전에는 그렇게 사이가 좋았는데……'하는 생각이 말꼬리 저 끝에 이어진 것 같았다. 나는 순간 무슨 생각에서였는지, 아버지께 진심을 털어놓았다. "아빠, 내가 그동안 아빠한테 쌀쌀맞게 대한 것은 아빠가 싫어서가 결코 아니야. 어렸을 때 아빠가 화내면 너무 무서웠고, 어느 순간부터 아빠와의 사이가 멀어진 것 같아. 하지만 나도 나아지려 노력하고 있으니까 조금만 더 지켜봐줘." 아버지께서는 한동안 말이 없으시다가, "우리 혜선이가 다 컸네. 이런 말도 할 줄 알고. 아빠가 정말 미안해"라고 나지막이 말씀하셨다.

그 뒤로 2년이 지난 지금, 아버지께 살갑게 대하는 것이 아직도 어색하다. 하지만 아버지께 안부전화도 자주 하려 노력하는 편이고, 아버지께서 퇴근하고 돌아오시면 먼저 인사를 건네는 등 예전보다는 많이 나아졌다. 아버지와의 사이가 돈독한 친구들을 보면 부럽기도 하면서, 나 하나 바라보고 사시는 우리 아버지께는 그렇게 대하지 못하는 내가 미워질 때도 있다. 아버지가 '언젠가는……'하는 마음으로 내가 변하기를 기다리시는 것과 같이, 나 또한 '시간이 해결해주겠지'하는 생각을 한다. 그런데 바로 이 생각이 아버지에 대한 벽을 허물지 못하게 하는 것처럼 보인다. 내 스스로 마음의 벽을 녹이는 노력을 해야 한다. 아버지께 어서 전화해야겠다는 생각으로 이 글을 마친다.

슬픔, 감정의 딸꾹질에 대하여

황순석 (포스트모던음악학과)

먼지 쌓인 그릇은 우리를 슬프게 한다.

이사하며 발견된 부모님의 젊었을 적 사진은 우리를 슬프게 한다.

오랫동안 열지 않은 서랍 속 그 아름답던 청춘들은 사라지고

날 바라보며 미소 짓는 눈가에

한 없이 높아 보이기만 했던 그 머리 위에는 세월의 흔적이 쌓여

우리를 슬프게 한다.

내가 태어나기 전부터 있었던 장롱.

문을 열고 닫을 때마다 힘겨운 한숨을 내뱉고

긁히고 찍혀서 속살이 훤히 드러난 그 발.

그리고 그 밑에 끼어 있는 노오랗게 색이 바랜 종이를 보았을 때.

산타의 존재를 믿고, 망태할아버지를 무서워하던 때

세상에서 가장 강한 남자이자,

항상 옳았으며, 평생 나를 지켜줄 거라 믿었던 아버지가

시간이 흘러 항상 옳지만은 않다는 생각이 들었을 때.

그랬던 내가 세상이 내 뜻대로 흘러가지 않아 답답할 때

'아버지라면 어떻게 했을까'라는 생각을 할 때

매일 아침이면 집 앞 골목에 앉아

한 손을 무릎에 얹고 다른 한 손은 지팡이를 꼭 쥔 채

말동무 하나 없이 하루 종일 지나가는 사람만을 바라보는

이름 모를 늙은 할머니의 모습을 바라볼 때.

오랜 시간이 흘러 여기저기 깨어지고, 줄조차 끊어져 버린 기타
를 발견했을 때.

헤밍웨이의 여섯 단어의 짧은 소설. 유재하의 단 하나뿐인 유작.

할머니에게 전화할 일이 있어 전화를 걸려는데 번호가 떠오르
지 않고

휴대폰 전화번호부를 찾아보아도 할머니의 번호를 찾을 수 없
을 때.

언제 다시 땅으로 내려앉게 될지 모르며 하늘로 날아오르는 철
새들

떨어지는 낙엽을 바라보며 걷는 연인들 그리고 그들 뒤로 보이는 청소부

군대에 가기 위해 머리를 깎고 집을 나서며 부모님께 큰 절하는 청년

시간이 지나 다시 찾은 어렸을 적 학교 운동장. 밤새 뛰어놀던 그 운동장이 너무 작게 느껴질 때

사진으로만 남아 있는 나무. 그 나무는 어릴 적 한 없이 높기만 했었다.

이제는 쓸 수 없는, 어렸을 적 썼던 안경

비록 실제로 만나 볼 수는 없지만 사진을 통해 굶주리는 북한의 아이들을 보았을 때

다큐멘터리 속, 조국을 위해 목숨 바친 독립투사들

첫 눈에 반해 이름도 모른 채 짝사랑 해 왔던 옆 반 여자아이

오늘은 말을 붙여 보리라 결심했으나 다시 볼 수 없는 먼 곳으로 이사를 갔을 때.

정말 싫어하는 친구의 성공 소식.

하지만 우리를 슬프게 하는 것이 어찌 이것뿐이랴

깨어진 장독대. 구멍 난 양말. 잊혀진 명곡들.

손잡이가 떨어져 나간 컵. 무뎌진 칼날. 작동하지 않는 장난감 로봇. 아버지의 돋보기.

할머니의 뒤꿈치. 해변의 모래성. 하루살이. 매미의 울음소리.

짝을 잃은 키싱구라미.

작곡가의 재떨이.

전하지 못한 연애편지. 달콤한 꿈.

열쇠를 잃어버린 자물쇠. 멈춰버린 시계. 타고 남은 성냥.

세상을 떠난 친구의 마지막 편지. 구름에 가려진 초승달.

이 모든 것 또한 우리를 슬프게 하는 것들이다.

짝을 잃은 키싱구라미.

작곡가의 재떨이.

지붕 아래 그림자, 지붕 위의 나

고은비 (글로벌커뮤니케이션학부)

내 가족 위에는 거대한 그림자가 드리워져 있었다. 무섭고 음울한, 발 닿을 데 없는 어둠이었다. 나는 그 속에서 자랐다. 나의 시곗바늘은 흐를 줄 모르고 그 어둠 속에서 제자리만 맴돌았고, 스물두 살의 내 뒤에는 어린 내가 짊어졌던 그림자가 길고 짙어진 채로 붙어있었다. 나는 부정적이고 나태하며 우울한 사람이 되어 있던 것이다. 이제는 그것에서부터 벗어나고 싶은 마음에 용기 내어 글을 쓴다.

아빠는 무더운 여름날 같은 사람이었다. 엄마를 자주 때렸다. 아빠의 목소리가 커지는 날이면 언니와 나는 늘 방문을 닫고 불을 끈 채 숨죽여 울었다. 허술한 방문은 아빠가 고함을 지를 때마다 흔들렸다. 쿵쿵거리며 바닥이 울리기도 했고 유리가 바로 귀 옆에서 깨지는 것처럼 생생하게 들리기도 했다. 엄마는 늘 일을 하는 사람이었는데, 그런 다음 날에는 일을 나가지 않았다. 엄마는 부은 얼굴로 늘 부스스했던 내 머리를 예쁘게 빗어주고, 꽉 묶어줬다. 어린 마음에 내 목소리가 좀 들뜨면, 엄마는 말없이 날 안아주었다. 가끔 집에 발 디딜 틈 없이 깨진 유리와 그릇이 있는 날이면 나와 언니는 옆집으로 갔다. 옆집 아줌마와 아저씨는 무척 다정하신 분들이어서, 한밤중에 찾아가는 우리들에게 늘 따뜻한 차를 내어주셨다. 언니와 내가 나이가 들고 나서는, 엄마와 방문 앞에 주저앉아 백과사전을 쌓아두고 아빠가 방으로 들어오지 못하게 기도했다. 우리는 아빠가 듣지 못하게, 정말로 눈물을 삼켰다. 이루다 말할 수 없는 날들이었다. 아빠는 나를 한없이 지치고 무기력하게 만드는, 끝을 내다볼 수 없는 무더위였다. 그 아래에서 우리가 할 수 있는 건 그저 땀만 뻘뻘 흘리는 것이었다.

아빠와 엄마가 헤어졌을 때, 난 이제 나를 지치게 만드는 그 무더위가 드디어 끝났다고 생각했다. 하지만 그 뒤의 날들은 우산 없이 맞는 장마 같았다. 엄마는 내게 하루도 거르지 않고 비를 쏟아 붓는 장마 같은 사람이다. 일곱 살 때였다. 그 날도 아마 아빠가 엄마를 때렸던 것 같다. 엄마는 벌벌 떠는 언니와 나를 달래주며 같이 잠들었다. 몇 시쯤인지 모르겠는데, 엄마가 갑자기 귀신에 홀린 사람처럼 밖으로 나갔다. 모른 척 눈을 감고 있다가 대문이 닫히는 소리가 났을 때 나는 엄마를 따라 나갔다. 남색으로 가라앉은 그 새벽, 엄마는 내가 따라가는 줄도 모르고 휘적휘적 계속 걸었다. 그러다 차들 몇 대가 쌩쌩 달리는 차도 앞에 멈춰 선 엄마를 본 내가, 나도 모르게 엄마를 크게 불렀을 때 엄마는 놀란 표정으로 나를 돌아봤다. 이내 엄마는 고통스럽게 일그러진 표정이 되어 나를 껴안았다. 엄마는 미안하다는 말만 계속 했다. 시간이 지나고 나서야 그 일이 뭘 의미하는 지 알 수 있었다. 그 때부터 내게 엄마의 죽음은 늘 가까이 있었다. 이혼한 뒤부터 엄마는 자주 "죽을 거다. 당장 내일 엄마가 없을 지도 모른다." 라는 말을 자주 했다. 술을 마신 엄마는 더 심했는데, 늘 "너 아니면 죽었다." 는 말과 "너 아니면 이렇게 안 산다."라는 말을 번갈아 했다. 언니마저 떠나고 엄마와 나만 남은 집은 술 냄새와 엄마의 울음소리로 가득 찼다. 그 당시 나는 집 안에 웅덩이가 가득 생긴 장면을 자주 떠올렸다. 엄마의 울음이 울려대는 집안에 술 냄새를 풍기는, 깊이를 알 수 없는 시꺼먼 웅덩이가 무수히 생겨버려서 내가 발 디딜 틈이 없다고 생각했다. 내게 따뜻한 차를 내어줬던 옆집 아저씨가 그리웠다.

내 몸에선 축축한 냄새가 나는 것 같았다. 이제 더 이상 집 밖에 있다고 해서 친구들과는 밝게 웃으며 놀 수 있는 나이가 아니었다. 나의 영웅이었던 사람이 처참하게 무너지는 모습을 봤고, 그 이유가 나 때문이라고 말하는 목소리도 들어버렸다. 죄의식과 분노, 슬픔과 절망, 사실 알 수 없는 감정들이 모두 뒤섞여 나를 괴롭혔다. 엄마를 행복하게 해주고 싶던 마음은 도리어 나를 나태하고 부정적인 사람으로 만들어버렸고, 완벽한 딸이 되고 싶던 욕심은 나를 그 어떤 것에도 의욕을 느낄 수 없는 사람으로 만들었다. 나는 이러지도 저러지도 못한 채 그저 끊을 수 없는 고리를 쥐고 괴로워했다.

하지만 분명한 건 빛이 있고 내가 있기에, 그림자가 있다는 사실이었다. 아빠는 밉고 무서운 사람이지만, 자기 물건 하나 없는 집을 떠날 때 엄마에게 내 증명사진을 받아간 사람이고, 엄마는 나에게 술 냄새 섞인 원망을 하지만 끝에는 늘 나를 사랑한다고 말하는 사람이다. 나를 향한 엄마와 아빠의 사랑은 형태만 뒤틀렸을 뿐이다. 부모님도 나처럼 불완전한 하나의 인간일 뿐이다. 그리고 나는 그 속에서 온전히 내 두 발로 버티고 섰다. 뜨거운 폭염 속에 있든 빼곡하게 쏟아지는 장마 속에 있든 난 어쨌든 나 혼자서 서있었다. 나는 부모님과 같지만 다른 사람이다. 그림자가 있지만, 사람이기에 그것을 완전히 지울 수 없을 거란 걸 안다. 대신 그림자는 지붕 아래 있을 뿐이다. 나는 이제 낡은 지붕 위로 올라가 이따금 그것을 내려다보기만 할 것이다. 그것이 부모님에 대한 내 사랑이고 나의 어린 날에 대한 위로다. 언젠가 내가 다른 하나의 지붕이 되는 날을 위해 이제 빛을 마주하고 그런 나를 마주한다. 나는 지금 그 첫 발을 내딛었다.

거북이 아저씨

박주현 (글로벌커뮤니케이션학부)

거북이의 등껍질을 가진 사람이 있었다. 마치, 인어공주가 인간의 두 다리대신 물고기의 꼬리를 가졌던 것처럼 말이다. 우리는 그 사람을, 거북이아저씨라고 불렀다.

나는 어렸을 적에 인어공주 이야기를 읽으며 고개를 갸우뚱 했었다. 한가지, 참 이해가 안가는 부분이 있었다.

'인어공주는 사람의 다리를 가진 왕자를 좋아했잖아. 그렇다면 왕자도 물고기 꼬리를 가진 인어공주를 좋아하게 될 수는 없었을까? 그런데 공주는 시도도 해보지 않았어.'

인어공주는 사람의 다리를 얻고 나서 빛을 잃었다. 마녀에게 고운 목소리를 빼앗겼을 뿐만 아니라, 물속나라에서의 생기는 간데 없이 조금씩 시들어갔다. 물고기 꼬리를 가진 인어공주는 충분히 아름다웠는데. 왕자와 다른 모습이라는 사실에 슬퍼하는 대신 자기 자신의 모습을 인정하고 있는 그대로를 보여주었다면, 이야기는 이렇게 비극적으로 끝을 맺진 않았을 텐데.

거북이 아저씨는 내가 어렸을 적 다니던 유치원의 셔틀버스 운전기사였다. 그는 백발이 성성한 할아버지인데도 불구하고 거북이'아저씨'라고 불렸다. 그건 아마도 아주 오래전부터 셔틀버스를 운전해 오셨기 때문이겠지.

그가 언제부터 '거북이 아저씨'란 이름으로 불렸는지는 아무도 모른다. 그냥 모두가 그렇게 불렀다. 거북이 아저씨가 '나는 거북이 아저씨란다' 하고 자신을 소개한 것도 아니었고, 선생님이 '거북이 아저씨라고 부르렴' 하고 알려주신 것도 아니었다. 그냥 모두가 그렇게 불렀다. 아마, 그 별명이 너무나 잘 어울렸기 때문이었을 것이다. 우리는 처음 얼마간은 셔틀버스만 타면 거북이 아저씨의 의자 뒤로 우르르 몰려가 그의 등에 열렬한 관심을 표했다. 그의 등은 둥그랬다. 체크무늬 남방 안에 정말로 거북이 등껍질이 감춰져있기 때문이다. 얼마나 놀라운가. 우리는 그의 등을 쿡쿡 찔러보기도 하고 만져보기도 하며 신기해했다.

거북이아저씨는 인기가 아주 많았다. 우리들은 유치원이 끝나면 유치원 입구부터 셔틀버스까지 '거북이 아저씨이이이'를 고래고래 부르며 달려왔다. 차 안에서는 아저씨 옆자리를 차지하려는 쟁탈전이 벌어졌다. 하지만 조수석은 위험하기 때문에 그쪽 문은 잠겨있어서, 뒷자리에서 의자를 타고 넘어가곤 했다. 선생님들은 항상 의자를 올라타고 있는 못 말리는 꼬마 팬들의 바짓가랑이를 붙잡고 끌어내리느라 바빴다.

내 희뿌연 기억 속에서 먼지를 살짝 걷어내고 나면, 희미하게 거북이 아저씨의 모습이 그려진다. 아저씬, 항상 납작한 빵모자를 쓰고 있어서 꼭 화가 같았다. 그 빵모자 밑으로는 은색 머리카락이 삐죽삐죽 나있었다. 그리고 얼굴 가득 웃음주름.

아참 그리고, 거북이의 등껍질.

그랬다. 거북이 등껍질은 지극히 그의 일부에 지나지 않았다. 우리는 처음에만 그의 등에 매달려 있었지, 곧 등에는 관심이 뜸해졌다. 우리는 단지 거북이아저씨가 좋았던 것이다. 나는 지금도, 거북이아저씨를 생각하자면 맨 처음 떠오르는 것은 굽은 등이 아니라 다정한 웃음주름이다. 그는 참으로 사랑받는 사람이었다.

내가 지금까지 했던 거북이아저씨 이야기는, 내 기억의 창고에서 거의 맨 밑에 쌓여 있던 것이었다. 특별한 일이 없으면 두 번 다시는 꺼내 볼 일이 없을 그런 기억. 실로 유치원을 졸업하고 나서 몇 년즘 흐른 후로는 한 번도 거북이 아저씨를 떠올릴 일이 없었다. 그런데 그 후로 무려10년이 지나 내가 어떠한 사건으로 인해 그 기억을 끄집어내게 되었을 때, 나는 도대체 그 깊은 곳의 기억을 어떻게 끄집어 낼 수 있었던 건지 놀라웠다. 그것은 그 사건이, 나의 기억의 엘리베이터가 맨 밑바닥까지 도달할 만큼의 모종의 충격을 안겨주었기 때문일 것이다. 나는 어느 날, 또 한명의 거북이의 등껍질을 가진 사람을 보게 되었다.

내가 고등학교2학년 때였다. 여느 때와 다름없는 날이었다. 나는 학교가 끝나고 집으로 향하는 지하철을 타고 있었다. 의자에 앉아, 귀에 꽂은 mp3에서 흘러나오는 노래와 덜컹거리는 지하철의 소음이 한 데 얽힌 소리들을 듣고 있는데, 문이 열리고 한 무리의 사람들이 탔다. 그런데 그 중에서, 유독 눈에 띄는 모습의 아주머니 한 분이 있었다. 몇몇 사람들이 조금씩 곁눈질을 하기 시작했다. 누군가는 혀를 차며 동정의 눈길을 보내기도 했고, 누군가는 신기한 것이라도 보는 듯이 노골적으로 바라보기도 했다. 나는 예의가 아닌걸 알면서도 자꾸만 쳐다보게 됐다. 그 아주머니의 이상한 외모 때문이기도 했다. 그런데, 그 뿐 아니라 분명 저 아주머니의 모습이 이상하게 눈에 익었다. 내 머릿속에서 자꾸만 뭔가가 간질간질 하는 듯하더니, 기억의 엘리베이터에 빨간 불이 탁 들어왔다. 그리곤 저 깊숙한 곳까지 빠르게 도달했다.

엘리베이터의 문이 열리고, 그곳에서 거북이아저씨를 만났을 때, 나는 비로소 깨달았다. 내 어린 시절의 거북이 아저씨는, 그 아주머니와 같은, 곱사등이었다는, 것을.

곱사등이. 순화된 말로는 척추장애인. 이것이 '거북이 등껍질'의 진실이었다. 나는 다 다음 정거장에서 내린 후 터벅터벅 걸어서 의자에 풀썩 앉았다. 지하철이 몇 번이고 씩씩거리며 지나가는데 그렇게 한참을 앉아서 생각했다. 곱사등이라는 말이 주는 섬뜩한 차가움 때문에 한동안은 정신이 하나도 없었다. 그 말 자체가 내비치는 차가운 현실에 가슴이 먹먹했다. 슬퍼졌다. 나는 동화 속의 잔혹한 비밀을 알게 된 것 같은 기분이었다. 우리가 붙여 주었던 사랑스러운 별명, 거북이 아저씨는, 결국 이 사회에서는 그런 말들로 불리고 있었던 것이었다.

내가 인어공주 이야기를 이해하지 못했던 것은 결국 내가 너무 어렸기 때문이었을까. 나는 내가 새로이 깨달아버린 진실 앞에서,

천천히, 인어공주 이야기를 이해하고 있었다. 인어공주는 알고 있었던 것이다. 왕자의 세계에서 자신의 다리는 '곱사등이'와 같은 존재라는 것을. 그리고 왕자가 자신의 모습을 온전히 사랑해주기에는, 이미 어른이 되어버렸다는 것을.

의자에서 일어났다. 나는 더 이상 생각하고 싶지 않았다. 나는 그저 지금 당장 거북이 아저씨의 노란 셔틀버스에 타고 싶어졌다. 이제는 그것이 거북이 등껍질이 아닌 굽은 등이라는 것을 알아 버렸지만, 그곳에 있으면 문제 될 게 없을 것 같았다.

나는 선생님 몰래 아저씨 옆 조수석에 앉을 것이다. 그리곤 쉬지 않고 조잘대야지. 어떤 세계에서는 아저씨의 등을 곱사등이라고 부르면서 곁눈질을 하더라고. 하지만 난 아저씨의 거북이등껍질 같은 굽은 등을 사랑한다고. 특히, 웃을 때도 생기고 안 웃을 때도 생기는 아저씨의 웃음 주름을, 가장 사랑한다고.

방금 한 아주머니는 지하철을 갈아탔다. 여느 때와 같던 지하철에 아주머니가 타자 사람들은 또 곁눈질을 시작했다. 아, 나는 이제 알고 있는데. 그 굽은 등은 이상한 게 아니라, 단지 거북이등 모양을 하고 있을 뿐이라고. 그건 하나도 이상한 게 아니라고. 게다가 그 등은, 사랑스러울 수도 있다고. 그렇지만 이것을 아는 사람은 몇이나 될까. 거북이 아저씨의 노란 셔틀버스를 타본 사람은, 몇이나 될까. 아주머니는 다시 지하철에서 내렸다. 아주머니는 출구를 향해 걷고, 수많은 사람들을 태운 전철은 다시 그녀와는 반대방향으로 달리기 시작한다. 전철이 만들어내는 거센 역풍을 맞으며, 아주머니는 굽은 등을 더 움츠리고 있다.

재봉 선에 아로새겨진

홍영준 (전자전파공학과)

아버지는 늘 재봉을 하고 계셨다. 어릴 때부터 5남 2녀 중 유난히 손재주가 뛰어나셨다고 한다. "무야는 어디에 내 놔도 묵고 살 끼라." 할머니께서 말씀하셨다. 유치원을 다녀와서 아버지가 재봉을 하고 계신 다락방으로 간다. 대 여섯 칸 되는 사다리를 나무 늘보처럼 엉기적엉기적 두 손 두 발로 올라가 고개를 내 밀면 아버지는 항상 웃으며 동전 두 개를 건네 주셨다. 그것으로 친구들과 잠자리채도 사고 딱지도 사며 놀았다. 그 동전에 내 유년 시절이 담겨 있다. 되짚어 보면, 내 왼손잡이와 잔재주는 아버지의 유전자다. 엄마는 재봉을 하시던 아버지를 만나서 결혼했고 누나와 내가 태어나 아버지는 가장이라는 이름으로 세사풍파에 마모되어 갔다.

학창시절의 난, 어차피 나이가 들면 똑같은 인생 여정을 겪을 텐데 젊어서는 뭐든 해보자는 주의였다. 도둑질 빼고는 다 체험해

보고 말하리라, 하는 생각이었다. 기왕 가는 거 고생 좀 더하면 어떠냐는 식으로 부모님 몰래 해병대에 자원했다. 입대하는 날, 가족들과 온 세상 냉장고를 다 열어 놓은 것 같은 냉기가 흐르는 아침밥을 먹은 후 집을 나섰다. 큰 절을 하고 가겠다던 내게 "어디 죽으러 가나?"고 말씀하시며 기어코 버스 정류장까지 배웅을 나오셨다. 갑자기, 아버지가 내게 악수를 청하셨다. '꾸-욱'. 아버지의 손에서 까슬까슬한 주름이 느껴졌다. 손의 감촉은 백 마디의 말보다 진실했다. 태평양 한가운데서 수 십 년간 억센 그물을 끌어올리면 베일 듯이 깊게 파인 주름이었다. 다 크고 나서 아버지의 투박한 손을 처음으로 잡아봤던 것 같다. 조금 전에 잡았던 아버지의 손이 어젯밤 꿈에서 다 맞춰지지 않은 퍼즐처럼 버스 안에서 내내 신경 쓰였다. 가지 말라는 곳으로 아들을 보내는 아버지의 마음이 훈련소로 가는 고속도로 위에서 재봉틀의 바늘 선을 따라 촘촘히 박혔다.

초등학교 때인가, 아버지가 간이 나빠져 갑자기 입원하셨다. 평생 술은 거의 드시지 않았는데 의사는 피로가 쌓여서 간이 나빠졌다는 설명이었다. 엄마는 아버지 옆에서 간호를 하셨고 나는 하교 길에 잠깐씩 들렀었다. 병원에 두 번째 갔을 때인가, 아버지가 갑자기 나랑 같이 나가자고 했다. 구둣가게에 들려 신발을 하나 사야겠노라고 했지만 나를 병원 앞까지 바래다주려고 했었던 것 같다. 어머니는 그냥 내일 본인이 사놓겠노라 했지만 아버지는 왠지 그날따라 완강했다. 환자복 위에 짙은 감색 잠바를 걸치시고 맨발에 슬리퍼 차림으로 나오셨다. 아버지가 앞장서고 나는 뒤를 졸졸 따라갔는데, 낯선 차림의 아버지가 너무 작아 보였다. "뭐 먹을래?", "아니, 됐다." 경상도 남자끼리 무슨 할 말이 많겠는가. 그런데 주머니에서 무언가를 꺼내시더니 "내, 돈 있다."고 하시며 꼬깃꼬깃한 지폐 몇 장을 보여주셨다. 아…… 그 때 환자복에 천 원짜리를 들고 서 있던 아버지의 모습이 얼마나 초라해 보이던지…… 당신은 지금 병원에 있기 때문에 아들은 '아빠는 지금 돈이 없겠지'라고 생각할거라고 여기셨나보다. 이 세상에서 한 아들에게, 내 아버지가 자기가 알던 슈퍼맨이 아니라는 사실을 깨닫는 순간보다 더 슬픈 일이 있을까. 당신은 아들이 좋아하던 풀빵 몇 개를 사서 주시고 다시 병원으로 들어가셨다. 울산 태화강 다리를 건너는데 시야가 뿌옇게 흐려졌다. 로봇 태권브이처럼 무쇠다리, 무쇠팔이던 아버지가 이럴 수는 없었다. 이 항구에서 저 항구로 떠도는 사내처럼 갈지자로 걸었다. 눈물은 나지 않았는데 무거운 것으로 탁 얻어맞은 것처럼 어떤 기운이 가슴 언저리를 숨도 쉴 수 없을 정도로 옭죄었다. 주위를 에워싼 사람들의 무관심한 소리가 들려왔다. 내 일도 아닌데 뭔 상관이겠냐는 날카로운 눈빛들이었다. 그 때 마음을 싸늘하게 감싸던, 산업혁명 시기에 뿜어 나오는 공장의 연기 같은 탁한 공기로, 나는 아버지가 퇴원하실 때까지 호흡하였다.

나이가 들면서 엄마와는 옥신각신 별 아닌 일로 승강이도 하고, 옛날 일도 이러쿵저러쿵 얘기도 많이 하는데 아버지와의 관계는 좀처럼 녹진해지지 않는다. 부자지간이란 이렇게 여느 사이와 다른 걸까. 하지만 대화를 많이 해야 사이가 꼭 막역한 것은 아니라는 생각이 든다. 생각해보면 아버지와 나는 긴 시간을 두고 자연스레 일궈진 사이가 되었다. 마치 얼었다 녹았다 반복하며 영글어가는 북어처럼.

　내가 남자라서 그럴까. 해가 지날수록 아버지께 가져서는 안 될 연민이 자꾸만 든다. 이 시대의 가장은 이렇게 살아야한다고 생생하게 몸소 보여주신 아버지의 거뭇거뭇한 손. 나는 여태 아버지의 손에 몇 개의 주름이 가게 한 걸까. 내 손을 펴 본다. 지금 내 손은 주름 하나 없이 너무 깨끗하다. 아직 자식을 맞이할 준비가 되어 있지 않다. 아버지처럼 '내가 다 짊어지고 가겠다.'는 늠름한 존재감이 내게 있을까 두렵다. 나중에 아내에게 아들을 꼭 낳아달라고 해야겠다. 내 아들에게 세월의 나이테가 줄줄이 새겨진 우악스러운 손을 보여주고 싶다. 내 아버지가 그랬듯이.

자극적인 그녀들

박수인 (골프경영학과)

황금 비율, 무결점 몸매, 여신, 자체 발광 등은 우리 주변에서 쉽게 듣고, 접할 수 있는 말들이다. 그러나 나와는 별로 상관없는 말들이기도 하다. 이런 말들은 대부분 텔레비전과 스크린, 사진 속 연예인들을 찬양할 때 쓰인다. 그들을 볼 수 있는 텔레비전 앞에 앉으면 나는 슬퍼진다. 작은 얼굴과 마른 몸매, 광채 나는 피부로 무장한 예쁜 연예인들이 걸어 다니고, 춤추며 노래한다. 그런 연예인들을 바라보고 있노라면 넋이 나가 '예뻐라.'하고 있게 된다. 그리곤 나를 본다. 저들은 텔레비전 저 너머 다른 세상에 살고 있는 사람 같다. 하지만 그들이 실존인물이라는 것은 나에게 절망감을 안겨준다.

현대인들은 각자의 개성을 추구하고 있다. 자신만의 색깔을 나타낼 수 있는 옷을 입고, 머리 모양을 한다. 그러나 아이러니 하게도 유행에 민감한 것 또한 현대인이다. 연예인이 입고 나온 옷과

들고 나온 가방이 매진되고, 똑같은 머리가 돌아다닌다. 한 때 서인영의 초코송이 머리와 에나멜 구두가 거리를 휩쓸었던 것처럼 말이다. 이것뿐만이 아니다. 광피부로 빛나는 그들이 추천하는 화장품을 쓰고, 날씬한 몸매를 유지하기 위한 그들의 비결을 따라한다. 고가의 화장품도 마다하지 않기도 하고, 각종 다이어트 방법을 한 번씩 시도해본다. 나 또한 그것에 현혹되는 이 중 하나이다.

소녀시대의 'Gee'가 발표되었을 때, 나는 그들의 색색깔 스키니진이 너무 예뻐서 입고 싶다는 마음으로 살을 빼기도 했었다. 예쁜 연예인들의 단발 변신에 미용실 앞에서 고민 한 것도 한 두 번이 아니다. 한국 여대생이라면 한번쯤은 봤을 법한 '겟잇뷰티'라는 뷰티 프로그램에서 추천하는 화장품을 사고, 그들의 화장법을 배우고자 눈을 크게 뜨고 보려 노력한다. 정말 뷰티를 '겟'하고 싶어 하는 내가 안쓰럽다. 평소에 화장도 잘 하지 않고, 딱히 차려입지 않는 나지만, 연예인과 마주할 때면 살을 빼고 싶은 의욕과 꾸미고 싶은 욕구가 마구 샘솟는다. 그래서 실행으로 열심히 옮기다가도 어느 순간 멈칫한다. 내가 그녀들을 따라하는 순간, 끝없는 길을 가는 것 같기 때문이다.

그녀들은 끝없이 발전하며 나에게 '이거 좋아요!'라며 여러 가지 것들을 보여준다. 마치, '이 곳 세상 사람이 되고 싶으면 이렇게 하세요!'라고 말하는 듯하다. 그리고 나는 그녀들이 주는 자극을 받고서 '나도 저렇게 되고 싶다.'며 따라하고 있는 것이다. 그녀들을 보고 따라하는 다이어트와 꾸미는 그 모든 것을 '자기관리'라는 틀 안에 구겨 넣으면서 말이다. 그러나 좋은 것은 끝이 없고, 예쁜 것도 끝이 없어서 따라하다 보면 중간에 지쳐버리곤 한다. 지쳐서 그만뒀다가도 다시 그녀들을 보면 자극을 받고, 따라하다가 또 그만두고, 이를 반복한다. 그녀들을 보는 순간 홀리는 것이다. 그녀들의 미모에 홀려서 따라하다가 정신을 차리는 기분이라고 할까. 따라가던 길 중간에 서있는 나는 더 안쓰러워 보인다.

연예인들을 바라보며 부러워하고, 이들을 따라하는 나를 보는 것은 슬프다. 하지만 나는 텔레비전 앞에 앉거나, 잡지를 넘길 때, 그들을 보게 되면 계속 그들을 부러워하며 따라하고 싶어 할 수밖에 없을 것 같다. 아직 어려서 미에 대한 관심과 동경이 강해서 그런 것일까? 그녀들이 주는 자극을 피해갈 수 없다. 슬퍼지지만, 아직은 그 슬픔과 공존하는 것을 택할 것이다. 그녀들이 꾸준히 주는 자극에 나는 365일 다이어트를 해야겠다는 말을 입에 달고 살고, 좋다는 화장품을 보면 눈이 휘둥그레져서 사고 싶어 할 것 같기 때문이다. 하지만 세월이 지나고, 나이가 들어가면서 나에게 자극을 주는 그녀들을 그러려니 하고 지켜볼 수 있는 날이 오지 않을까?

아버지, 그리고 나

최영우 (포스트모던음악학과)

아버지. 아버지란 인물에 대해 얼마나 잘 알고 있나 생각해 보았다. 아버지가 좋아하시는 게 뭔지, 성격이 어떠하신지, 생각이 어떠하신지 등 제대로 아는 게 없었다. 심지어 학교에서 인사만 하는 친구보다도 더 모르고 있었다. 한 가정의 가장으로서 우리 가족에겐 없어서는 안 될 존재이지만, 현실에서는 반대의 대우를 받는다. 아버지가 웃는 모습을 거의 본 적이 없다. 나 역시 아버지를 보고 웃던 기억이 없다. 유년 시절, 술에 취한 아버지의 모습이 너무 싫었다.

아버지가 일찍 집에 오신 날은 집에서 술을 드셨고, 늦게 오신 날은 밖에서 거하게 드시고 취해 오셨다. 지구는 둥글다로 시작되는 아버지의 잔소리는 주무시기 전까지 온 집안을 돌아다니면서 가족들을 귀찮게 하였다. 각종 잔소리와 엄마와의 싸움 탓에 집이 조용한 날이 없었다. 동생이랑 방문을 걸어 잠그고 책상 밑에 숨어 있던 적도 많다. 다음날, 깨진 그릇들과 밖에 나와 있는 칼, 온 집안의 물건이 엎어져 있는 걸 보면 그 전날의 싸움이 어느 정도였는지 짐작이 갔다. 그 당시 어린 나에게는 너무 무서웠다. 그런데 이런 공포의 나날이 계속되다 보니 어느새 나도 여기에 적응해 가고 있었다. 사춘기 시절에는 이런 모든 것들이 분노와 원망으로 바뀌었다. 이제는 아버지가 공포의 대상이 아니라 물리쳐야 할 대상으로 인식되었다. 그러다 내 인생 최대의 비극적인 날이 발생했다.

고등학교 2학년 겨울방학 때였다. 그날도 어김없이 아버지는 술에 취해 지구가 둥글다는 말을 시작으로 인생 얘기를 하셨다. 엄마와의 말싸움 뿐 아니라 나와 동생에게 학업에 대한 스트레스를 주는 것이었다. 거기에 한창 음악을 업으로 삼겠다고 결심한 시점인지라 나에 상태는 극도의 불안과 스트레스로 쌓여있었다. 이윽고 아버지가 문제집 한 권을 찢어버렸다. 그 순간, 내안에 있던 분노가 터져 나왔다. 유년 시절부터 쌓여왔던 모든 감정이 뒤섞이며 모든 것을 부수어 버리고 싶었다. 모든 서적을 집어 던지고 책도 다 찢어버렸다. 왜 나를 가만 안 놔두느냐고, 내 인생 내가 살겠다는 데 무엇을 그리 잘못했느냐고, 나도 아빠처럼 못 할 거 같으냐고 소리를 지르며 온 집안의 물건들을 다 깨고 부수었다. 그리고 커다란 베란다 문을 발로 뻥 찼다. 유리가 와장창 깨지는 소리와 함께 내 발에선 피가 뚝뚝 떨어졌다. 그런데 동시에 안방에서 쾅 소리가 났다. 그 당시 중학생이던 동생도 주먹으로 창문을 깬 것이다. 워낙 순식간이었다. 첫째는 다리가, 둘째는 팔에 유리가 박혀 피가 뚝뚝 떨어지는 모습을 보니 아버지는 순간 술이 깨셨나 보다. 엄마는 하염없이 울고 계셨다. 나와 동생은 응급차에 실려 갔고 다음 날 바로 수술실에 들어갔다. 아킬레스가 끊어져 걸을 수가 없었다. 수술 후 한 달간 병원에 입원해 휠체어를 타고 다녔다. 퇴원 후에도 나는 목발 3개월, 완치까진 6개월이 걸렸다. 분노가 나은 결과가 이런 비극을 초래했다. 아버지는 그날 이후로 다시는 술을 먹지 않겠다고 하셨다. 그러나 수술 후 정확히 삼 일 만에 다시 술에 취한 모습으로 병원에 오셨다.

성인이 된 후 어느새 나도 술을 먹고 있다. 사람들과의 관계에서 술이 어느 정도 중요한 위치를 차지하게 되었다. 술 먹으면 개가 된다는 말처럼 만취한 적도 종종 있었다. 친구들과 얘기를 하다 보면 했던 말을 반복하고, 또 쉽게 흥분하고 흡사 내가 그토록 싫어하던 아버지의 모습이 나에게도 나타나고 있었다. 그러면서 아버지는 왜 그렇게 술을 마셔야 했는지가 궁금했다.

나에 대한 슬픔의 글을 쓰라고 한 날, 집에 오자마자 취한 모습의 아버지를 보았다. 예나 지금이나 달라진 거 하나 없는 아버지의 모습에 울컥했다. 난 또다시 분노했고 아버지에게 대들었다. 집안의 물건을 집어 던졌다. 엄마가 그러지 말라면서 말리셨다. 아버지가 밖에 나가시는 걸 처음으로 따라나섰다. 공원에서 진솔한 얘기를 했다. 아버지가 어머니와 우리를 어떻게 생각하시는지, 또 살면서 당신의 분노와 가슴속의 못이 얼마나 커다랗게 자리 잡고 있는지를 처음 들었다. 아버지께서는 네 인생은 네가 살고 내 인생은 내가 사는 거니까 술을 먹든 안 먹든 신경 쓰지 말라고 하셨다. 결국, 술을 먹는다는 소리에 나는 서운하고 씁쓸하였다. 그렇게 술을 먹을 수밖에 없는 아버지의 상처가, 자식으로서 아무것도 할 수 없는 게 너무 씁쓸하였다.

이제는 술을 먹고 오시든 말든 신경 안 쓴다. 싫지도 않다. 가끔 엄마의 구박과 우리한테 뻔히 무시당하는 잔소리를 하실 때에는 안쓰러운 마음도 든다. 아버지는 나를 어떻게 생각하실까? 지난날의 했던 진솔한 얘기들을 기억이나 하시려나? 아버지를 알아가고 싶다. 그러나 아버지를 볼 때 아무 감정도 없는 걸 보니 나도 그냥 그러려니 하고 만다. 아버지와의 관계는 더 좋아지지도 나빠질 것도 없는 듯하다. 이렇듯 아버지는 집에 오셔서 운동하러 나가시거나 밥을 드시거나 TV를 보시다가 잠드신다. 나 또한 별 신경 안 쓰고 과제를 하거나 컴퓨터를 하거나 따로 밥을 먹는다. 그렇게 아버지는, 그리고 나는 아무렇지도 않게 같은 공간 안에서 하루를 살아가고 있다.

우리 엄마의 바리깡

김진호 (스포츠의학과)

우리엄마는 미용사다.

내가 태어나서 기억이라는 것을 하는 그 순간보다 더 전부터 우리엄마는 미용실을 운영을 하고 있었다. 예전 어렸을 때는 미용실을 그만 두셨으면 하셨다. 왜냐하면 부모님 다 일 나가시고 누나들 학교가면 난 혼자 할게 없었으니깐…… . 초등학교 들어왔을 때부터 집에 들어오면 밤 늦게까지 케이블 TV의 나오는 만화와 씨름할 뿐 항상 혼자 있었다. 누나들이랑도 나이차가 많이 나고, 학교 갔다 늦게 와서 집에선 혼자 있을 수 밖에 없었고 엄마는 나를 챙겨주지 않을 정도로 본인의 일만 고집하셨다. 그때는 그 점이 항상 야속했고 서운해 했고, 다른 가족들처럼 외식이라곤 먹고 살기 바빠서 어디 나갈 여유와 시간이 없었기 때문에 시켜먹는 배달이 전부였을 정도여서 친구들이 가족들과 같이 어디 놀러 갔다 왔다고 하면 뒤로 쓴웃음을 삼켜야 했다. 하지만 부모님은 어쩔 수 없이 일을 고집할 수 밖에 없음을 그때의 나는 너무 어려 전혀 알 수 없었다.

그렇게 빠득빠득 악착같이 우리 부모님께서는 일을 하셨고 결국 내가 초등학교 4학년 때쯤 땅도 사고 아파트로 이사 오고 할 정도의 경제 사정이 되었다. 이사오면서 하시던 미용실을 닫으시고 집에 있는 엄마가 너무 좋았다. 반찬도 많이 해주시고 학교 행사도 참여해 주시고……그 전까지는 학교 체육대회에 옆집 아줌마나 엄마 친구분이 오실 때도 있었고, 참여만 했다가 바로 일하러 가시는 적도 있었기 때문에 바뀐 엄마 모습이 나에게 크게 다가왔고 무언가 평범한 아이가 된 기분이었다. 더 이상 케이블 TV와 밤늦게 까지 있지 않았다.

하지만 점점 경제 악화 속에 우리가정도 타격을 받을 수 밖에 없었고 엄마는 더 이상 안되겠는지 팔을 걷어 붙여 다시 일을 하시기 시작해서 지금까지 하고 계신다. 내 학비 때문에, 집 경제 때문에 60을 바라보시는 나이에도 손에 가위를 잡고 기름 낀 남의 머리를 잘라주는 모습에 울컥울컥 할 때도 많았다. 옆집 누구, 엄마 친구 누구 등등 엄마 나이 때는 자식들한테 용돈을 받고 동네 마실 다니시며 취미생활 즐기셔야 할 때에 우리 엄마는 가위와 바리 깡을 손에서 놓지 않으시고, 매일 옷에 머리카락을 잔뜩 묻혀 오신다.

매일 서 있는 시간이 많아 다리가 붓는다고 하는 우리 엄마를 보면서, 난 자식으로서 불효자인 것 같아 죄송스러운 마음뿐이다. 건강 챙기셔야 할 나이에 자식 뒷바라지 할 엄마가 너무 안되 보였다. '하필 우리 같은 자식 낳아서 이런 고생 하시나……'라는 생각도 많이 해보게 되고, 성인이 되어 친구들과 술을 먹거나 당구를 치거나 pc방에 가서 놀 때, 엄마 생각나면 '나 때문에 일하고 있는데 이러면 안돼야지' 하면서도 막상 나를 슬프게 만드는 엄마에게 언제 집에 들어오냐고 걱정스러운 전화가 오면 마음은 아닌데도 매일 퉁명스럽게 대답한다. 늦게 들어간다고…… 그러면서 '가족들 다 자나' 하고 조심스럽게 집에 들어와서 보면, 잠이 부족함에도 불구하고 새벽에 다음날 아침밥을 준비하는 엄마가 졸린 눈으로 인제 왔냐고 하신다. 그러면 나는 다시 짜증을 낸다. 아직도 안자고 뭐하냐면서.

영화 '그대를 사랑합니다'에 나오는 부모님들처럼 우리 부모님도 자식들을 위해 많은 것을 희생하시고 자식이 우선인 분들이다. 당신의 일상 생활을 즐겨야 할 연세가 되었음에도 일을 하는 어머니의 손가락 주름을 보면서도 내 표정은 짜증을 나타내고 있는 그 모습, 매일 죄송스러운 마음과 짜증을 번갈아 가며 느끼는 복잡하고 미묘한 감정들이 내가 불효자임을 더욱 더 나타내는 것 같아 마음이 아프다. 사람은 부모가 되어봐야 부모의 마음을 진정으로 느낄 수 있다는 것처럼, 나 자신 또한 아직까지 부모님의 마음을 25년이 되도록 진정으로 이해하지 못하였음을 부인할 수 없음이 나를 더욱 더 슬프게 한다. 또한, '아 내가 이러면 안 되는데' 하고 금새 후회하면서 생각뿐만 아니라 행동으로 나타내지 못하는 내 어리석음이 나를 슬프게 한다. 엄마는 오늘도 새벽에 졸린 눈을 비비고 술 먹고 들어온 나를 챙겨주며 내일 아침 밥을 준비하신다.

이성지간(異性之間)

황다빈 (건축공학과)

이 이야기를 떠올리는 것으로 나는 10년 전 동생이 태어나던 시간으로 되돌아간다. 때는 2002년, 월드컵의 열기로 대한민국을 뜨겁게 달구고 있을 무렵 내 동생 "김지섭" 군이 태어났다. '황'씨인 나와 달리 동생이 '김'씨인 이유는 어머니께서 재혼을 하셨기 때문이다. 그때 나는 순진한 중학교 1학년이었고, 재혼이 무엇인지도 몰랐다. 다만 어머니께서 몇 번 소개한 분을 갑자기 새아버지로 맞아야 했던 나는 새아버지를 많이 어려워했다. 그 낯선 관계에서 조금이나마 나를 많이 웃게 했던 존재가 바로 지섭이다.

동생은 정말 눈에 넣어도 아프지 않을 만큼 예쁘고 귀여웠다. 어찌나 사랑스러웠는지 시키지 않아도 열과 성을 다해 돌보았다. 나는 늘 동생 곁에 있었다. 덕분에 처음 동생이 몸을 뒤집고, 제자리 서기를 하고, 걸음을 떼던 그 모든 순간을 처음 본 사람이 나이기도 하다. 분유를 타서 젖병을 물려주는 일도, 포대기로 동생을 업고 잠을 재우던 일도, 기저귀를 갈아주던 일도 전혀 힘들지 않았다. 그만큼 동생은 나에게 '사랑' 그 자체였고, '형제'였으며 '가족'이었다. 그리고 그 마음을 한 번도 의심해보지 않았다.

지섭이가 8살이 되던 해, 나는 대학교에 진학했다. 기숙사에서 생활해야 했기에 동생과 떨어져 있는 시간이 지속되었다. 따로 보내는 시간이 길어진 탓일까. 동생을 대하는 내 행동에 자꾸 변화가 생겼다. 작은 일에도 혼을 내는 일이 많아졌고, 전처럼 예뻐하거나 놀아주는 일은 드물었다. 시간이 지날수록 둘 사이에 뭔가 불편한 기운이 커져만 간다는 것을 나도 동생도 느끼고 있었을 것이다. 동생과의 관계가 변화한 이유는 새아버지의 아들이라는 생각 때문이었다. '친동생도 아닌데 뭘⋯⋯' 그런 어리석은 생각이 그림자처럼 따라다녔다. 좋아지지 않는 새아버지와의 관계가 어렵기만 하던 차에 괜한 원망의 대상이 되어버린 셈이다. 게다가 그 즈음엔 만날 기회마저 거의 없어졌다. 1학년이 끝난 뒤 군대에 가서 2년을 보냈고 전역하고 바로 복학을 해서 지금은 학교 앞에서 자취를 하고 있다. 굳이 집에 갈 일이 없었던 나는 그렇게 동생을 조금 밀어내고 있었던 모양이다. 집에 갈 일이 없었던 것이 아니라 집에 가기 싫었던 것이 솔직한 심정이었다. 동생과의 만남이 뜸해지는 것에 익숙해졌고, 심지어 남같이 느껴질 때도 있었다. 그렇지만 내내 내 마음 한 켠은 아렸고 미안했고 불편했다.

그렇게 6개월 넘게 동생을 보지 않고 학교를 다니고 있었다. 중요한 시험을 치른 며칠 뒤 어머니에게 전화가 왔다. 동생이 정글짐에서 떨어져 수술을 했고, 일주일 넘게 입원중이라는 소식이었다. 그 순간 무언가 먹먹한 감정과 엄청난 슬픔이 밀려왔다. '내 동생이 아프구나'라는 한 문장이 그렇게 당황스럽고 아플 줄은 몰랐다. 때로 남처럼 느껴지기까지 하던 동생인데 그 한 마디로 나를 이렇게 슬프게 만들다니. 어머니께 그 사실을 왜 이제 말씀하시는 것이냐고 물어보니, 내가 시험기간이라 연락을 하지 않으셨다고 한다. 말씀은 그렇게 하셨지만 아마 어머니께서도 내 마음의 변화를 어느 정도는 눈치를 채셨던 눈치였다. 어머니께도 죄송했지만 무엇보다 자신을 외면하는 형의 모습을 보며 마음 아파했을 동생을 생각하니 내 마음을 주체하기 힘들었다. 바로 인천으로 달려갔다. 가는 내내 동생에 대한 미안함, 그리고 그동안 아무렇지 않게 보낸 시간의 무게만큼 밀려오는 고통과 슬픔 때문에 계속 울면서 갔다. 나는 내 상처가 너무 아파서 미처 동생을 보지 못했던 것 같다. 나보다 더 큰 상처였을 동생에게 난 밀어내고 모른척하며 얼마나 더 상처를 후볐을까.

병원에 도착했을 때 동생은 수술이 잘 끝나 회복단계에 접어들즈음이었다. 부끄럽고 목이 메었지만 힘껏 당당한척 했다. 오랜만에 만난 동생에게 뜨거운 포옹과 함께 형이 항상 뒤에 있으니까 기죽지 말고 잘 지내고 괴롭히는 사람 있으면 다 말하라는 말로 미안함을 대신했다. 밥도 먹고 게임도 하고 그렇게 주말을 보낸 뒤 다시 자취방으로 돌아왔다. 그때 내 마음에 일었던 감정을 뭐라고 표현해야 좋을 지 정확히 모르겠다. 아주 오래 전 가족이 주었던 평온한 느낌이었는지, 밀린 과제를 깨끗하게 정리한 후의 개운함이었는지 일주일이 지난 지금도 정확하지는 않다. 그저 동생과 살을 부비고, 같이 밥을 먹고 난 후 전보다 더 많이 웃었다는 것은 분명하다. 동생을 보면서 느꼈던 불안함이나 동생에 대한 이유 없는 원망도 잦아든 것도 사실이다. 내가 동생을 얼마나 사랑하는지 느꼈기 때문이겠지. 지섭아! 지금까지 챙겨주지 못해서 정말 미안하고, 다시 널 사랑하고 아꼈던 옛날로 돌아가 진하게 우애한 번 쌓아보자. 사랑한다 !!

4장

나는 대학생이다

"나는 대학생이다"는 주어를 공유하는 이들이 상당히 많은 포괄적 진술이다. "나"의 정체성을 큰 틀로 느슨하게 설명할 뿐 정확히 드러내지는 못한다. 내가 누구인지 분명히 말하기 위해서는 세밀한 진술, 묘사, 비유, 증명 등이 필요하다. 구체성은 주체성과 창의성을 여는 열쇠이다. 내가 주인이 되는 삶, 무언가를 새로 찾고 만드는 삶은 구체적인 목표와 실천 없이는 불가능하다. 살아가기와 글쓰기의 원리는 '구체적으로, 생생하게, 온몸으로'라는 점에서 같다. 삶과 글의 주체로서 나는 '그냥' 대학생이 아니라 '어떤' 대학생인지 말해야 한다. – 사회를 성찰하는 글쓰기 중에서

나에게 글쓰기는 허들경주이다

이동운 (골프경영학과)

나에게 글쓰기는 000이다. 과제를 곰곰이 생각하다가 최근에 막을 내린 올림픽 경기 중 허들 경기가 생각이 나서 제목을 정하고 글을 쓰고 있었다. 그런데 내 글의 제목을 본 친구가 말했다.

"아이고, 글을 쓰는 작업은 정말 힘들어. 너의 말처럼 장애물투성이지."

그러나 나는 친구의 얘기를 전혀 이해를 못했다. 아마도 내가 생각하는 허들 경주의 개념과 친구가 생각하는 허들 경주의 개념이 달라서 생긴 일인 듯했다. 혹시 지금 이 글을 읽는 사람도 글쓰기를 인생의 장애물이라고 생각하고 있다면 내가 하려는 얘기는 당신의 생각과 전혀 다르다. 지금부터 글쓰기를 인생의 장애물이라고 생각하는 당신들에게 희망의 메시지를 하나 던져주겠다.

일단, 운동이든 글쓰기이든 타고난 재능이 절대적이지 않다. 그러나 그것이 장애가 되는 것은 아니다. 허들 경기의 세계 신기록을 가지고 있는 것은 바로 동양인이다. 신체적으로 호조건을 타고 난 흑인을 제치고 동양인이 세계 최고인 것이다. 글쓰기도 마찬가 지라고 생각한다. 분명히 타고난 감성, 창의력을 가진 사람이 글을 잘 쓰긴 하지만 노력으로도 충분히 좋은 글을 쓸 수 있다. 70 대에 글을 처음 배우기 시작하여 자서전을 썼다는 황보출 할머님이 좋은 예이다. 자신이 재능이 없다고 투덜거리지 말고 계속 써 보는 거다.

다음으론 정형화된 자세가 있고 그것을 지켜야 한다. 허들 경주를 보고 있으면 마치 아이돌 가수의 군무처럼 거의 같은 자세로 달린다. 규칙으로 정해져 있지도 않는데 그 자세로 다 같이 달리는 것은 수영의 자유형 자세처럼 과학적으로 가장 효율적인 자세가 있기 때문이다. 내 경험상 자세를 배웠을 때가 안 배웠을 때보다 월등히 기록이 좋다. 글도 마찬가지다. 서론, 본론, 결론으로 이루어져 있고 각자 역할이 있다. 글의 구성과 단락 등 글쓰기의 '자세'를 정확하게 몰랐을 때보다 알 때에 더 좋은 글을 쓸 수 있을 것이다. 글쓰기의 장애물이 높아서 넘는 게 힘든 것이 아니라 우리가 자세를 몰라서 효율적으로 넘을 수가 없는 것이다.

마지막으로 반드시 장애물 다 넘어야 하는 것은 아니라는 점이다. 허들경주에선 장애물을 넘어뜨리는 경우를 쉽게 볼 수 있다. 반칙이 아니냐고 물어보는 사람이 있는데 절대 아니다. 허들 밑으로 지나가거나 자신의 레인 밖으로 나가는 등 상식 밖의 행동을 하지 않는 이상 절대 파울이 아니다. 즉 허들을 넘어뜨리고도 완주할 수 있고 나쁘지 않은 성적을 내는 사람도 있다. 글쓰기도 우리가 글쓰기 시간에 배운 절차를 다 할 필요는 없다고 생각한다. 물론 허들의 경우처럼 절차를 다 밟아야 1등 글을 쓸 수 있을 것이다. 하지만 목표가 2등, 3등 또는 완주라면 모든 절차를 밟아야 하는 부담에서 벗어나 좋을 글을 쓸 수 있다고 생각한다.

이번 올림픽에서 중국의 육상 영웅 류시앙 선수는 예선전에서 허들에 걸려 넘어져 오른 다리를 다치고 말았다. 그러나 그는 끝까지 왼쪽 다리만 가지고 경기를 마무리 지었고 보고 있는 모든 이에게 감동을 주었다. 우리는 운동에서든 글쓰기에서든 류시앙 선수의 자세를 보고 배워야 한다. 기술적인 면뿐만 아니라 정신적인 면을 배워야하는 것이다. 글쓰기는 장애물이 아니다. 백번 양보해서 장애물이라고 해도 앞에 말했던 끊임없는 노력, 자세의 교정, 목표 설정을 잘 한다면 이 험난한 길을 막힘없이 갈 수 있을 것이라 확신한다.

항해

김현지 (국제학과)

어렸을 때는, 알지 못했다. 우리들은 부모님이 마련해준 작은 통통배를 타고 눈앞에 보이는 섬을 향해 그저 신나게 노를 젓기만 하면 그만이었다. 다섯 살, 여덟 살, 열네 살, 그리고 열일곱, 시간의 흐름을 타고 몸을 맡기다 보면 배의 크기는 점점 더 커지고 눈앞에 보이는 섬은 육안에서 멀어져갔다. 하지만 우리는 볼 수 있었다. 저 지평선 멀리서 손짓을 하고 있는 하얀 깃발이, 우리에게 이곳으로 도착하면 된다며 펄럭이는 저 깃발이. 노를 저어야 할 거리는 점점 더 깊어지고 넓어졌지만 불안함은 없었다. 그저 뚜렷하게 보이는 깃발을 향해 정해진 항로를 따라 노를 저으면 되었다. 누군가는 앞서 가고 누군가는 뒤처져 갔다. 어떤 이는 거센 파도에 겁을 먹곤 육지로 돌아가기도 하였다. 하지만 포기하지 않은 이들은 희망으로 부푼 가슴을 안고 결국 깃발을 손에 쥐었다.

그러나 세상은 이들에게 너무나 가혹한 시련을 안겨주었다. 그들은 여전히 끝없는 바다 위에 있었다. 배는 더 커지고, 성능은 더 좋아졌지만 그들의 눈에는 아무런 깃발도 보이지 않았다. 바다는 푸른빛을 넘어 검푸르죽죽한 색을 띠고 있었다. 사방을 자꾸 둘러봤지만 그 어디에도 정해진 항로가 보이지 않았다. 누군가 다녀갔던 항로는 어지럽게 바다 위를 돌아다니고 있었다. 갑작스러운 변화에 우리들은 모두 불안함에 사로 잡혔다. 아무것도 정해지지 않았다는 사실, 스스로 모든 것을 결정해야 한다는 두려움, 방향을 찾았다 해도 얼마나 걸릴지 모르는 아득한 여정, 이 모든 것들은 먹구름이 되어 몰려 왔고 끔찍한 두려움과 불안함이 각자의 마음 속에 자리를 차지했다.

　배에 멍하니 서 있는 시간이 길어질수록 마음속의 검은 덩어리들은 불어나고 덕지덕지 몸 안 구석에 붙기 시작하였다. 착실하게 정해진 길을 따라오던 나 또한 얼마간은 넋을 놓고 그 자리에 서 있을 수밖에 없었다. 열아홉의 나와 스무 살의 내가 다르다는 것을 인정해야만 했다. 상황을 인정하는 사람들이 조금씩 생겨났고, 나 또한 곧 적응하였다. 어디론가 향하다 보면 깃발이 보일지도 모른다는 희망을 안고 조금씩 노를 젓기 시작하였다. 아무 것도 종잡을 수 없었기에 방향은 아무래도 상관없었다. 습관이 되어 익숙한 노 젓기는 탄력을 받아 점점 더 빠르게 움직였다. 나는 이 방향, 저 방향 배를 돌려가며 부지런히 노를 저었다. 스무 살 그 해 나는 두 번의 신입생 세미나 그룹에서 리더가 되었고, 후마니타스 칼리지 토론 대회에서 수상했으며 경희대학교 해외 탐방에 합격하여 생애 처음으로 미국 땅을 밟았다. 발표를 하고 토론을 하고 사람들을 이끌어가는 것에 매력을 느낀 나는 좀 더 깊숙이 이 항로를 향해 나아가기로 마음먹었다. 전 세계적인 사회적 기업 동아리인 SIFE에 들어가 27살 선배 대신 프로젝트 매니저가 되었고 소셜 벤처인 SYRUS와 합작해서 인디밴드와 홍대의 카페들을 연결시켜 일주일간 공연을 하는 프로그램을 기획해 성공적으로 이끌어냈다. 이 프로젝트로 우리 팀은 SIFE AWARD에서 수상하게 되었고 매니저였던 나는 SYRUS에서 인턴으로 뽑히는 행운을 거머쥐게 되었다. 성적 우수로 장학금까지 받은 그 날, 하늘은 구름 한 점 없이 맑았고 바람이 선선한 입김을 불었다. 저기 어디선가 하얀색으로 빛나는 무언가가 보이는 느낌을 받았고 나는 그것을 향해 부지런히 노를 저었다. 모든 것이 완벽했다.

그러나 시간이 갈수록 모든 것이 불투명해지기 시작하였다. 인턴 생활을 끝으로 다시 돌아간 학교에서 나는 거센 폭풍우를 맞이하였다. 거친 파도가 놓아져 있던 항로의 모든 것을 부서뜨리기 시작했다. 잠깐 자신을 밝히던 깃발은 어느새 종적을 감추었다. 연이어 등장한 전공의 폭탄들이 끔찍한 소리를 내며 터졌고 막을 변변한 방패조차 없던 나는 파편이 온 몸에 박히는 것을 볼 수밖에 없었다. 영어로 진행되는 모든 수업, 이학년이 되어서야 본격적으로 전공 수업을 듣던 나는 온 사방에서 부족한 영어 실력을 지적받았다. 나를 슬럼프의 나락으로 몰던 결정적인 사건은 인사 관리 수업을 듣던 중 발생하였다. 일주일간 팀을 이끌며 자료를 찾고 공부를 해가며 준비한 발표 직후 한 선배로부터 질문을 받았다. 답을 알고 있었지만 둥둥 머릿속을 떠오르는 영어 단어들은 엉성하게 구성이 되어 목구멍에서 입 밖으로 튀어 나왔다. 의아하다는 눈빛과 더불어 묘한 비웃음을 만연에 띠곤, 그는 내게 단 한마디를 던졌다. "What?" 그의 한 마디로 나는 추락했다. 수업이 제대로 들리지 않았고, 그 상황에서 혼자 열심히 공부해도 별다른 성과가 없었고 아무런 성취욕도 생길 수 없었다. 악순환의 늪은 점점 더 깊어갔고 뇌는 게으름으로 가득차기 시작했다. 그의 명령으로 곧 온 몸은 희뿌연 나태함으로 감겼고 이윽고 독한 슬럼프가 내 가슴을 두드렸다. 심연의 바다로 배는 가라앉기 시작했고 거센 폭풍우는 나를 둘러싸고 하나의 소용돌이를 만들어내고 있었다. 평화롭고 열정적인 항해는 사라진지 오래였다. 소용돌이 안에서는 뜨거운 눈물과 깊어진 상처, 온 몸에 박힌 파편들이 계속해서 나를 짓누르고 있었다. 끝없이 내려가고 있는 나와 배, 그 순간 C로 도배된 성적표가 뱅그르르 돌며 머리 위로 떨어졌다.

이대로 가라 앉아 버리는 것은 아닐까, 아직 제대로 깃발을 보지도 못했는데……. 깊은 나락으로 빠져가던 나는, 모든 것들이 모자이크 조각으로 나누어져 하나씩 하나씩 하늘 위로 올라가는 환상을 보았다. 무서웠다. 이대로 모든 것을 끝내고 싶지는 않았다. 단지 부족한 영어 실력으로 시작조차 제대로 하지 못하고 끝을 맺고 싶지는 않았다. 조각들을 붙잡기 위해 발버둥 치던 나는, 배 안 깊숙한 곳에서 한 권의 책을 발견하였다. 인생에 홀로 선 젊은 우리들을 위해 먼저 깃발을 향해 나갔던 이의 선물이었다. 그는 나의 내면에 따끔하지만 따스한 충고를 건네었다. 나태를 즐기지 말라고, 몸을 움직이라고, 무엇이든 오늘 하라고, 그 어떤 경우에도 자학하지 말라고, 아무리 구겨져도 너는 너라고. 그 순간 나는 나를 좌절시켰던 영어라는 파도를 헤쳐 나가기 위한 굳은 다짐을 했다. 언젠간 저 거센 파도를 잔잔하게 만들어 내 항해를 향한 원동력을 만들 것이라고, 깃발은 저 어딘가에서 또 흔들리는 듯 했다. 스물 하나의 겨울, 나는 휴학을 신청했고 강남과 수원을 통학하며 일주일에 오일 동안, 하루 열 시간 이상 토플 공부에 매진하였다. 그 시기 나의 일과는 입 밖에 꺼내기 민망할 정도로 단순했다. 아침에 눈을 뜨고 김밥 한 줄로 점심을 때우며 팀원들과 늦은 시간까지 공부를 하는 것, 그 뿐이었다. 그렇게 나는 5100번 버스를 기다리며 스피킹 연습을 하였고 버스에 타서는 리스닝을 들으며 추운 겨울을 지새웠다. 화창한 봄날이 겨울의 장막을 거둔 날, 떨리는 손으로 토플 성적표를 받았고 나는 그 성적표로 지원조차 꿈꾸지 못했던 교환학생에 합격을 했다. 그렇게 나는 소용돌이에서 벗어나 다시 뱃길에 들어설 수 있었다.

어느덧 대학에서 삼 년의 시간을 보내고 있는 나는, 흘러간 대학 시절을 반추해 보며 어떤 깨달음을 얻게 되었다. 고등학교 시절과 대학생의 시절은 단순히 신분만이 변한 게 아니었다. 열아홉이 되기까지 우리는 부모님과 선생님의 울타리에서 정해진 목표를 향해 나아가면 되었다. 그러나 스무 살, 그리고 대학생이 된 우리는 부모님과 선생님의 울타리에서 벗어나야 한다. 처음 그 울타리에 벗어날 때의 해방감과 자유는 처음에만 반짝할 뿐 떨어지는 꽃잎처럼 금방 사라지고 만다. 더없이 큰 세상에서 우리는 수없이 많은 기로에 선다. 아직 열아홉에서 벗어나지 못한 이들은 두려움과 불안함으로 주춤거린다. 포기하고 돌아서는 사람들도 있다. 하지만 우리는 선택을 하고 나아가야 한다. 두렵다고, 혹시나 잘못된 결정이 아닐까라는 불안함으로 누군가에게 우리의 결정을 맡길 수 없다. 우리는 대학에서 후회하지 않는 결정을 하기 위해, 더 나은 미래를 설계할 수 있는 능력을 배운다. 이 공간은 큰 지식과 책임을, 자신만의 아름다운 꿈을 꿀 수 있는 곳이다. 때론 배움이 있어도 넘어질 때가 있다. 내가 겪었던 그 쓰라린 고통처럼, 패배의 순간은 우리 앞길을 계속해서 막을 것이다. 하지만 좌절해서는 안 된다. 왜냐하면 갓 울타리에서 나온 대학생이라면 누구나 겪을 수 있는 것이기 때문이다. 우리는 늘 스스로를 되새겨야 한다. 중요한 것은 독한 슬럼프 속에서 안주하지 말고 이겨내어 끊임없이 자신만의 항해를 해야 한다는 것이다. 때론 불안하고 힘들어도 결국 그 끝은 찬란한 빛으로 가득 찰 것이다. 왜냐하면 하얗게 빛나는 깃발이 우리의 마음 안에 있기에, 우리는 그 깃발을 잡을 수 있는 아름다움이 있는 청춘이기 때문이다.

꿈을 꾸어라, 그리고 노력하라

이화준 (기계공학과)

꿈과 열정을 잃은 삶은 의미가 있을까?

대한민국 청소년 세대들의 대부분은 꿈과 열정을 잃은 채 입시 제도에 맞춰 움직이고, 천편일률적인 삶을 살아간다. 부모님과 주위의 압박에 못 이겨 자신들의 꿈이 무엇인지도 모른 채 오직 좋은 대학을 목표로 공부하고, 거기서 실패하면 좌절을 겪으며 자기 자신을 인생의 실패자로 생각한다. 사회가 만들어낸 이 구조는 대학생이 되도 변하지 않는다. 좋은 학점을 받기 위해, 남보다 더 나은 스펙을 가지기 위해, 더 좋은 직장에 취직하기 위해 대학생으로서 누릴 수 있는 자유로운 삶과 다양한 경험 등을 성공 후의 일로 제쳐둔다. 자신의 꿈에 대해서 단 한 번도 진지하게 생각해보지 않은 학생들도 적지 않다. 하지만, 우리는 대학생이다. 우리는 더 다양한 경험을 할 수 있는 권리가 있고, 실패를 딛고 일어 설 수 있는 젊음이 있다. 꿈과 열정을 잃은 채 살아가는 대학생이 자신이 무엇을 하고 싶은지 확실히 알고 살아가는 학생에 비해 더 나은 삶을 살아갈 확률은 그리 높지 않다.

얼마 전에 「서울대 야구부의 영광」이라는 책을 읽은 적이 있다. 이 책은 이재익 작가의 장편소설로 지금 자신이 무엇이 하고 싶은지, 무엇을 해야 할지 갈피를 잡지 못 하는 학생들에게 권하고 싶은 책이다. 책은 주인공 '지웅'의 이야기로 시작한다. 서울대를 졸업하고 인생의 성공가도를 달리던 그는 단 한 번의 실수로 인해 가정과 직업 모두를 잃고 좌절한다. 은사였던 스승님을 찾아간 그는 자신의 오랜 꿈이었던 영화제작을 하기로 마음 먹는다. 자신의 서울대 야구부 시절 이야기를 쓰기로 마음먹은 그는 신입부원 시절 만났던 '태성'의 이야기를 쓰려고 한다. 당시 서울대 야구부는 전국에서 소문 난 꼴찌팀으로 100경기가 넘도록 단 1승도 거두지 못 했다. 주인공은 그런 야구부에서 열정적으로 연습하고 게임에 임하는 선수들을 이해하지 못 했다. 태성은 자신을 위해 힘들게 살아오신 아버지와 야구부의 1승을 자신의 꿈과 목표로 생각한다. 그러나, 야구부의 1승은 끝내 이루지 못 했고, 태성은 아버지의 죽음을 맞이한다. 아버지는 임종 직전 태성에게 항상 자랑스런 아들이었음을 말해주고, 정말 하고 싶은 것을 하며 살라고 격려한다. 태성은 아버지의 마지막 말을 듣고, 법대의 삶을 포기하게 된다. 오랜 시간이 지나 지웅이 태성을 찾았을 때 그는 롯데 자이언츠의 2군 포수였다. 서울대를 나와 그런 삶을 살아가고 있는 태성을 보며 처음에는 허탈감을 느꼈지만 태성이 자신의 삶을 후회한 적이 한 번도 없었다는 말에 지웅은 자신을 반성하게 된다.

태성의 감동적인 스토리를 시나리오 제작사에 보내고 이 이야기는 네이버 메인화면에 뜬다. 태성의 은퇴경기가 열린 사직구장에는 2군 경기라고 믿기지 않을만큼 수 많은 관중이 찾아와 태성의 감동스토리를 응원했고, 책은 마무리된다.

책을 읽으면서 어쩌면 이 책의 주인공은 지웅이 아니라 태성이 아닐까라는 생각을 했다. 태성을 통해 지웅은 꿈과 열정을 갖고 살아가는 삶의 중요성을 독자에게 일깨워주고 있는 것이다. 이 책에서는 성공과 성취를 다른 개념으로 본다. 그 차이를 행복에 두고 있는 사람이라면 실패 또한 성공의 반대말이 아닐 수 있는 것이다. 꿈과 열정을 잃은, 아니 생각해 보지도 않은 사람들이 이 책을 읽는다면 삶을 한 번 돌아보게 되는 계기가 될 것이라 믿는다.

'버킷리스트'라는 말을 들어본 적이 있는가? 버킷리스트란 만약 자신의 죽을 날이 결정되어 있다면, 지금 이 순간 당신은 무엇을 하고 싶은지, 한 번 뿐인 인생에서 꼭 해보고 싶은 일이 무엇인지를 작성해보는 것이다. 그리고 써보는 것에서 끝내지 않고 그것을 이루기 위해 노력하라는 의미를 담고 있다. 꿈을 마냥 이상 속에서 좇는 것이 아니라, 직접 써보고 하나하나 이뤄가면서 더 새로운 꿈과 목표를 향해 달려가라는 버킷리스트의 이상은 지금 이 시대를 살아가는 대학생들에게 필요한 삶의 체크리스트다.

꿈꾸는 자가 아름다운 이유는 '실패'를 고려하지 않아서가 아니다. 그들도 실패라는 두려움을 항시 마음속에 가지고 있다. 다만 자신의 꿈이 그러한 어려운 상황과 불안정한 모습에서도 이뤄지기를 바라는 마음, 그 절실함이 열정으로 묻어나오기 때문이다.

책에서 보여진 주인공 지웅의 삶이 5회 초를 달리고 있다면 우리의 인생은 겨우 3회 초밖에 되지 않는다. 그동안 역전을 당하기도, 아쉬운 볼을 던지기도 했겠지만 우리의 게임은 여전히 진행 중이다. 볼을 던지려는 그 열정이 여전히 존재하는 한, 상대방에게 몇 점을 실점하더라도 그것은 '실패'가 아니다. 지금 우리가 던지려는 볼이 포수의 미트에 꽂히지 않아도 좋다. 좀 더 집중해서 다시 던져진 볼이 포수의 미트에 꽂힐 확률은 여전히 높다. 우리의 인생은 우리가 만들어나가는 것이다. 어렸을 때 실패는 돈을 주고라도 산다는 말이 있지 않은가? 실패를 두려워하고 도전을 멈칫하는 순간 볼은 자신의 생각과는 다르게 날아간다. 우리의 인생에는 구원투수가 없다. 던지다 지쳐 쓰러지고 싶다 할지라도 9회가 끝나야 경기는 끝난다. 아직 경기는 끝나지 않았다. 우리는 대학생이다. 대학생들이여, 도전하라. 그리고 기억하라. 우리는 지금 3회 초 그라운드 위에 서 있음을.

그래도, 그래서

박수진 (중국어학과)

나는 대학생이다. 어떤 대학생인가 하면 나는 좀 덜 떨어진 대학생이다. 남들은 모두 복수전공을 준비하랴, 전과를 준비하랴 하는데 나는 그런 것들에 대해 도무지 계획이 없다. 주위 친구들을 보면 참 다양한 사람들이 한 곳에 모인 것 같다. 다들 고만고만 평범해 보이지만 이야기를 들어보면 참 다들 다양한 일들을 겪었다. 다양한 사람들은 다양한 길로 걸어가는데 나만 계속 제자리걸음을 하고 있는 것 같다. 나는 내가 고등학교를 다니면서 공부를 열심히 했다고 생각했는데 지금 내 머릿속은 텅 빈 것 같다. 분명 고등학교 윤리시간에 공자와 맹자에 대해서 배웠는데 전공 시간에 배우는 내용은 너무 생소하게 느껴진다. 고등학교의 공부가 얕은 탓일까, 내 머릿속의 지식들이 증발해 버린 걸까.

나는 스무 살이 되면 더 현명해지고 미래에 대한 계획도 잘 세워져 있으며 내 앞길을 스스로 잘 개척하는 똑똑하고 능력 있는 사람이 될 것 같았다. 하지만 내 모습은 내가 꿈꿔왔던 스무 살의 모습과 너무 다르다. 나는 내가 부모님의 어깨 위에 있는 짐으로밖에 여겨지지 않는다. 현명하게 판단하고 자립할 만한 능력은 어느 순간에 생길 리가 없는 것이 당연한데 나는 스무 살이 되면 그것이 당연해지는 줄 알았다. 술 마시느라, 쇼핑하느라, 서울 구경 가느라, 틈틈이 카페에서 공부하느라 용돈을 모두 써버리고 아버지께 용돈이 다 떨어졌다는 문자를 넣을 때마다 잠시 죄책감을 느낄 뿐 나는 도무지 나아질 기미가 보이지 않는 것 같다.

아버지와 통화를 했다. 나는 돈을 못 벌어도 내가 좋아하는 일을 하고 싶은데 아버지께서는 살아가면서 돈이 정말 중요하다고 하셨다. 아버지께는 철없는 소리로 들리겠지만 난 돈을 못 벌어도 내가 좋아하는 일을 하고 싶다고 했다. 아버지께서는 그럼 나는 좋아서 이일을 하는 줄 아냐고 하셨다. 나는 옳은 것을 선택하고 싶은데 무엇이 옳은 것인지 모르겠다. 내가 이 세상을 잘 모르기 때문에 이런 소리를 할 수 있는 걸까. 많은 책이나 멘토들이 좋아하는 것을 택해야 하는 것이 옳다고 말하는 것이 정말 진짜인지 모르겠다.

초등학교 때는, 내가 참 대단한 사람이 될 것이라고 생각했다. 나는 무엇이든지 할 수 있고, 세상에 큰 영향력을 발휘할 수 있고, 문제점이 많은 세상을 내가 변화시킬 수 있을 것이라고 생각했다. 하지만 한 해씩 흘러갈수록 나는 평범한 사람이라고 생각했고 대학생이 된 지금은 내 자신이 다른 사람들보다 조금 떨어지는 사람으로 느껴진다.

나는 내가 생각해왔던 대학생이 아니다. 좀 모자라고 덜 떨어진 대학생이다. 마음으로는 자립하고 싶은데 자립할 능력이 없어 늘 부모님께 죄송하고 내 진로가 무엇일지, 돈을 선택해야 할지 적성을 선택해야 할지 모르겠고, 아는 것보다 모르는 것이 많아도 너무 많은 대학생이다. 나는 내가 더 현명하고 괜찮고 능력 있는 사람이 되기 위해서 내가 뭘 해야 하는지 모른다. 그래도, 그래서 나는 생각한다.

GJ5043호

전인기 (중국어학과)

● 등장인물: 철수(21살 대학생), 영희(20살 대학생),

　교수(57살), 박사(49살), 철수 아빠(52살)

● 시대: 현대

● 무대

무대 중앙에 원탁 책상이 하나 있고 그 위엔 노트북 하나와 취업준비서가 잔뜩 쌓여 있다. 벽엔 온갖 취업공고 안내지와 취업 관련 강의 홍보 책자가 붙어 있다. 벽 양쪽에 문이 있고 벽쪽 책장엔 온통 자기계발서와 자격증 관련 책들뿐이다. 벽 중앙엔 'WHOAREWE 그룹에 입사하자!'란 문구가 크게 적혀 있다.

막이 오르면 철수가 원탁책상에 앉아 노트북으로 인터넷을 하고 있다.

철수: (노트북을 하다 밖에 발걸음 소리가 들리자 황급히 노트

북을 끈다. 그리고 발걸음 소리가 이 방으로 오는 게 아니란
걸 알자 안심하며 다시 노트북을 켠다. 잠깐 몸을 일으켜 스
트레칭을 하다 관객과 눈을 마주친다.) 안녕하세요? 실례지
만 무슨 과세요? 취업준비하러 오셨어요? (안도하며) 아, 아
니시구나. 전 방금 전까지 취업정보를 살펴보고 있었어요. 저
희 스터디 멤버 모르게 고급 정보 사이트를 최근에 발견했거
든요. 스터디 멤버라지만 이런 정보 저런 정보 다 공유하면
저는 무슨 경쟁력이 있겠습니까? 안 그래요? 하하하. 대학
교 1학년부터 꾸준히 준비해야 멋진 세일즈맨이 될 수 있어
요. (관중을 보며) 취업하셔야죠? 저희 스터디 그룹에 들어
오시면 취업과 관련된 많은 정보들을 얻을 수 있어요. 오셔
서 님이 가지고 있는 고급정보들도 좀 털어놔 주시고 하하하.

(갑자기 왼쪽 문이 열리며 영희가 무표정한 얼굴로 들어온다)

철수: (놀라며)깜짝이야! 왜 귀척도 없이 들어오고 난리야?
영희: (무미건조한 음성)귀척해줄까? (귀여운 행동을 한다. 이
　　　때 등장했을 때와는 완전 다른 모습을 보여줘야 한다)자, 귀
　　　척. 됐지?
철수: (어이없는 표정)됐고, 스터디 시작하자.

(아이돌 노래가 나오고 철수와 영희는 진지한 표정으로 대화하
는 척을 한다.)

영희: (무미건조한 음성)수고했어.

철수: (기지개를 켜며)응, 너도.

영희: 아참, 후아위 그룹에서 인턴 구하더라. 알고 있었어?

철수: (경직하며)아, 아니. 정말?

영희: 응. 다음 주 목요일이라니까 한 번 가 봐.

철수: (영희의 눈을 피하며)알았어. 고마워.

(영희 나간다)

철수: (탁자를 치며)늘 이런 식이라니까.(관객을 보며)영희 재
    는요. 다 알아요. 뭐든지. 제가 늘 한 발 늦는 기분이라니까
    요. 고급정보라고 생각했는데. 에휴. (관객을 보며)혹시 지원
    해 보실 건 아니죠? (암전)

(집. 철수와 철수 아빠 원탁에 마주 앉아 밥을 먹고 있다.)

철수 아빠: (꾀죄죄한 런닝 셔츠에 팬티만 입고 면도도 하지 않
    은 듯해 보인다)취업 준비는 잘 돼 가냐?

철수: (아빠를 쳐다보지도 않은채)응.

철수 아빠: (조심스럽게)근데 취업이 빨리 되겠니?

철수: (숟가락을 던지며)밥 먹는데 그런 얘기 좀 안 하면 안 돼?
    아니 내가 알아서 준비할 테니까 신경 좀 끄시고 밥이나 드
    세요 제발!(문으로 나간다. 철수 아빠 숟가락을 줍고는 다시
    밥을 먹는다. 암전)

철수: (무대 중앙에 서서)저희 아빠는요. 늘 저한테 저런 소리
    밖에 안 하세요. 초등학교 아니, 유치원 아니, 제가 펜을 잡

게 된 시점부터 '뭐 해'란 소리를 입에 달고 사셨죠. 말을 안 해도 내가 알아서 할 건데 자꾸 보채신다니까요 어린애처럼. 정작 본인은 열심히 살지도 않으면서 말이죠. 바보처럼 일만 하다 명퇴당했다니깐요 글쎄. 제가 너무 세상을 모르는 건가요? 될 사람은 된다! 이게 제 생각입니다. 전 말이죠. 꼭 후아위 그룹에 들어가서 성공할 겁니다.(사이)밥 먹었더니 잠이 오네요. 한숨 자야겠어요. 모두 주무세요!(왼쪽문을 열고 나간다. 아주 약한 조명만 비춘다. 오른쪽 문이 열리며 철수가 들어와 노트북을 열고는 야동을 튼다. 신음소리가 점점 커지고 꺼진다. 옆에 있던 두루마리를 집어든다. 암전)

(강의실. 교수와 영희 앉아서 진지하게 얘기하고 있다.)

영희: (무미건조하게)그러니까 교수님 말씀은, 정부가 사회에 로봇을 잠입시켜 살게 하고 있다는 뜻인가요?

교수: (한숨을 쉬며)아니야, 아니야. 인간 중 소프트웨어가 로봇처럼 프로그래밍된 인간을 잡아다 로봇으로 개조한다는 말이지.

영희: 그러니까 교수님 말씀은, 로봇과 인간은 친구란 뜻이군요.

교수: (황당해하며)아니 어떻게 그런 식으로 이해할 수 있나?

(오른쪽 문이 열리며 철수 들어온다.)

철수: (억지웃음을 지으며)안녕하세요, 교수님. 영희야, 안녕.

교수: (찡그리며)철수구만. 자네 과제는 읽어보았네.

철수: (기대하며)어떤가요?

교수: 정말이지. 이런 말을 하기 미안하지만.

철수: (웃으며)괜찮아요, 교수님! 저는 놀랄 마음의 준비를 하고 있습니다.

교수: 빵점이네.

철수: (놀라며)네?

교수: 빵점이라고

철수: 빵점이요?

교수: 그래 빵점. F란 말이야.

철수: 아, 아니 도대체 왜……

교수: 내 수업을 듣기는 한 건가?

철수: 당연하죠. 교수님 중간뒷줄에 앉아서 늘 경청하고 있었습니다.

영희: (스마트폰을 만지며)스마트폰과 함께?

철수: 입 다물어.

교수: 여튼 어쩔 수 없게 됐네, 내가 자네 담당교수라지만 이거 원 너무하잖는가.

철수: 하지만 교수님.

교수: 더 말할 필요 없어. 이제 가보겠네.

영희: (스마트폰을 만지며)들어 가보세요.

(교수 왼쪽문으로 퇴장)

철수: (교수가 앉았던 의자에 주저앉으며)아니 내가 맨날 음료수 사다주고 마주칠 때마다 인사해주고 다 해줬는데 뭐? 빵점? F? (흐느낀다)선배들이 1학년 때부터 학점관리 잘 하라 그랬는데 어떡하지? 후아위 입사하겠단 목표에 벌써부터 차

질이 생기다니!(엎드려 운다. 갑자기 들리는 애니팡 게임소
리. 영희가 생각난 철수는 고개를 급하게 든다)영희야, 너는
몇 점이야?

영희: 에프학점.

철수: 크크크 너도 나랑 처지가 똑같구나?

영희: 응.

철수: 안 슬퍼?

영희: 응. 다시 잘 받으면 돼.

철수: (놀라며)어떻게?

영희: (묵묵히 게임만 한다)

(암전)

(집. 늦은 밤이다. 오른쪽 문으로 들어와 야동을 보는 철수.)

철수: (두루마리 휴지를 집으며)아무래도 안되겠다. 교수한테
다시 가서 따지든지 해야지.

(암전)

(교수 방. 교수는 원탁에 엎드린 채 피 흘린 채 죽어 있다. 왼쪽
문이 열리며 철수 등장)

철수: (양손에 쥬스를 들고 밝은 목소리로)교수님, 제가 왔습니
다.(교수 시체 발견 하고는 기절한다)

(영희 들어와 이 상황을 보고는 다시 나간다)

(암전)

(철수 눈을 뜬다. 공포스런 분위기. 의자에 몸이 묶여 있고 원탁
근처엔 가운을 입은 남자와 영희가 있다)

철수: (놀라며)이, 이게 뭐하는 짓이야!

박사: 깨어났군.

철수: 누, 누구세요?

박사: 놀라지 말게나. 나는 로봇공학박사란다. 너 같은 사람, 아
    니 너 같은 로봇을 찾기 위해 얼마나 노력했는지 몰라.

철수: 제, 제가 로, 로봇이라구요?

박사: 응, 당연하지. 로봇 아니야?

철수: 당연히 아니죠. 빨리 풀어주세요

박사: 아니라는데?

영희: (로봇같이)20살 김철수. 대.학.생. 로봇.

박사: 맞지?

철수: 영희잖아. 영희야 뭐하는 거야 빨리 나 좀 구해줘. 뭐하
  고 있는 거야.

영희: 목표의식 없는 무의미한 삶. 인간의 특징은 주체성. 주체
  성 있는 삶을 살아가기. 공부, 공부, 공부란 무엇일까. 과연
  나는 공부를 하고 있는가. 남이 떠먹여주는 것을 그냥 먹고
  있는 것은 아닌가. 기계적으로 남이 하라는 것만 하도록 프
  로그래밍 되어 있는 20살 대.학.생 김철수. 로봇, 로봇, 로봇
  으로 판명

박사: 봤지? 너 로봇 맞다잖아.

철수: 저 매일 밤 야동도 봐요. 로봇이 성욕이 있나요?

박사: 영희야?

영희: 김철수와 같은 반인반로봇은 인간의 기본 욕구는 남아 있

음. 풀어주지 않으면 안됨. 그래서 하루에 한번 자위하도록 프로그래밍돼 있음.

철수: 이건 전부 개소리야!

박사: 인간은 늘 배우기를 갈망하는 존재라고 배우지 않았나? 배움을 멈췄을 때 인간은 죽은 거나 다름없지. 근데 넌 어때? 영희의 말에 따르면 넌 강의시간에도 늘 스마트폰을 손에서 떼지 못한다더군. 그뿐만이 아니야. 취직정보를 얻는답시고 늘 노트북을 부여잡고 살지만 그곳에 있는 건 야동과 게임이 전부라는 걸 누가 모를 줄 알아?

철수: 하지만 전 교수님들이 시키는 대로 과제도 열심히 하고 시험도 백지상태로 낸 적이 한 번도 없어요!

박사: 과제라. 네가 하는 과제는 단지 인터넷에서 보고 짜깁기하는 것들뿐이잖아? 그걸 하면서 네 머릿속이 그 내용으로 가득 차 있나, 아니면 다른 것으로 가득 차 있나? 우리 솔직해지자고. 철수 네가 과제한 것 다 쓰레기야. 보잘 것 없다고. 공부하면서 왜라는 이유를 생각해 본 적이 있나?

철수: (잠시 망설이곤)네! 취직하려고죠!

박사: 쯧쯧, 이것 봐! 대학은 너를 취직시켜주려고 만든 곳이 아니야. 공부하라고 만들어놓은 곳이지. 우리나라의 대부분의 청소년은 너처럼 로봇화가 80% 정도 진행되었지. 그저 위에서 명령어를 주면 그걸 실행하는 거야. 착착착. 어때 쉽지? 하지만 대학은 아니야. 대학은 네가 로봇에서 인간으로 돌아올 수 있게 만들어주는 아주, 아주 의미있는 곳이란 말이지.

그런 곳에서조차 넌 인간이 되지 못하고 또다시 로봇이 되는
길을 택했지. 이해해. 몇 년 동안 내려오던 명령어들이 한순
간에 사라지면 불안해하는 건 당연해. 하지만 넌 불안해할 시
간조차 없이 새로운 명령들을 찾아 헤매더구만. 그래서, 여기
온거야. 인간으로 살아가기에 너무 벅차하는 거 같길래 아예
로봇으로 만들어주려고. 어때 친절하지?

철수: 지금 제가 교수님을 해친 거 같아서 이러시는 거에요?

박사: 허참, 이해를 못하는군. 이때까지 해준 얘기가 전부 물거
　　품이 되겠어.

철수: 하지만 교수님을 죽인건 제가 아니에요 제가 도착했을 때
　　이미 죽어 계셨다구요.(사이) 여, 영희가 죽였어요!

박사: (웃으며)재밌군. 그렇게 생각하는 이유는?

철수: 영희도 저랑 같이 F를 받았거든요. 근데 제가 어떻게 할
　　거냐고 물으니까 아무런 말도 하지않고 의미심장하게 있더
　　라구요.

박사: 아하, 근데 말이야. (사이)영희는 로봇이야.

철수: (놀란다)

박사: GJ 5040호지. 너의 선배라고 볼 수 있어. 이제 네가 GJ
　　5043호가 될 차례고.

철수: GJ 5040호요?

박사: GET A JOB의 줄임말이지. 너희들이 그렇게 외쳐대는 취
　　직이란 뜻, 알지?

철수: 어, 어떻게……

박사: 영희는 너처럼 명령어를 쉴틈없이 찾아다니는 케이스였
어. 안 되겠다 싶으니까 아예 나한테 직접 찾아오더군, 그냥
잡생각 없이 취직해서 편히 살고 싶다고 말이야.

철수: 그, 그럴 수가.

박사: 그리고 그 교수는 말이야. (주머니에서 리모콘을 꺼내 버
튼을 누른다.)

영희: (철수를 따라하며) 교수님, 저한테 이러실 수 있으세요?
(교수를 따라하며)처, 철수 자네 으악! (사이) (나갔다 다시
들어오고는 양손에 무언가를 든 척을 한다)교수님, 제가 왔
습니다. (쓰러진다)

박사: 이렇게 된 거지. 명령을 지키기 위해서라면 의문을 제시
하지도 않고 어떤 짓이든 하는 너를 봐. 이래도 네가 로봇이
아니야?

철수: (떨며)나, 난.

박사: 응?

철수: 앞으로 제대로 살겠습니다.

박사: 제대로 어떻게?

철수: 대학생답게요

박사: 대학생다운 게 어떤 건데?

철수: 공부란 왜 해야 하는 것인가, 어떤 것이 진정한 공부인
가를 생각해 보겠습니다. 그저 취직을 위해서 하는 것이 아
닌 진정한 의미의 공부를 하겠습니다. 그게 대학생의 본분
이니까요

박사: 흠. 영희야 어떡할까?

영희: 진정성이 조금 보임. 로봇개조 보류, 보류 요청.

박사: (잠시 망설이다)그래, 좋아. 이번만은 봐주지. 뭐 너 말고 도 GJ 5043호가 될 사람은 무궁무진 하니까.

철수: 감사합니다. 그, 그런데 교수님은 어떡하죠?

박사: 아, 사실은 교수님을 닮게 만든 로봇이야. 넌 참 순진하구나.

철수: (어이없어한다)

박사: 당분간 지켜볼게. 또 로봇으로 변해간다 싶으면 그때는 내가 완전히 로봇화시켜줄 테니까, 걱정하지 말고.

철수: 네

박사: 그럼 가봐. GJ 5043호 후보 친구.

(철수 퇴장)

박사: (관객을 보며)이번엔 누구를 잡아올까?

(암전)

경히취업전문학원

홍영준 (전자전파공학과)

　어서 오세요. 여기는 경히취업전문학원입니다. 본원은 60년이 넘는 역사를 자랑하고 있고, 조금 있으면 분교에서 본교로 승격될 예정이며 삼송, 엘쥐 등 내로라하는 대기업과 자매결연이 되어 있습니다. 당신을 잘 찍어낸 컴퓨터로 만들어 드리겠습니다. 인간 거푸집에는 이만한 게 없죠!

　삐비비빅 삐비비빅

　이놈의 자명종은 1초라도 늦는 법이 없다. 아침 6시, 한 여름이 오더라도 쌀쌀한 시간대이다. 토익 책을 가방에 넣고 중앙도서관으로 간다. 스터디를 같이 하는 두 친구를 만났다. 4달째 이 짓을 하고 있지만 토익점수는 좀처럼 오를 기미가 보이지 않는다. 한 친구는 1년 동안 어학연수를 갔다 와서 점수가 오히려 내려갔단다. 토익을 고득점 받아도 외국인과 몇 마디 할 수 없다고 하지만 어쩌겠는가, 취직하려면. mp3를 스피커에 연결하고 외국인의 대화를 듣는다. 간혹 가다 알아들을 수 있는 게 있지만 그들은 대부분 내가 전혀 관심도 없는 화제를 가지고 대화한다. 스피커 안에 사는 미국인과 영국인은 망망대해를 건너 언제 알음했는지 자기네들끼리 키득키득 거린다.

자기소개서를 A4용지 두 장 분량으로 제출하시오.

오호, 이거 괜찮은 걸? 작가가 꿈인 사람이 글쓰기를 두려워하면 되나. 내가 논증문은 약하지만 A4 두 장은 식은 죽 먹기야. 근데 뭘 써야 하지? 저는 화목한 가정에서 태어나 인자하신 부모님 밑에서 자랐으며 초등학교 때 반장도 하고 블라 블라. 면접관들이 일일이 확인할 수도 없을 테니, 거짓말을 좀 써도 모르겠지? 키키. 어차피 책상에 스펙이 빼곡히 적힌 이력서 깔아놓고 서로 가면을 쓰고 몇 분간 면접을 볼 텐데 뭐, 이게 그리 중요하겠어? 구밀복검(口蜜腹劍)이 따로 없네.

나는 기계의 부속품이 아니다.

41년 전 노동법 준수를 외치며 분신한 전태일 열사의 말이 아니다. 원래 스펙(spec)이란 말은, 사람이 컴퓨터를 살 때 cpu의 속도는 얼마이고 ram용량은 얼마인가를 지칭할 때 쓰는 말이다. 이렇게 삶의 허레질에 매달리다가 언젠간 취업을 하겠지. 그럼 그 다음은? 그 다음은? 돈 벌어서 자식 낳아서 이 하수구에 또 밀어넣으라구? 취업, 어디를 간들 그게 뭐 대수일소냐. 오늘 9시 뉴스에서는 청년실업 80만이라고, 낙타가 바늘구멍 뚫기라고 한다. 그런데 나는 삼송에 들어가서 이건휘에게 충성할 생각이 전혀 없다. 이거 어쩌지? 고작 인적성검사 점수로 나를 판단하겠다구? 홍, 개나 줘 버려.

　진리의 상아탑

　'속세를 떠나 오로지 학문이나 예술에만 잠기는 경지, 대학(大學)을 비유적으로 이르는 말로 쓰인다.' 애석하게도, 그 상아는 오래전에 밀렵꾼들이 다 팔아버렸어. 아프리카에 있는 코끼리를 죄다 잡아서 그 많던 상아를 자본가들에게 비싼 돈에 팔아 버렸다구! 그리고 그 자본가들은 주식회사를 만들고 주주이익극대화라는 오직 하나의 목표만을 향해 달리고 있어. 그건 오세운에겐 유상급식과 같고 이병박에겐 대운하와 같은 거라구! 이거 참, 동해물과백두산이마르고닳도록대기업이보우하사우리나라만세다.

　진정하자.

　패배자로 살고 싶으냐? 자본주의 사회에서 돈 없이 살 수 있을 거 같애? 피해의식과 자괴감에 사로잡혀 여생을 보내고 싶으냐? 대학은 이미 취업의 통과의례가 되었어. 놀이공원에서 바이킹을 탈 때 돈을 지불하고 사야 할 티켓이 되어 버렸다구. 4년 동안 4000만원 투자해서 연봉 3000만원 넘으면 괜찮은 장사 아니겠어? 따지고 보면 이상할 것도 없어. 현대 사회는 그 사람이 햇빛이 많은 화창한 날을 좋아하는지, 구름이 조금 낀 우울한 날을 좋아하는지에 관심이 없어. 그 사람이 내일 어디로 출근하고 타고 다니는 자동차는 잘 굴러가는지에만 관심이 있다구. 낙타의 등에는 물이 가득 들어있을 거라고, 그래서 낙타는 뜨거운 태양 아래에서 그 물을 조금씩 꺼 내먹으며 사막에서도 살 수 있을 거라고 철썩 같이 믿고 있던 그 때와 세상은 달라졌단 말이야.

쓸쓸하구만.

　정책을 결정할 힘을 가진 사람은 사회의 맨 윗자리에서 호의호식을 누리고 있다. 그들은 국가 안보에는 맨 뒷자리에 서고 사회의 정의가 아닌 곳을 바꿀 의지가 없다. 밥 먹을 돈이 없던 영화 시나리오 작가는 차디찬 자취방에서 얼어 죽고, 연예인 지망생은 권력에 짓눌려 몸을 팔다가 자살했다. 찰리 채플린은 알고 있었다. 영화 〈모던 타임즈〉를 보면 찰리 채플린은 톱니바퀴에 몸이 끼이면서도 계속 나사를 조인다. 나는 찰리 채플린이다. 어제도 오늘도, 아마 내일도 나사를 조일 것이다. 초등학교 때 바라본 대학생 사촌 형의 모습은 뭔가 달라 보였다. 지성인(知性人). 그 뜻을 그때는 알 수 없었지만 뭔가 사회의 잘못된 부분을 바꾸고 정의를 바로 세우려는 사람만이 가질 수 있는 칭호 같았다. 그 때 사촌형이 해줬던 굉장히 멋있었던 그 말. "모두가 투사가 될 수는 없지만, 그렇다고 모두가 비겁자가 되어선 안 돼." 불행히도, 대학생이 된 나는 후자 쪽에 가깝다. 비겁자가 되는 건 굉장히 슬픈 일이다.

누가 감히 청춘을 위로하는가?
(당신은 청춘을 위로할 자격이 없다)

이준영 (영미문화학과)

바야흐로 힐링(Healing)이 시대의 화두이다. 공중파 방송에서는 아예 힐링이라는 단어를 가져다 쓴 프로그램이 세간의 화제가 되고, 서점의 베스트셀러 코너에는 너나 할 것 없이 우리를 치유해주겠다는 책들이 한 자리를 차지하고 있다. 그리고 대부분 그 위로의 방향은 이제 막 세상으로 첫 발을 내딛는 대학생을 가리키고 있다. 어쩌다가 이렇게 된 것일까? 왜 젊음의 열정으로 가득 찬 채 인생에서 가장 화려하게 빛나는 시절을 살아야 할 우리가 무엇에 치이고 억눌리고 신음해야 하는가?

나 또한 대학생이다. 사실 스스로를 대학생이라는 말로 소개하기보다는 취업 준비생, 졸업반, 구직자라는 말로 설명하는 데 더 익숙하다. 그리고 세상은 우리를 88만원 세대, 삼포세대로 부른다. 참담한 현실이 그대로 녹아 있는 저 비참한 별명들은 꼬리표처럼 우리를 따라다닌다. 어느덧 서른이 목전에 다가와 있는데 이루어 놓은 것은 하나도 없다. 자기소개서를 몇 장이나 썼는지 헤아리는 것도 포기한 지 오래이다. 친구들끼리는 농담 삼아 자소서가 아니라 자소설이라고 부른다. 이러다 내년에 등단하는 것은 아닌지 모르겠다며 씁쓸하게 자조한다. 서류전형조차 통과 못하고 떨어져 버릴 때는 왠지 잉여인간으로 낙인찍힌 기분이다. 왠지 토익점수가 부족한 것도 같고, 낮은 학점이 문제인 것도 같다. 요즘은 신입생일 때부터 대외활동이나 공모전 정도는 필수로 쌓아놓아야 한다는데 나는 대체 지금껏 무얼 하며 산 건지 도통 알 수가 없다.

결국, 비난의 화살은 스스로에게 던져지고, 끝이 없는 자기혐오로 이어진다. 꿈, 장래희망, 이상은 마치 앨범 속 오래된 사진처럼 희미해져만 간다. "아마 난 안 될 거야"라는 비관이 나를 잠식해버릴 때쯤이면 어떤 게 나인지조차 잊어버릴 것 같다. 그렇게 절망의 심연까지 내려간 뒤에 생각해본다. 누가 날 이렇게 만든거지?

신자유주의는 모든 것을 물질적인 가치로 환산해낸다. 인간, 생명, 자연, 사랑, 정의까지도 오로지 자본의 논리로 귀결된다. 가장 치명적인 점은 바로 그 속을 살아가는 우리가 신자유주의의 최면에 빠져 부당함을 느끼지 못한다는 것이다. 돈이 주는 화려함, 풍요로움이 사람들의 모든 감각을 마비시켰기 때문이다. 그래서 우리는 무한경쟁시대에 던져진 채 마치 롤플레잉 게임을 하듯 수치화된 자신의 능력을 높이는 데 열을 올리고, 공장에서 찍어낸 공산품처럼 스펙이라는 말로 등급을 나누는데 거부감을 갖지 않는다. 신자유주의가 만들어낸 절대 벗어날 수 없는 끝없는 수렁 속에서 헤어나지 못한 채 레디메이드(ready made) 인생을 살아가면서, 돈의 달콤함을 조금이라도 더 맛보기 위해 남을 밟고 높은 곳으로 올라가는 것이 최우선 과제가 되어버렸다. 이제는 크게 눈을 뜨고 자신과 주변을 둘러보아야 할 때이다.

축 처진 어깨를 쫙 펴고, 하늘을 향해 고개를 들어 기죽을 필요 없다고 애써 되뇌어본다. 일찍이 석가모니께서 말씀하신 천상천하 유아독존(天上天下唯我獨尊)의 참뜻은 자신감이 넘친 자기 오만이 아니라, 우리는 태어난 순간부터 이 세상 위에 홀로 존재한다는 진리이다. 우리를 가두는 모든 속박들은 사실 자기 자신이 만들어낸 것에 불과하다. 대학생으로서 행동하는 지성이 되어야 한다. 힘에 부치고 외로울 때마다 기댈 곳을 찾는 수동적인 자세로 일관하고, 우리에게 쏟아진 복잡한 문제들의 정답을 다른 이에게서 얻으려 하다보면 결국 그 자리에 안주하게 되고 만다. 식어버린 열정에 불을 다시 지피고, 잊고 지내던 내가 진정 원하는 꿈을 떠올린다면 우리를 둘러싼 일그러진 세상의 틀을 깨뜨려 버릴 수 있을 것이라 간절히 믿어본다.

나는 대학생이다

조강은 (전자정보대학)

"시청자 여러분의 열화와 같은 성원에 힘입어 확대 편성으로 다음 이 시간부터는 새롭고 또한 더욱 재밌어진 '나는 대학생이다 시즌 2'를 방영해 드립니다. 다음 주 이 시간을 기다려주시기를 바랍니다." 나는 지금 이 텔레비전이 뭐라 말한 건지 모르겠다. 내가 좋아하는 런닝걸 시간까지 침범하면서 뭐? 나는 대학생이다 시즌2? 나는 순간 정신을 차릴 수 없었다. 누가 이딴 프로그램을 보는 거야?

일단 '나는 대학생이다'에 대해 간략하게 말을 하자면 세계-그래 봤자 국내지만-에서 최고의 대학생이 누구인가를 두고 대결하는 것이다. 각 회마다 미션을 통과해서 점수를 얻고 끝에는 누가 가장 대학생다운지를 심사위원과 전국의 시청자들의 문자 투표를 결과로 하여 가장 낮은 점수를 받은 사람을 한 사람, 어떨 때는 두 사람씩 떨어뜨리는 토너먼트식 서바이벌 예능 프로그램이다.

딱히 좋아하는 것은 아니지만 워낙 인기가 높아 사실 국내에서 모르는 사람이 없을 정도다. 저 엉터리 프로그램이 달을 품은 해 시청률 42%를 넘겼으니, 45%였던가 거의 50%, 즉 국내의 반은 저 프로그램을 봤다는 것이다. 그러니 아무리 관심이 없어도 저절로 알게 되는 것이 바로 '나는 대학생이다'. 아무튼 이런 식으로 누가 국내서 최고의 대학생인지를 뽑는 것이다. 물론 학교와 상관없이 재학생이면 모두 오디션을 볼 수 있다고 한다. 그런데 간간이 들리는 소문에 의하면 하늘같은 대학교들이 파벌 싸움을 벌이느라 지잡대는 절대 올라 갈 수 없다고 한다. 하지만 그것은 루머인 듯하다. 이번 시즌 1의 우승자가 지방에 있는 전문대의 학생이니까. 덕분에 그 학교는 위상이 쭉 올라갔고 갑자기 정시 컷이 올라가 전문대에서 4년제로 바꾼다고 그랬다.

취지도 나쁘지 않다. 전국의 대학생들의 표본을 보여주어 대학생들의 진로를 확고하게 해서 인재들을 키워나가겠다는 식인데- 누가 저런 방송을 마다하겠는가. 대학생들은 이 미래의 일꾼을 빨리 개발시킬 필요가 있었으므로 전과 같은 미적지근한 방식의 진로결정 등과 같은 것들은 사회에 전혀 불필요하다는 식의 시선들이었다. 급하다 급해. 아무튼 간에 이 프로그램이 방영이 되었을 때 저 오디션에 합격하면 삼송에 들어가는 문턱이 아주 낮아진다는 소문도 있다. 본격 학생들을 키우기 위한 프로그램! 또한 시청자들의 유료문자비와 협찬받는 것들은 또한 마이스터고등학교와 같은 직업학교에 기부하여 보다 인재들을 폭넓게 지원을 한다고 하니 이렇게 좋은 프로그램은 세상에 둘도 없을 것이다.

그런데 이렇게 좋은 프로그램을 왜 난 싫어하는 것일까. 나는 서랍에서 한 종이를 꺼내 읽어보았다. '나는 대학생이다 1기 지원서' 그렇다. 나는 저 프로그램의 오디션에서 떨어졌다. 불합격. 아 오해하지 마라. 저 프로그램이 날 떨어뜨렸기 때문에 싫어하는 속 좁은 짓은 아니다. 절대 아니라니까 오해하지 말아 달라!

일단 가볍게 나는 대학생이다의 심사기준에 대해 말을 해보겠다. 수많은 요소들이 있지만 고르고 골라 선정한 듯 했다. 첫 번째 기준은 창의성이다. 대학생들에게 가장 없어서는 안될 존재이며 사실 20대가 현실 대비 가장 상상력이 높아질 때가 아니겠는가. 당연히 판단을 해야만 하는 요소이다. 두 번째 기준은 배려심이다. 가볍게 봉사점수가 들어갈 것이며 도덕적인 모습을 얼마나 보였는가, 사람들과 얼마나 잘 어울리는가에 대한 이야기라 할 수 있을 것이다. 대충 천사를 뽑기 위한 기준? 세 번째 기준은 리더십이다. 글로벌 시대에 한국이 리더가 되기 위해서는 인재들이 당연하게 리더십을 가지고 있어야 하기 때문이다. 책임감과 신뢰를 중점적으로 보기 위한 기준이다. 네 번째 기준은 유머감각에 대한 것이다. 대학생들에게 가장 중요한 것은 잘 놀고 잘 공부하는 것이라 하지 않는가. 절대 노는 것이 빠져서는 안되는 것이다. 타고난 끼와 매력을 모두 발산할 것을 요구하는 기준이다. 마지막 기준은 기타로 평가되는 데 대체적인 스펙(TOEIC etc)에 대한 것으로 가산점으로 추가점수가 들어간다.

그렇다면 나에 대해 말을 해보자. 나는 중상위권 학교를 재학 중인 1학년 이공계 학생이다. 고등학교 때 진로를 정하지 못하다

보니 그저 게임을 좋아해서 일단 프로그래밍이랑 관련이 있을까 해서 이 학과를 들어왔다. 아무튼 그럭저럭 공부를 했고 좋아하는 수학은 점수가 꽤 좋은 편이다. 시간 나면 도서관에 들어가서 책을 읽을 정도로 책에 대한 관심도 있었고 관심분야가 많다 보니 여기저기 기웃거렸었다. 또한 채워야 되는 시간들이 있었기 때문에 봉사들도 필요한 만큼은 했었다. 그리고 학점도 장학금 받을 정도로 그럭저럭 잘 받았고 여름 방학 때 그럭저럭 잘 놀았다. 2학기 때 대외활동을 전부 준비해보았지만 전부 낙방이거나 본선까지만 진출했다. 그럭저럭 최선을 다했고 그럭저럭 결과도 만족을 하고 있었던 차였다. 열정적이지 못한 표본이라 축약해서 말을 할 수도 있을 것이다.

사실 왜 '나는 대학생이다'에서 떨어졌는지는 알고 있다. 나는 그럭저럭한 인생이었기 때문이다. 그래 나에 대한 부끄러움 때문에 '나는 대학생이다'라는 프로그램을 보고 있자면 속이 뒤틀리는 것 같은 것일지도. 하지만 의문이 드는 것은 어쩔 수 없는 것이다. 나 같은 대학생이 대학생이 아니라면 나는 현재 무엇일까? 우스갯소리로 백수?

그렇다고 내가 대학생이 되기 위해 노력하지 않은 것은 없었다. 야간자율학습도 해왔고 또 학원과 모의고사를 수없이 거치면서 수능을 보았다. 내가 뭐가 그렇게 부족하길래 대학생이 아니란 소리를 들어야 하는 것일까? 나는 그저 고등학교를 끝마치고 대학교로 올라왔을 뿐이다. 갑자기 고등학교를 졸업을 하고 나서 내 삶이 무언가 변했을 리가 없다. 나는 그대로인데 세상에서 원하는 것은 급격하게 달라졌다. '나는 대학생이다'에 부합할 수 있도록 언제나 학점은 우수에, 봉사는 마더 테레사처럼 하고, 영어는 미국인들 못지않게 하는 네이티브 스피커. 또한 끼까지 있어서 춤을 추면 이효리요. 노래를 부르면 Adele이다. 창의력은 또 엄청나서 한번 손을 대면 로봇도 그냥 만들어버리거나 독창적인 계획을 통해 사람들을 감동시켜야만 한다. '나는 대학생이다'의 1기 우승자 역시 그랬다. 우승자는 현 한국의 동아리 연합회 회장으로 어린 나이임에도 불구하고 여기저기 강연을 하러 가더라. 왜 저렇게 나랑은 다른 것일까? 저 사람과 나랑은 뭐가 그렇게 차이가 있는 걸까? 왜 나는 언제나 캄캄한 의문 속에서 살아가는 것일까? 두려워서 저 프로그램은 도저히 못 보겠다. 나는 그래도 대학생이기 위해 여러모로 노력을 했던 것 같은데 말이다. 틈만 나면 대외 활동을 해서 스펙을 쌓아 뭔가 이루고자 했었는데…… 처음의 시작부터 달라서인지 나는 저 위치에 도달하려면 많은 시간이 지나 이미 대학생이란 신분에서 벗어날 것만 같다. 생활비를 벌기 위해 알바를 뛰어야만 하고 학점을 위해 오늘도 밤새고 나면 나에겐 아무것도 남지 않는데. 하지만 하루하루 쳇바퀴 같은 시간들에서 난 또 물어볼 수밖에 없을 것이다. 나는 무엇일까? 저 대학생과 다른 나는 어떤 사람일까? 반면에 물음 없이 만들어져 있는 표본을 위해 열심히 뛰어가겠지. 고등학교 때 대학에 들어가기 위해 이유 없이 공부를 했듯이. 터지기 일보직전인 풍선 같은 것이, 그런 것이 대학생이 아닌가 싶다. 물론 골인은 취직생이고. 하루하루 숨이 막히게 다른 사람들의 요구들을 들어주기 위해 나는 기대치를 또 높여보고. '나는 대학생이다'에 부합하기 위해. 그렇게 만 한다면 나는 이제야 대학생이란 타이틀을 획득할 수 있을 것이다. 한숨만 나온다.

담배를 샀다. 처음 만져본 담배, 기분이 썩 좋지만은 않다. 담배곽에서 담배를 하나 집었다. 노려보았다. 아-나는 대학생 못 해먹겠구나. 한숨을 폭 쉬었다. 도통 쉬운 일은 없나보다. 당연한 신분에 위치해 있는데 정작 자기 자신은 그 신분에 대해 항상 의심한다. 담배들을 꾹 꾹 눌러보았다. 의외로 딱딱하지는 않았다. 그리고 담배곽을 쓰레기통으로 젖혔다. 탈탈 털었다. 하얀 녀석들이 차례차례 쓰레기통으로 들어갔다. 손에 쥐고 있던 담배를 쓰레기통으로 버렸다. 잘 가거라 내 이천오백원. 나는 도저히 다른 사람들은 못 따라갈 것 같다. 삼송이니 뭐니, 타인들이 쳐주는 최고의 위치는 죽어도 못 갈지도. 하지만 -담배곽도 쓰레기통으로 던져버렸다- 계속 고민은 해보아야겠다. 저 치들이 원하는 대학생들은 죽어도 못 될 것 같다. 툭하면 낙방이란 말이지- 더 이상 나에게 남은 자존심은 하나도 없는 것처럼 느껴져서. 계속 고민을 해야겠다. 나는 대학생이다. 계속, 계속 끝도 없이 고민을 해야만 하는-. 사회에 나가기 위해 생산된 부품이 아니라 사회를 구성할 대학생이다. 그래 나는 대학생이다. 뭘 하고 싶은 건지 하나도 모르겠지만, 일단 달려 나가고 고민하고 지쳐버리고 울기도 하지만 어찌 됐든 나는 대학생이다.

5장

사회를 어떻게 볼 것인가

대학생으로 사회를 성찰하는 것은 더 나은 삶과 사회를 만드는 일
의 필수 조건이다. 사회 혁신에 참여하며 원하는 대로 살기 위해서
는 먼저 사회를 제대로 이해해야 한다. 나의 삶은 어떤 형태로든 사
회의 여향을 받으며 사회적 관계 속에서 실현되기 때문이다. 이미
우리는 각자의 방식으로 사회를 이해하기 시작했다. 파편적인 능
력과 생각을 체계적으로 정리해 이제 '나의 눈'을 향해 열려 있다.
- 사회를 성찰하는 글쓰기 중에서

진부하지만 희망적인 메세지,
연극 〈죽여주는 이야기〉

원지혜 (생명의공학과)

늘 우리 곁에 맴돌고 있지만 우리와 아주 가까워 질 때까진 그 존재를 느낄 수 없는 것, 그것은 바로 '죽음'이다. 나도 마찬가지이다. '죽음'은 나와는 전혀 상관없는 이야기라고 외면했었다. 그러나 그 이면에는 '죽음'에 대한 공포가 숨어있었으리라. 그러던 중 여름방학 때 우연히 '죽여주는 이야기'라는 연극을 보게 되면서 잊고 있었던 '죽음'에 대해 다시 생각해보게 되었다. 연극 '죽여주는 이야기'는 자살을 소재로 한 작품이다. 소재자체의 무거움에 비해 표면적인 분위기는 눈물보단 웃음으로 가득하다. 이야기 전개가 빠르고 가벼워서 언뜻 봐선 그저 재미있는 코미디 연극처럼 보인다. 그러나 이면에 담긴 메시지가 가볍지만은 않다.

자살 사이트를 운영하며 돈을 버는 안락사는 성공한 사업가이다. 손님들에게 확실한 죽음을 선사하면서 그들의 익명성을 보장해준다. 그러던 어느 날, 그의 앞에 마돈나가 나타나면서 이야기가 시작된다. 손님으로 가장하였지만 그 여자의 목적 또한 안락사를 죽이는 것. 알고 보니 그녀는 왕년의 프로레슬러로서 명예롭게 죽고 싶은 마음에 안락사를 찾아갔는데 뜻대로 되지 않자 안락사에게 앙심을 품고 있었다. 이 때 등장하는 바보 레옹은 마돈나가 살인을 의뢰한 살인청부업자이다. 안락사는 그들이 자신을 죽이려 한다는 사실을 알아채고 죽임을 당하기 전에 먼저 레옹을 죽인다. 그리고 마돈나와 격렬하게 싸우다가 마돈나 또한 죽이는데, 안락사도 마돈나가 자신의 다리에 묶어 놓은 테이프를 풀지 못해서 결국 죽음에 이르게 된다.

사람마다 중요하게 생각하는 것, 그리고 그걸 지키고 싶은 욕망이 합쳐져서 그 사람의 결심을 낳는다. 마돈나는 인생의 전성기에서 삶이 멈췄으면 했다. 그래서 극단적으로 죽음을 선택한다. 반면 안락사는 삶을 선택한다. 그러나 그가 선택한 삶은 탐욕으로 가득했다. 돈이 가장 중요한 가치였기 때문에 그걸 얻기 위해서라면 수단과 방법을 가리지 않았다. 또한 바보 레옹은 사람이 가장 소중했기 때문에 아내와 헤어진 것을 견딜 수 없어서 죽음을 택하려 했다. 어떤 사람에겐 별로 안 중요할 수 도 있는 가치가, 다른 이에게는 극단적 선택을 하게 할 수도 있음을 이 작품을 말해준다. 그리고 죽음을 통해서 삶의 진정성을 생각하게 한다.

한편, 맨 마지막에 안락사가 울부짖으며 자신이 죽게 된다는 현실에 분노하는 부분은 일종의 권선징악의 모티브라 할 수 있다. 기회주의적인 삶을 살았던 사람의 비극적 최후는 너무나도 많이 본 뻔한 결말이라 아쉬움을 준다. 세상은 그런 사람들이 항상 벌을 받는 동화 같은 곳이 아니지 않은가? 우리가 사는 이곳이 정의로운 사회였다면 이렇게 사회에서 자살 문제가 이슈화 되지도 않았을 테니 말이다.

마음이 다소 무거워졌다. 자살 사이트를 운영하는 사람이 돈을 잘 버는 시대를 정말 우리가 살고 있는 것일까? 매일 같이 신문의 한 면을 꼭 장식하는 자살 관련 기사들을 생각하면 연극 속 상황이라고만 단정 지을 순 없다. 그렇다면 그들은 왜 죽고 싶어 하는 것일까? 단순하게 생각하면 삶의 고통이 너무 커서다. 한 인간이 견딜 수 없을 정도로 살아가는 게 힘들 때, 죽음을 생각하게 된다. 〈죽은 시인의 사회〉의 닐은 연극배우가 되고 싶다는 꿈을 반대하는 아버지와의 갈등으로 인한 고통으로 죽음을 택했고, 〈밀리언 달러 베이비〉의 매기는 전신마비 상태의 힘겨움으로 안락사를 택했다. 그러나 그런 이유가 있다하더라도 자살을 택할 수밖에 없는 현실이 슬픈 것은 마찬가지이다.

제목은 '죽여주는 이야기'이지만 이 작품은 지친 이들을 위로하는 '살려주는 이야기'이다. '당신만 힘든 것이 아니고, 나도 이래서 힘들어' 하며 자기만 힘든 것 같다는 마음에 위안을 준다. 예를 들면 한강에 뛰어들려 했다가 너무 춥다고 터벅터벅 다시 걸어 돌아오는 레옹의 모습은 웃기다. 바보 레옹은 힘들어서 포기하려 했다가도 다시 한 번 내일의 희망적인 모습을 생각하며 하루를 사는 우리의 모습일지도 모른다. 바로 그러한 동질감이 우리에게 위안을 준다. 밑져야 본전이다. 나쁜 사람은 결국 벌을 받게 된다며 그

래도 다시 한 번 희망을 갖게 하는 메시지에, 그 달콤한 말에 귀를

닫을 필요는 없지 않나.

래도 다시 한 번 희망을 갖게 하는 메시지에, 그 달콤한 말에 귀를

닫을 필요는 없지 않나.

과잉보호 받고 있는 그들

박정근 (국제학과)

얼마 전 영화관에서 〈돈 크라이 마미〉라는 영화를 봤다. 고등학생들이 여고생을 수차례 성폭행하여 결국 피해자는 자살을 하였고 피해자 엄마가 울며 복수를 하는 영화이다. 가해 학생들의 잔인함은 차마 학생들이라고 부르기 어려울 정도였다. 보면서 너무나도 불편하였고, 실제로 이런 일이 일어난다는 사실에 가슴이 아팠다. 영화중 여러 장면이 기억에 남는다. 가장 분노가 끓어올랐던 장면은 가해자들이 법원에서 유리한 판결을 받으면서 "당연히 이렇게 될 줄 알았다"라는 말을 한 것이었다. 자신들이 성폭행을 저질러도 아직 미성년자이기 때문에 처벌을 거의 받지 않는다는 점을 악용한 것이다. 영화를 보면서 또 다른 어이없는 장면은 가해자들의 부모가 합의를 요구하는 장면이다. 가해자들의 부모역시 자식과 다를 바가 없었다. 어린 아이들이 그럴 수도 있지 않느냐고 하면서 오히려 적반하장으로 피해자를 아들을 꾄 나쁜 년

취급을 하는 것이다. 이 영화를 보고 청소년 범죄에 대하여 느끼는 점이 많았다.

요즈음 청소년들의 범죄율은 해마다 늘고 있고, 성 폭력 뿐만 아니라 살인 폭행 등 강력 범죄에도 점점 대담해지고 있다. 두 가지 원인이 있다고 생각한다. 우선 요즘 청소년들의 윤리의식의 부재이다. 가정에서는 맞벌이 부부가 대세여서 과거만큼 부모님들이 아이들에게 신경을 쓰지 못하고, 학교 역시 입시와 성적 위주의 교육에 치중할 뿐 인성과 윤리교육에는 소홀하다. 이러한 상황에서는 아이들이 윤리교육을 제대로 못 받는 것은 당연하다.

더 중요한 이유는 학생들이 법을 악용한다는 점이다. 대부분의 청소년 범죄 가해자들을 보면, 그들은 미성년자가 솜방망이 처벌을 받는다는 점을 알고 있다. 이 점을 믿고 가해자들은 범죄를 저지른 다음 법정에서는 순한 양이 되어 눈물을 흘리는 척 한다. 실제로 미성년자 사건의 대부분은 훈방이나 집행유예 정도로 끝난다. 그래서 피해자 측도 어쩔 수 없이 울며 겨자 먹기 식으로 합의를 하게 된다. 집안 형편이 좋은 가해 학생은 처벌을 받지도 않고 금전적으로도 영향이 없다. 현행 법체계에서 집안 좋은 미성년자는 사실상 거리의 무법자다. 시비가 붙어도 고등학생들은 건드리지 말라는 말이 괜히 나온 말이 아니다.

그렇다면 청소년 범죄를 근절하려면 어떻게 해야 할까? 물론 이상적으로는 학생들이 윤리의식을 함양하여 근본적인 해결이 옳은 방안이다. 하지만 부모들마저 제 부모 노릇을 못하고, 학교가 제 기능을 못하고 있는 마당에 현실적으로 윤리의식을 함양하는 것은 현실적인 대안으로서 많이 부족하다. 현실적인 방법은 청소년들에게 특혜로 적용되었던 미성년자 관련 법안을 개정하여 성인과 동등하게 대우하는 것이다. 미성년자라도 고등학생 정도 되면 자신의 행동에 책임을 져야 한다고 생각하기 때문이다. 친구들이 범죄를 저질러서 교도소에 들어가면 자신도 잘못을 하면 감옥을 간다는 인식이 생긴다. 범죄 억제력이 고등학생들에게도 생길 것이다. 이를 통해 더 이상 청소년들이 법을 악용하는 일이 없어야 한다. 제 2의 '돈 크라이 마미'가 나오지 않기를 간절히 소망한다.

내향성을 억누르는 사회

윤빈 (유전공학과)

워렌 버핏, 빌 게이츠, 안철수, 간디, 루스벨트, 버락 오바마, 박지성, 마이클 조던. 누구나 한 번쯤은 들어봤을 법한 이들은 각자의 분야에서 크게 성공하였으며, 많은 이들의 존경을 받는 CEO, 지도자, 스포츠 스타들입니다. 하지만 이것 외에 공통점이 한 가지 더 있는데, 그것은 바로 이들이 평소 내향적이었다는 것입니다. 지금까지 우리가 내향성에 대해 편견만을 가지고 있지는 않았는지 생각해 보고, 우리 사회가 간과하고 있는 내향성의 숨은 장점들은 어떠한 것들이 있는지 알아보고자 합니다.

우리 내면에는 항상 외향성과 내향성이 동시에 자리 잡고 있습니다. 그 상대적인 크기는 타고난 성격에 따라 다를 것이며, 우리가 처한 상황, 대하고 있는 상대가 누구인지에 따라서도 조금씩 변할 수 있습니다. 하지만 우리가 동시에 지니고 있는 이러한 내면의 다른 성향을 동등한 가치로 대하고 있다고는 말할 수 없을 것입니다. 즉, 우리는 외향성에 대해서는 '감정 표현이 자유롭고 사교적이며, 활발한 성격에 적극적이고, 리더십이 강하며, 다가가기 쉽고, 밝은 성격을 소유한' 등의 긍정적인 인식을 가지는 반면, 내향성은 보통 '소심하여 결단력이 없고, 우울하며, 사회성이 결여되어 친구가 적다'라는 다소 부정적인 인식을 가지게 되는 것이 사실입니다. 내향성에 대한 다소 부정적인 시각은 우리들이 살아오면서 쉽게 볼 수 있었습니다. 제가 어린 시절만 하더라도 사내아이가 내향적이거나 소심하면 부모들은 아이의 앞날을 지레 걱정하여 태권도 도장과 웅변학원으로 아이를 내몰곤 하였습니다. 지금도 부모들은 자녀가 또래들과의 활동보다는 혼자 책을 읽거나 그림을 그리는 것을 좋아하고, 다소 소극적인 모습을 보이면, 아이의 내향성을 우려의 시선으로 보는 것 또한 사실입니다. 부모들 입장에서는 혹시 내 아이가 장차 사회에 나가 자기 의견조차 제대로 내지 못하는 소심쟁이가 되지나 않을까 하는 불안함에 그러는 것이겠지요. 또한 주위의 많은 사람들이 넓은 대인관계를 가지지 못하거나, 남들 앞에 서는 것에 두려움을 느끼는 자신의 내향성을 극복하고자 노력하는 모습도 흔히 볼 수 있습니다. 이러한 예들에서 보듯이 우리는 자의든 타의든 우리 안의 내향성을 부정적인 면으로 여기며 그것을 극복의 대상으로 생각해 온 경향이 있습니다.

　그렇다면 왜 우리는 내향성보다 외향성을 더 나은 것으로 생각하게 된 것일까요. 외향성이 내향성보다 뛰어나다는 그러한 암묵적인 동의는 어디에서 생겨났으며, 외향적인 사람들은 우월감을, 내향적인 사람들은 열등감을 가지는 이유는 무엇일까요. 저는 그

것이 학창시절의 경험과 성인이 된 후의 사회적 요구에서 비롯된 것이라고 생각합니다. 생각해 보면 학창시절 외향적인 학생들은 언제나 학급과 무리의 중심에 있었음을 쉽게 떠올릴 수 있습니다. 그들은 언제나 활발하고 유쾌하였으며, 그러한 사교성을 바탕으로 자연스럽게 또래 중의 리더가 되었습니다. 그들은 수업 중에도 교사의 눈에 쉽게 들어왔으며 수업에 활발히 참여함으로써 무리에서 자신의 위치를 더욱 공고히 할 수 있었습니다. 반면 학창시절 내향적인 학생은 언제나 리더보다는 팔로워였으며, 수업 중에도 뒤에서 조용히 지켜볼 뿐이었습니다. 이러한 상황은 우리가 대학에 진학하고, 사회에 나가는 상황에서 더욱 확실해집니다. 우리가 구직할 때의 상황을 예로 들어 보면, 구직자는 자기소개서에 자신이 얼마만큼 사교적이며 대외활동 경험이 풍부한지를 증명하려 하고, 면접에서도 자신의 활발함과 외향성을 보여 주고자 노력합니다. 기업에서 활발하고 의사표현이 뛰어난 인재를 선호하기 때문에 그렇게 자신의 외향성을 강조해야만 취직에 성공한다는 것을 우리는 모두 잘 알고 있습니다. 이러한 경험들은 우리들로 하여금 외향적인 사람이 더 뛰어난 사람이라는 생각을 심어 주기에 충분했고, 그럼으로써 우리 안의 내향성은 또 한 번 극복의 대상으로 전락하고 말게 된 것입니다.

내향성이라는 우리 내면의 성향이 부정적인 측면만 가지고 있다면, 그래서 그것이 걸림돌일 뿐이라면, 그것은 분명 우리가 극복해야 될 대상일 것입니다. 하지만 최근 일부 학자들로부터 내향성이 재조명 받기 시작하면서 내향성의 숨겨진 장점들 또한 차츰

드러나고 있습니다. 내향적인 아이들을 통한 연구 결과를 보면 그들은 또래의 다른 아이들에 비해 경청할 줄 알고, 깊이 생각하며, 조숙하고, 깊은 관계를 유지하는 능력이 뛰어남을 볼 수 있습니다. 또한 그들은 신중하고, 자의식이 높으며, 집중력 또한 또래에 비하여 높게 나타났습니다. 미국 콜로라도 영재센터에서 미국인을 대상으로 한 조사에 따르면 미국 인구의 25%만이 내향적인 반면, 영재들 중에서는 50%가 내향적이고, 그들 중에서도 아주 뛰어난 학생들은 무려 75%가 내향적이었습니다. 또한 질적이며 창의적인 아이디어가 요구되는 현대사회에서는 예전의 권위적이고 강압적인 리더십보다는 세심한 리더십이 필요한 추세라서 내향적인 CEO들이 늘어나고 있는 추세입니다. 실제로 대한상공회의소가 우리나라 CEO들을 상대로 한 조사에서 자신의 성격이 내향적이라고 대답한 CEO가 외향적이라고 한 이들에 비해 두 배 가까이는 많았다고 합니다. 그들의 경청하는 자세는 상대방의 능력을 최대로 이끌어 내며, 내면을 바라보는 눈은 핵심을 꿰뚫어 보게 하고, 신중함은 문제해결에 있어 결정적인 도움을 주는 것입니다. 이렇듯 여태껏 우리가 알지 못했던 내향성의 긍정적인 부분들이 많습니다. 우리가 우리 내면의 내향성을 당당하게 자신의 장점으로 드러낼 수 있는 사회적 분위기를 형성하여, 외향성의 장점들과 조화를 이루어 시너지 효과를 낼 수 있다면 그것이야말로 가장 바람직한 우리 사회의 모습일 것입니다.

불과 십여 년 전까지만 하더라도 우리 사회는 왼손잡이를 용납하지 않았습니다. 부모들은 아이의 왼손을 꼬집으며 억지로 오른

손에 숟가락을 쥐어 주곤 했습니다. 하지만 그 후에 드러난 연구 결과에 따라 왼손의 사용이 감성적인 면의 발달에 도움이 되는 것을 알게 되었고, 이제는 일부러 양손을 쓰도록 유도하는 부모도 늘고 있는 상황인 것을 잘 알고 있을 것입니다. 수많은 왼손잡이들이 그들의 타고난 장점을 발휘할 기회를 박탈당했던 것처럼 우리 내면의 내향성 또한 그 가치를 평가절하 당하고, 우리가 그릇되게 인식하고 있는 것은 아닐까 생각해 봅니다.

동물들의 모자이크

송일엽 (스포츠의학과)

작은 유리로 된 상자가 놓여 있다. 그 상자에는 부드럽고 어두운 색의 흙이 반 정도 채워져 있다. 가볍지 않게 채워진 흙 위에는 작은 연못과 잡초 몇 가닥, 작은 언덕도 마련되어 있다. 만월이 되기엔 하루가 모자란 달의 모양과 같은 작은 연못에 고인 물은 아주 맑고 깨끗했으며 제각각의 키로 자라있는 이름 모를 풀들과 높지도 낮지도 않은 완만한 삼각형을 이룬 작은 언덕에는 초록의 기운이 가득하다. 이곳의 공기는 부드럽고 따사로웠으며 흙 위에 조용히 덮여 있다.

언덕과 연못 사이에는 자그마한 구멍이 하나 뚫려있다. 자세히 보니 아주 작은 동물들이 쉬지 않고 돌아다닌다. 동물들은 너무 작아서 점과 같이 보이는데 무수히 많은 점들이 구멍에서 나오고 들어간다. 연못 주위에서 돌아다니는 그 동물들은 연못을 보름달로 만들기 위해 연못의 가장자리를 다듬고 있다. 이름 모를 풀잎의 밑에서 돌아다니는 동물들은 잡초들의 키를 동일하게 맞추기 위해 잎을 다듬어 모양을 내고 있다. 끊임없이 언덕을 오르내리는 개미들은 완만한 삼각형을 완벽한 삼각형으로 만들기 위해 언덕을 다듬고 있다. 각자 맡은 부분에 대해서 임무를 수행하고 있는 듯하다.

재미있는 모습이 보인다. 언덕을 다듬고 있는 동물들은 언덕 다듬기에서 나온 흙을 연못에 쌓아 둔다. 상현에서 만월을 향해 가던 것이 만월에 도달하지도 못하고 하현으로 바뀌었다. 연못의 동물들은 그것도 모른 채 계속 작업에 열중한다. 반대로 연못을 깎은 흙을 운반하던 동물들은 그 흙을 언덕아래 비뚤게 쌓아 둔다. 삼각을 향해 가던 언덕은 낙타의 등 마냥 변해간다. 톱니바퀴가 돌 듯 이런 과정을 매일 반복하는 모양이다. 그 톱니가 얼마나 오래 돌았는지는 아무도 모른다.

한 동물의 다듬어진 잡초 이파리가 우연치 않게 십자의 모양새를 갖게 되었다. 그 동물은 다른 동물들에게 그 이파리를 보여주고 모두 그와 같은 모양으로 이파리를 다듬도록 설득하고 있다. 그에게 설득된 몇몇 동물들이 같은 모양으로 이파리를 다듬기 시작한다. 하지만 그렇게 유행이 되어 퍼져나가던 이파리 모양은 뜻하지 않게 난관에 봉착한다. 언제 시작되었는지 모를, 반대쪽에서 다가오던 초승달 형상의 이파리 물결과 대치하기 시작한다. 결국 그들은 서로를 설득하기 보다는 강요하기 시작한다. 서로의 이파리 모양을 바꾸기 위해 노력한다. 초승달 이파리 진영은 몰래 가서 이파리를 다듬고 오기에 주력한다. 십자 이파리 진영은 단체로

몰려다니며 초승달 진영과 세력 다툼을 한다. 그 세력다툼의 과정
에서 수많은 작은 동물들이 목숨을 잃었다. 그렇게 동물들의 이파
리 모양은 계속해서 바뀌고 있다. 이파리의 조각이 바람에 날려
동물들이 드나드는 구멍으로 들어간다.

이파리 조각을 따라 들어간 작은 구멍 속에는 또 다른 세계가
펼쳐져 있다. 그 깊이는 그리 깊지 않았지만 뱀의 똬리처럼 구불
구불한 작은 통로들에는 무수히 많은 갈림길이 연결되어있다. 갈
림길마다 그 끝에는 동물들을 위한 방이 마련되어있다. 먹이가 들
어있는 방, 휴식을 취할 수 있는 방, 교육을 위한 방, 놀랍게도 예
술을 위한 방도 마련되어있다.

방과 동물들을 둘러보며 통로의 2/3 정도가 지나서야 조금씩 변
화가 보이기 시작한다. 그리고 하나의 사실을 알게 되었다. 통로
의 깊은 곳으로 갈수록 방의 크기와 안에 들어 있는 내용물의 질
이 달라진다는 것이다. 깊어 갈수록 방은 넓어졌다. 방은 넓어졌
지만 안에 들어있는 동물의 수는 줄었다. 동물의 수는 줄었지만
동물들의 크기는 더 커졌다. 예술을 위해 존재하는 방은 비율이
더 줄어들었다. 하지만 방에 들어있는 예술품의 양은 늘어났다.

그렇게 짧고도 길었던 통로를 따라 가장 바닥에 있는 곳으로 왔
다. 그 방은 유리 상자의 바닥보다 더 넓고 방 안에 들어있는 동물
들은 몇 되지 않는다. 좋은 먹이를 한 편에 쌓아두었고 작은 구멍
과 가까운 방들에 존재했던 예술품들도 차곡차곡 쌓여있다. 물론,
예술품을 만든 동물은 보이지 않는다.

가장 넓은 방에서 돌아다니고 있는 동물들의 주변에는 그들보

다 작은 다양한 크기의 동물들이 돌아다니고 있었고 방의 주인들의 지시대로 움직이고 있다. 작은 동물들은 큰 동물들의 지시를 듣고 통로를 통해 돌아다닌다. 그 다음으로 큰 동물이 그보다 작은 동물에게 지시하고 그보다 작은 동물들은 자신보다 작은 동물들에게서 먹이나 예술품들을 가져와 자신에게 지시한 동물들에게 준다.

가장 큰 동물의 뜻은 구멍 안뿐만 아니라 밖에서 이루어지는 현상들, 연못이나 언덕, 이파리 다듬기에도 영향을 미치고 있다. 안타깝게도 무지한 구멍 밖의 작은 동물들은 그것을 인지하지 못하는 듯하다. 간혹 그것을 인지한 동물들 중 유리로 되어있는 벽을 타고 넘어가버린 것들도 몇 마리 있다. 안쪽에 있는 다수의 작은 동물들은 유리벽을 넘어 돌아다니는 몇 안 되는 동물들을 향해 비난의 뜻을 표한다. 안쪽의 동물들이 두려운 듯 쳐다보기도 하지만 대부분 그들을 싫어하는 듯하다. 몇몇 다시 돌아온 동물들은 다시 쫓겨나거나 작은 구멍 안으로 끌려간다. 아이러니하게도 가장 큰 동물들의 방은 유리벽이 미치지 못하는 곳이다. 덕분에 가장 큰 동물들은 자신들만의 세상에서 유리벽에 신경 쓰지 않고 자신들만의 생활을 영위하고 있다. 작은 동물들에게는 절대적인 유리벽이라는 제한도 그들이 세운 듯하다. 그들의 수단, 자신들보다 작은 동물들에게 지시하는 것으로 그들의 유리벽을 넘은 작은 동물들을 작은 구멍으로 불러들여 벌한다.

하지만 가장 큰 동물들도 간과하고 있는 사실이 존재한다. 유리벽의 진실을 깨달았지만 그 벽을 넘지 않고 살아가는 작은 동물들이 있다는 것이다. 그 특별한 작은 동물들은 매우 적은 수로 존재하기 때문에 큰 동물들은 굳이 알아내려 하지 않는다. 큰 동물들과 그들의 대리자들이 흙 속에 매설한 '거짓'이라는 지뢰들은 언젠가 특별한 작은 동물들의 기폭제로 인해 연쇄적으로 터져 '진실'이라는 폭풍이 되어 그들이 세운 유리벽과 그들의 큰 방마저 무너뜨릴 것이다.

우리 사회가 실제로 이 동물들의 세상과 같거나, 내가 그들 사회의 일원이 된다면 나는 특별한 작은 동물과 같은 존재가 되어 사회를 바라보고 그에 대항하고자한다.

대학생 우울증 문제

윤경미 (식품생명공학과)

　최근 연이어 발생한 '충동적 자살'의 원인과 심각한 사회문제를 야기하는 요인으로 우울증을 꼽을 수 있다. 전 세계 인구 중에 6억 명 이상이 우울증을 가지고 있을 정도로 우울증은 우리 주위에서 흔하게 접할 수 있는 병이다. 일상생활에서 가족이나 지인의 죽음, 이혼, 사고, 만성질환, 학대, 왕따, 실직 기타 등의 원인으로 누구나 우울한 감정이 발생할 수 있다. 흔히 우울한 감정에 동반되는 증상으로는 슬픔, 피로, 무기력, 절망감 등이 있다. 피할 수 없는 어려운 상황에서 이러한 감정이 드는 것은 지극히 자연스러운 일이다. 하지만 이러한 감정이 정상적인 범위를 벗어나거나, 필요 이상으로 오래가거나 때로는 아무런 원인 없이 이러한 감정에 빠져드는 것은 정상적인 상태라 할 수 없다. 비정상적으로 발생하는 이러한 상태를 우울한 감정과는 달리 우울증이라 한다. 세계보건기구(WHO)는 2020년이 되면 우울증이 세계 질병부담률

2위가 될 것이라고 밝혔다.

그중에서 대학생 우울증도 심각한 사회 문제 중 하나라고 할 수 있다. 최근 어느 대학병원의 조사에서는 우리나라 대학생의 12%가 우울 증세를 보인다는 결과가 나왔다. 우울 증세를 나타내는 대학생 절반 이상은 취업 때문에 우울증을 경험하는 것으로 나타났다. 대학생 우울증은 취업과 장래에 대한 불안감이 가장 큰 원인이라고 한다. 갈수록 심각해지는 취업난과 그에 따르는 치열한 경쟁 속에서 받게 되는 스트레스, 심리적 중압감이 우울증으로 이어지는 것이다. 이런 여러 가지 요인 중에서 소셜 미디어 페이스북도 대학생 우울증의 원인 중 하나가 될 수 있다는 연구 결과가 나왔다. 미국의 일부 의학전문가들은 페이스북과 같은 사이트는 대학생뿐만 아니라 10대들에게도 우울증과 같은 부정적 영향을 줄 수 있다고 경고했다. 미국 소아과 아카데미의 소셜 미디어 지침 작성을 주도한 소아과 의사 그웬 오키프는 자긍심에 문제가 있는 사람들이 페이스북을 하는 것은 힘든 일이 될 수 있다고 지적했다.

페이스북을 이용하는 사람들 대부분은 자신의 공간인 '담벼락'에 친구들 사진은 물론이고 음식점 가는 사진까지 하나하나 올리기 때문에 그것을 본 사람들에게 소외감, 질투심 등도 유발시킬 수 있다. 실제로 페이스북 친구들의 새로운 활동상이나 행복한 모습을 담은 사진이 자신을 기준 미달이라고 생각하는 사람들에게 괴로움을 가중시킬 수 있다는 분석이 나왔다. 온라인에서는 상황의 맥락을 알 수 있게 만드는 실제 상황의 몸짓이나 얼굴 표정을 볼 수 없어서 현실이 왜곡되어 전달될 수 있다. 이런 이유 때문에 페이스북이 그 사람들에게 현실에 대해 왜곡된 이미지를 전달하여 학교 식당에서 혼자 앉아 밥을 먹는 것보다 더 소외감을 느끼게 만들 수 있다고 한다. 페이스북 프로필을 통해서도 "나보다 다들 잘나가는데 나는 왜……"라는 생각과 함께 상대적으로 박탈감을 느낄 수 있다. 특히 취업을 준비하는 20대 대학생들의 경우 이러한 상대적 박탈감이 커 우울증으로까지 어이진다는 것이다.

페이스북, 트위터 등 소셜 미디어는 이제 젊은 층에겐 필수라고 여겨질 정도로 대중화됐다. 특히 20대의 소셜 미디어 이용도는 매우 높다. 커리어 교육기관 듀오아카데미가 구직 대학생 남녀 437명을 대상으로 취업에 대한 인식 조사를 한 결과, 10명 중 6명이 '취업을 생각하면 우울해진다'라는 생각을 가지고 있는 것으로 나타났다. 올해 목표를 주관식으로 묻자, 46.2%의 응답자가 '취업'이라고 답했으며 이어 어학(24.5%), 학업(18.1%)등이었다. 어학과 학업도 취업의 연장선인 점을 고려하면 대학생 구직자의 최대 관심사는 역시 '취업'인 셈이다. 또 전체 중 42.2%는 '취업을 생각하면 우울감을 느낀다'고 대답했고 74.6%는 '취업을 못하면 자존심이 몹시 상할 것'을 선택했다. 결국 뛰어난 프로필을 자랑하는 페이스북 이용자들은 취업난 속에서 스펙 쌓기에 열심인 대학생들의 우울증의 원인이 될 수밖에 없다.

이런 여러 가지 요인들로 인해 생기는 대학생들의 우울증을 치료하기 위해 여러 대학에서는 정신건강 프로그램을 개설하고, '교수님을 위한 학생 상담 가이드'를 제작해 모든 전임교수에게 배포

하기도 한다. 세종대 상담소는 최근 입학과로부터 입학사정관 전형으로 입학한 10명에 대해 집중 관리하라는 지침을 받았다. 이들에 대해서는 별도의 심리검사나 진로검사를 실시하고 문제점이 발견되면 사정관과 학생의 면담을 주선한다고 한다. 그러나 심리적 불안을 호소하는 학생들의 수요에 비해 상담 인프라는 열악한 것으로 나타났다. 상담사가 부족해 상담 희망 학생이 실제 상담을 받으려면 최대 5개월까지 기다려야 하는 경우도 있다.

사회가 개인화 파편화하면서 대학생들이 심리적 부적응을 경험하고 있는데, 적절한 도움을 받지 못하면 중도 탈락 같은 부정적 형태로 결과가 나타나게 마련이다. 이런 학생들을 지원할 수 있도록 제도적 장치를 마련하여, 앞으로의 우리사회를 위해 더 이상 대학생 우울증 문제가 심각해지지 않도록 노력해야 할 것이다. 그리고 대학생들 본인도 페이스북 같은 겉으로만 보이는 소셜 미디어만으로 자신과 비교하여 자책하거나 자신을 비하하지 않도록 해야 한다. 현실세계에서 좀 더 자신을 위해 시간과 노력을 투자하여 자기 계발에 힘쓰도록 하는 것이 본인에게 더 유익할 것이다.

힐링이 필요해!

박지웅 (기계공학과)

요즘 들어 '힐링'이란 단어를 많이들 쓰는 것 같다. 카카오 톡 대화명에서도, SNS에서도 각종 이유로 힘들어하는 사람들이 많아졌다. '힐링'을 주제로 하는 강의도 많이 볼 수 있다. 우리나라 사람들의 입버릇 또한 '~죽겠다'이다. '힘들어 죽겠다, 배고파 죽겠다, 졸려 죽겠다' 이 죽을 것 같은 사회는 갈수록 더 흉흉해지고 있다. 살인, 성폭행 관련 기사는 나오지 않으면 이상하다 느낄 정도가 되어 가고 있다. 청년 실업은 갈수록 문제가 되고, 대학 등록금은 내릴 생각이 없다. 내일은 버스 파업까지 한단다. 경제대국 10위권 안에 들지만 자살률 1, 2위를 다투는 대한민국. 이대로 가다간 행복지수가 더 떨어질 뿐 아니라 경제적인 성장 또한 멈추게 될 것 같다. 그렇게 되면 국민 만족도는 하락하고, 영향을 받아 경제 또한 침체가 되고, 악순환의 연속이다. 이 고리를 끊기 위한 방법은 있는 것일까? 경제나 사회에 대해 아무것도 모르는 공대생인 내가 보기에도 우리 사회는 점점 엔트로피가 높아지고 있는 것 같다.

군대를 다녀 온 이후 생각이 많아지게 되고, 그러다 보니 나만의 개똥철학도 늘어 갔다. 그 개똥철학의 일부분을 조심스레 풀어 볼까 한다. 우리나라의 이런 문제들은 너무 급속한 선진화, 현대화에서 비롯됐다고 생각한다. 민주주의와 선거권 하나를 위해 목숨까지 바치고, 자신들의 후손들을 위해 젊음을 기꺼이 바치신 우리 부모님 세대와 달리 우리는 민주주의가 이미 이루어진 시대에 태어난 세대이다. 가난의 설움을 겪었던 부모님 세대들은 풍요로운 미래를 위해 자신들의 청춘을 바쳐 우리나라를 경제 선진국, 경제 대국으로 만들어 놓았다. 지금의 세대들은 다르다. 이미 물질의 풍요를 당연한 것으로 여기는 세대이다. 후손들을 위한 희생보다는 자신들의 이익과 행복을 우선시하는 세대이다. 더군다나 100년 넘는 시간을 투자해 민주화와 현대화를 이룬 미국과 달리 한국은 30년이 채 되지 않는 짧은 시간에 그것들을 이루어 내다 보니 그 부작용이 나타나는 것이다.

우선, 시민의식의 동반 성장이 되지 않았다. 물질적인 풍요나 경제적인 성장은 했지만 그를 뒷받침 할, 가장 기본적인 시민의식은 함께 성장하지 않은 것이다. 우리 세대는 이기적이고 개인적인 세대이고, 어느 것이 에티켓이고 어느 것이 매너인지 확립조차 되지 않았다. 그러기에 세계 문화 유적지에 한글 낙서가 제일심하고, Ugly Korean 이란 단어가 존재하는 것 같다. 유명 박물관에 한국어 음성 서비스는 없지만 '빵 싸가지 마세요', '낙서금지'라는 한글

팻말은 존재한다. 한때 동방예의지국이란 명성도 더 이상 듣기도 찾기도 힘든 현실이다. 내가 동네에서 배추와 무가 가득 든 박스를 들고 가시던 할머니와 할아버지를 도와드린 적이 있다. 엘리베이터까지 들어드렸더니 할머니 할아버지께선 정말 고마워하시며 요즘 이런 학생이 없다고 직접 집까지 찾아오셔서 고마움을 전하셨다. 그 감사함이 과했을 수도 있지만, 내가 직접 겪은 느낌으로는 뿌듯함보단 요즘 세대로서 부끄러움과 죄송함이 먼저 들었다. 자국민 어르신들에게도 도움이 인색한데 외국인들에겐 더하다. 우리학교에서 공부하는 학생들은 함께 공부하는 친구로 생각하고 대하지만 외국인 노동자들에 대해서는 대우가 다르다. 심지어는 함께 공부하는 친구에게도 옷차림이나, 스타일 등 겉모습을 가지고 큰소리로 놀리는 경우도 있다고 한다. 동남아 지역에서 오래 사신 분께 들은 얘긴데, 중동이나 동남아 사람들은 우리나라를 굉장히 좋아한다고 한다. 한류의 영향도 있겠지만 그에 앞서 우리나라의 수준이 자기네 나라와 비슷하다고 여기기 때문이란. 우리는 우리가 세계에서 잘 나간다고 느낄지 모르겠지만 중동이나 동남아에서 보기엔 자신들도 조금만 노력하면 우리나라처럼 될 수 있다는 희망을 준 나라로 생각한다고 하니 우리의 세계적인 위치를 다시 돌아봐야 할 시점인 것 같다.

두 번째로는 스트레스를 해소하는 방법이 마련되지 않았다. 위에서도 말했지만 체제나 시스템은 선진화가 되었지만 그걸 운영하는 사람들은 그만한 위치에 다다르지 못한 것이 사실이다. 또한 짧은 시기에 이만큼 성장한 데는 그만한 노력이 따른 것이 분명하다. 전교 꼴찌가 100등 안에 들기는 쉽지만 전교 10등이 1등을 하기 어려운 것처럼 예전에 비해 더 많은 노력이 필요한 시기이다. 유일하게 야근이 당연한 나라이자, 사교육이 치열한 나라이기도 하다. 다시 말하면 어느 나이든 각자의 세대들과 치열한 경쟁을 해야만 살아남는 나라가 우리나라이다. 우리나라는 땅은 좁고, 자원도 없기 때문에 인적자원에 치중해 살아남아야 한다. 그렇기 때문에 2등은 박수를 받지 못하는 슬픈 나라이기도 하다. 그렇게 경쟁의 구도가 심한 사회라면 거기서 자연스레 발생되는 어마어마한 양의 스트레스들을 해소하는 방안이 있어야 하는데 그렇지 못한 것이 현실이다. 기껏해야 술과 노래방 같은 유흥업소가 대부분이다. 그것조차 즐기지 못하는 청소년들은 그래서인지 빨리 어른이 되고 싶어 한다. 무섭게 쌓이는 스트레스를 해소하지 못하고 계속 쌓아만 두다 보니 병에 걸리게 된다. 암이나 각종 성인병뿐만 아니라 정신적인 병도 무시하지 못한다. 차라리 육체적인 병에 걸리는 것은 다행이다. 마음의 병이 무서운 것이다. 사이코패스나 각종 정신적 범죄 양상이 사회적 문제가 되고 있다. 한때 인터넷을 뜨겁게 달궜던 XX녀, XX남도 그 예라 할 수 있겠다. 그런 뉴스를 접할 때 '정상적이지 못한 사람들의 미친 행동'으로만 여겼는데, 하루는 내가 정말 화가 난 날이 있었다. 그 날은 나도 모르게 '지나가는 사람이 건드려줬으면 좋겠다'라는 무서운 생각이 들었다. 그런 나 자신을 발견하면서 스트레스를 쌓아두는 시간이 장기간 계속 된다면 그 사람들처럼 나 또한 변할 수 있겠다는 생각이 들었다.

긍정적인 방향으로의 표출은 필요하다. 요즘은 동호회나 취미활동이 왕성해지고 있다. 정부에서도 그를 뒷받침하기 위해 자전거 도로 개설이나 문화시설 확충에 힘을 쓰고 있다. 스트레스는 만병의 근원이란 말이 있듯이 개인이 스스로의 화를 다스릴 줄 알아야 한다. 따라서 각자 취미활동을 하나씩 갖는 것은 중요한 일이다. 직장인뿐 아니라 학생도 마찬가지이다. 수험생이나, 취직 준비생들은 여가 시간을 줄여 한 자라도 더 공부하겠다는 생각이 많은 것이 사실이다. 5당 4락은 끝났다. SPEC이 아닌 자신만의 Story로 열심히 Step을 밟아 가는 사람이 진정한 즐거움과 직장, 입학 등의 행복을 누리는 시대이다.

마지막으로 빠른 근대화로 인한 급격한 서구문화의 유입이다. 흔히 포스트모더니즘이라고 말한다. 하지만 포스트모더니즘을 정확히 정의내리기란 어렵다. 탈근대화? 옛것과 새것의 조화? 난 포스트모더니즘을 그분의 의도는 그런 것이 아니지만 황희정승의 "너도 옳고, 너도 옳구나"로 정의하고 싶다. 이것도 저것도 다 옳다고 포용하는 것이다. 물론 포용, 소통 등의 입장에서 보면 참 좋은 뜻이고, 좋은 철학이다. 하지만 조금만 생각해 보면 그렇지 않다는 것을 금방 느낄 수 있다. 두 가지의 가치관이 상충했을 때 너도 옳고 나도 옳다는 것은 받아들여질 수 없다. 가치관이란 확실히 하나가 정립되어야 하는 것이기 때문에 둘은 공존 할 수 없다. 더욱이 그 가치관이 올바르지 못하면 더욱이 위험하게 되는 것이다. 그러다 보면 기준이 모호해지게 되는 것이다. 요즘 중, 고등학생들을 보면 어느 것이 옳은 것인지 그른 것인지를 잘 모르는 것 같다. 문제는 그 아이들이 아니라 요즘의 사회가 기준을 명확하게 잡아주지 않기 때문이다. 올바른 가치관을 확립하고 자아 정체성을 찾아야 할 중요한 시기에 애매모호한 가치관과 기준을 가지게 된다면 나중에 자신의 아이들을 가르칠 때에도 왜 그것이 잘못인지 하지 말아야 하는지를 설명하기가 어려워질 것이다. 그런 애매한 기준과 가치관을 가진 사람이 홧김에 범죄를 하게 되고, 그것이 자신의 입장에서 보기엔 합당한 대처였다고 생각을 한다면 어떻게 되겠는가? 수원에서는 30대 치과의사가 60대 환자를 자신에게 항의를 하고, 뺨을 때렸다는 이유로 폭행을 한 사건이 있다. 배울 만큼 배웠고, 경제적으로나 사회적으로 부족할 것 없어 보이는 사람이 저지른 행동이다. 지금 그 의사는 오히려 당당히 실제 얼굴을 공개하며 인터뷰로 자신의 억울함을 호소하고 있다. 과연 60대 환자도 옳고 치과의사의 행동도 옳다고 할 수 있을까?

물질적인 풍요가 당연하고, 모든 것이 만연해 진 세대. 그렇기 때문에 실증의 주기가 더욱 빨라졌고, 그 소비자들에 맞춰 기업과 사회와 세상은 더 빨리, 더 빨리만을 외치고 있다. 과유불급이라 했던가, 뭐든 지나치면 아니한 것만 못한 게 된다. 속도가 빠르면 탈선하기 쉽고, 압력이 높아지면 터지기 마련이다. 여러 가지 면에서 진정한 힐링이 필요한 시기이다. 나 자신을 위한 힐링도, 타인을 보듬을 줄 아는 여유도 절실하다. 꼭 전문 상담사와 상담하고 거창한 취미를 가져야 힐링하는 것은 아니다. 따뜻한 오후 햇살아래 차 한 잔 마시는 여유나, 내가 사랑하는 사람들과 함께 즐기는 것이 더 큰 힐링이 될 수 있다. 과거는 확실하고 미래는 불확실하기 때문에 사람들은 과거에 더 많은 미련을 가지고 의미를 부여한다. 하지만 지금도 잠시 뒤엔 과거가 된다. 지금을 즐기고 지금에서 행복을 느끼는 것이 최선의 삶의 방식이다. 지금, 내가 누리는 많은 것들에, 이 시간에, 사랑하는 사람과 어떤 것이든 함께할 수 있음에 감사하는 삶을 살자.

머지않아 총선이다. 많은 국민들의 기대와 관심이 쏠리고 있다. 누가 되었건 이번에는 피부로 와닿는 정책을 펼쳤으면 좋겠다. 더불어 대학생의 입장에서 SPEC이 아닌 자신만의 Story로 열심히 Step을 밟아 가는 사람이 진정한 즐거움을 깨닫고 자신의 행복을 발견하는 그런 사회가 이루어졌으면 좋겠다.

새는 한 쪽 날개로 날지 못한다

차정승 (유전공학과)

믿는 도끼에 발등 찍혔다. TV 광고 여기저기에선 서민 우대 대출이다, 확실한 고수입이 보장돼 있다, 믿음을 강조하고 있지만 민심은 싸늘하다. 올 초 저축은행 비리 사태는 전형적인 화이트칼라 범죄다. 가진 자의 횡포로 시장터에서 코 묻은 돈까지 잃는 사람들이 발생했다. 은행 간에 CD(양도성 예금증서)금리 담합의혹도 끊이지 않는 상황에서 한국 경제는 점차 약육강식의 현장이 되어 간다. 경쟁에서 승리하는 데만 급급한 이기적인 사회에서 최소한의 양심은 사치로 보인다. 한 쪽 날개만 비대해진 새가 힘겹게 퍼덕이며 추락하는 모습이다.

경제는 균형 잡힌 자본 흐름이 필수적이다. 지금처럼 경제가 돈이 돈을 벌어 오는 구조로 계속된다면 고인 물이 되어 썩을 뿐이다. 18대 대선의 최대 관심사인 경제 법치 실현에 '민주화'라는 단어가 사용된 것을 보면 얼마나 정의 실현이 절실한지 알 수 있다.

그러나 지난날 독재정권에 대항하여 민주화를 이루어 냈던 것처럼, 대기업을 무조건 무너뜨려야 할 대상으로 보아서는 안 된다. 대기업은 국가의 경쟁력이다. 론스타 같은 해외 '먹튀' 자금이 국내 시장을 함부로 넘보지 못하게 하는 힘이다. 경제민주화의 요구는 기업 활동을 위축시키는 것이 아니라 앙상한 다른 쪽 날개를 살찌워 균형을 맞추는 일이 돼야 한다.

따라서 최근의 경제민주화의 요구는 분배 정의의 실현이라 풀이된다. 한국 경제는 균형 있는 발전을 위해서 스스로 썩어 버린 환부를 도려내야 한다. 재벌총수 일가의 도덕적 해이는 나라 경제를 더욱 상하게 하는 주된 병인이다. 기업 위주의 경제구조에서 기업의 소유권자들에게는 사회 중추적인 역할이 기대된다. 그래서 지난 50년 격동의 산업화 기간 동안 재벌에게는 사회적이고 도덕적인 책임이 항상 뒤따라 왔다. 그들은 자신들 회사의 종업원들을 살릴 의무가 있고, 부품을 납품해 주는 중소기업과 계속해서 공정거래를 유지할 책임도 있다. 대기업이 중소기업을 상명하복 식으로 지배하는 경제구조를 애써 외면하는 것은 명백한 직무유기다. 똑같이 서로 노력해서 얻어낸 이익을 공평하게 나누면서 다같이 살아남는 협력점을 찾는 노력이 필요하다.

새누리당의 김종인 국민행복추진위원장이 말하는 '대기업 집단법'은 정부가 나서서 재벌총수들의 책임을 다시금 일깨워 주는 생각이라는 점에서 의미가 있다. 삼성만 하더라도 국내 계열사는 80여 개, 국외엔 400여 개가 있다. 이를 하나하나 독립된 회사로 보지 말고 그룹 전체로 보아 통합적으로 관리하자는 내용의 법안은 분명 실효성이 있어 보인다. 대기업이 캐피탈 회사를 차려서 자회사에 자금을 대주는 식으로 사용한다든가, 통행세 등의 불공정거래를 자행하는 것은 아직도 비일비재하다. 대기업 집단법은 기업이 몸집만을 키우는데 혈안이 되어 비양심적으로 기업을 운영하는 데 신속하게 대처할 수 있는 방법이다. 법을 통해 체계적이고 포괄적인 관리 장치를 마련한 후에야 도덕적 해이를 감시하는 일이 더욱 빛을 낼 것이기 때문이다.

새가 한 쪽 날개만 사용하게 된 건 영양분이 그 쪽으로만 공급되었기 때문이다. 그 쪽은 비대해진 근육으로 훌륭한 자태를 뽐낼지언정, 다른 한 쪽은 볼품없이 앙상해질 뿐이다. 결론적으로 그 새는 드넓은 창공을 날 수 없다. 높이 날아 밑을 굽어보는 가슴 벅찬 영광도 없다. 경제도 영양분의 공급처럼 돈의 균형 잡힌 흐름이 이뤄질 때 비로소 날아오를 수 있다. 경제 발전의 흐름을 막는 요인이 무엇인지를 알고, 이를 해결하기 위해 대통령 직속으로 금융민주화 감시기관을 운영하겠단 대선 후보의 공약이 그 어느 때보다 값져 보인다. 이는 매니페스토 운동으로 계속해서 지켜보고 관심 가져야 할 중요한 사안이다.

이력서에 사진이 왜 필요한가요?

이다은 (글로벌커뮤니케이션학부)

외모 때문에 차별을 받은 적이 있는가. 한 번이라도 성형 결심을 한 적이 있는가. 요즈음 젊은 취업 준비생들 사이에서 '외모도 스펙'이라는 말이 자연스레 쓰이고 있다. 우리나라에는 '같은 값이면 다홍치마'라는 속담이 있다. 같은 조건이라면 좀 더 낫고 편리한 것을 택한다는 뜻이다. 이 속담을 외모지상주의에서는 '같은 학벌이라면 좀 더 외모가 빼어난 사람을 대우한다.'라고 적용할 수 있다. 취직 시, 빼어난 외모 덕분에 더 유리한 대우를 받는 경우가 종종 발생한다. 외모 때문에 받는 부당한 대우와 차별의 사례, 그리고 한국의 외모지상주의 팽배에 대한 문제점과 실태를 살펴보겠다.

우리나라에서는 취직할 때 필요한 이력서에 자신의 증명사진을 붙이는 것이 일반적이다. 한 텔레비전 프로그램에서 외국인에게 우리나라 이력서를 보여 주니 굉장히 의아해했다. 바로 이력서에 개인의 사진을 붙이는 것 때문이다. 이력서에 사진을 붙이는 건 엉뚱한 일이라며 이해되지 않는 표정을 보였다. 또한 회사에서 미남, 미녀들만 고용하고 싶다면 사진이 있는 이력서가 필요한 것이 아니냐며 한국의 이력서 양식에 대해 부정적인 반응이었다.

또 한 가지 흥미로운 외모지상주의 실험이 있다. 2009년 4월에 방영된 「다큐프라임 - 인간의 두 얼굴」에 방영된 내용이다. 백인과 동남아인이 각각 코엑스 가는 법을 물어봤을 때 우리나라 사람들의 반응이다. 실험자들은 백인과 동남아인이 어떤 나라에서 왔는지 직업은 무엇인지에 관한 정보를 아무것도 모른 채 실험에 임한 것이다. 훤칠한 키에 하얀 피부를 가진 백인이 길을 묻자 여성 두 명이 친절하게 길을 알려줬을 뿐만 아니라 백인에게 질문까지 하는 모습을 보였다. 반면 작은 키에 거무스름한 피부를 가진 동남아인이 코엑스 가는 길을 물었을 때 대부분의 사람들이 그의 말을 무시하거나 들은 체도 하지 않고 지나쳤다. 이 실험을 통해서 한국 사람들은 상대의 면모를 제대로 알지도 못하면서 겉모습만을 보고 평가하는 경향이 무척 짙다는 것을 알 수 있다.

그렇다면 왜 한국에 외모지상주의가 팽배한 것일까? 첫째, 대중매체의 영향이 크다고 할 수 있다. 우리가 흔히 보는 텔레비전 프로그램에서 연예인들의 조각 같은 외모가 부각되어 우리의 시각을 자극한다. 하얀 피부에 높은 코, 앵두 같은 입술 그리고 늘씬한 몸매를 가진 연예인들이 일반인들의 우상으로 자리 잡고 있기 때문이다. 이러한 영향으로 청소년들과 20대 초반의 시청자들을 겨냥한 '얼짱시대'라는 프로그램도 방영되었다. 오죽하면 예쁘고 잘생긴 얼굴만을 부각하는 텔레비전 프로그램이 생겨났겠는가? 또한 못생긴 외모 때문에 주눅이 들고 삶에 불만을 가진 여성 출연자들을 상대로 전신 성형비용을 지원해 주는 프로그램 또한 생겨나 큰 이슈를 몰고 있다. 과연 이러한 프로그램들이 그들의 진정한 내면적 상처를 치유해 줄 수 있을 것인가? 둘째, 한국인들의 인식 그 자체에 있다. 얼굴이 잘 생기고 예뻐야 이 시대를 살아가는 데 도움이 된다는 외모지상주의 의식이 사람들의 내면에 자연스레 자리 잡고 있다는 말이다. 이는 사회적 풍조에서 기인한다. 여기서 말하는 사회적 풍조의 예는 취업 시 외모를 고려하는 풍조다. 실례로 한 설문조사에서 인사담당자의 94%이상이 면접 시 외모를 고려한다고 답했다. 두 번째 예는 서양식 외모를 동경하는 풍조다. 서구 문명이 들어온 이래로 서구식 외모를 동경하게 되었다. 즉 동양 본연의 낮은 코와 찢어진 작은 눈을 선호하기보다는 쌍꺼풀 있는 큰 눈과 오뚝한 코 그리고 큰 키를 선호한다. 서구 외모를 동경하는 풍조로 인해 성형 수술 열풍이 불었다. 이제는 쌍꺼풀 수술이 여성이라면 누구나 한 번쯤은 고려해 볼 만한 수술이며 쌍꺼풀 수술은 성형 수술 축에도 끼지 못한다는 말이 생겨나게 되었다. 하물며 남자도 성형을 고려하는 시대가 되었다. 또한 날씬한 체형을 선호하는 풍조도 있다. 면접 시 뚱뚱한 여자는 자기관리를 하지 못한 사람처럼 여겨진다며 그 여성의 능력을 먼저 보는 것이 아니라 몸매를 보고 그 사람의 인격을 파악하는 잘못된 풍조다. 날씬하지 않으면 자기 관리를 제대로 하지 못한 사람이라는 인상을 주기도 했으며 이로 인해 다이어트 열풍이 불기도 했다.

　미디어의 영향과 잘못된 사회적 풍조로 인해 외모지상주의는 날이 갈수록 심해지고 있다. 면접에서 성공을 거두기 위해 단기간 면접성형을 하는 나라도 우리나라뿐이다. 훌륭한 인격과 능력을 갖춘 사람들이 외모지상주의로 인해 무시당하는 경우가 일어나는 일도 우리나라뿐이다. 외모 앞에 능력이 무시당하는 사회를 만들지 않으려면 외모 지상주의적인 대중매체 프로그램을 폐지하고 잘못된 사회적 풍조를 바꾸려는 사람들의 의식개선 자세가 필요하다.

예능 프로그램에서의 한글 및
한국어 파괴와 그 실태

임병훈 (컴퓨터공학과)

텔레비전 프로그램 중에서 청소년에게 가장 인기 있는 장르는 무엇일까. 드라마, 다큐멘터리, 뉴스 등 많은 장르 중 가장 인기 있는 종류는 바로 버라이어티 예능일 것이다. 실제로 예능 프로그램은 인기가 많기 때문에, 예능에 나오는 물건이나 신조어는 사람들에게 곧잘 인기를 끈다는 점에서 엄청난 파급력을 가지고 있다. 그러나 문제는 이 파급력이 부정적인 영향을 끼친다는 데에 있다. 최근 방영되는 예능 프로그램에서 내보내는 자막들 중에는 상당수가 표준어가 아닌 인터넷 용어나 짧게 줄인 말, 혹은 유행어로 이루어져 있다. 국민 모두에게 보여 주는 텔레비전 프로그램에서 이런 무분별하고 잘못된 한국어의 사용은 확실히 문제가 있다.

현 실태를 확실히 파악하기 위해 예능에서 가장 높은 시청률을 보이고 있는 '무한도전'을 살펴보자. 자막에는 'ㅋㅋㅋ'와 '행쇼', '

오셨쎄요?', '쌩유' 등 해당 프로그램을 자주 시청하지 않는 사람은 단번에 이해하기 힘든 단어도 꽤나 나타난다. 'ㅋㅋㅋ'는 인터넷 용어에서 유래한 것으로 웃음을 표기하고, '행쑈'는 '행복하십쑈'의 줄임말이다. 그 외에 '오셨쎄요?'와 '쌩유'는 각각 맞춤법과 외국어 표기법을 준수하고 있지 않다. 게다가, 이러한 자막을 통한 언어파괴가 하나의 프로그램에만 국한된 것이 아니라는 점에서 상황은 더욱 심각하다.

예능 프로그램 자막에서 나타나는 일련의 언어파괴 현상이 갖는 문제점은 바로 시청자 층이 대부분 10대 청소년이라는 점이다. 청소년들은 잘못된 언어를 무분별하게 수용하는 경향이 매우 강하기 때문에 예능에 나타난 잘못된 단어를 그들의 실생활에서 사용한다. 실제로, 2012년 국립국어원에서 진행한 '청소년 언어실태' 조사 결과, 초등생 중 97%, 중고생은 99%가 위와 같은 은어를 사용하는 것으로 밝혀졌다. 이러한 어린 세대의 잘못된 언어습관은 장기적으로 봤을 때 크나큰 언어파괴를 야기한다.

예능 프로그램에서 이루어지는 무분별한 언어파괴는 비단 청소년들에게만 한정된 문제는 아니다. 청소년들이 예능 프로그램을 시청하며 습득한 단어는 기성세대가 사용하는 언어와는 상당한 차이가 있다. 예능 프로그램을 상대적으로 덜 즐겨보는 기성세대는 청소년이 예능 프로그램을 통해 습득한 단어를 이해하지 못할 가능성이 높다. 따라서 세대별 언어 사용의 차이에서 비롯된 괴리는 세대 간의 소통을 막는 벽이 되기도 한다.

물론, 예능 프로그램의 언어 파괴는 해학적인 요소를 갖고 있어

시청자들에게 보다 극대화된 웃음을 제공하는 역할을 충실히 수
행하기도 한다. 그러나 전체적인 측면에서 보았을 때 예능 프로그
램의 현 실태는 여러 가지 부작용을 낳을 여지가 충분하다. 따라
서 예능 프로그램의 자막에 무분별한 언어 파괴를 야기하는 유행
어, 줄임말, 비속어 등을 줄여야 한다.

사회를 찾아 돌아보다

정진모 (일본어학과)

　우리가 사는 세상은 사회와 사회가 아닌 두 개의 추상적인 공간으로 나누어져 있다. 우리는 이 두 공간을 왕래할 수 있지만 오고 감에는 큰 용기와 결단이 필요하다. 사회로 들어가기 위해서는 자기 자신을 버릴 각오를 해야 하고 사회를 떠날 때에는 욕심을 버려야 한다. 영화 '쇼생크 탈출'에서 브룩스라는 인물은 오랜 수감생활 후 교도소에 석방되었지만 사회에 적응하지 못하고 교도소를 그리워하다가 결국 자살을 하고 만다. 사회의 어떤 면이 그를 죽음으로 몰 정도로 두렵게 만들었던 것일까? 사회는 도대체 무엇일까.

　우선, 사회는 이익을 추구하는 사람들의 집단이다. 그러나 개개인이 사회를 수단으로 자신의 이익을 성취하고 싶어 한다고 해서 모든 사람들이 그 혜택을 누릴 수 있는 것은 아니다. 사회에 잘 적응한다는 말은 이득을 취할 수 있는 경쟁력이 강하다는 의미로 볼 수 있고 따라서 그런 힘이 없는 사람들에게 사회는 기회를 주는 곳이 아니라 자신이 가지고 있는 것마저 빼앗기는 곳이라는 허탈감을 줄 수도 있다. 이와 달리 사회에 적응한 사회인들은 각자가 추구하는 욕심을 사회를 통해서 얻을 수 있기 때문에 비록 사회가 모든 이에게 공평하지 않다 하더라도 사회인은 사회라는 개체를 인정하고 수용하는 것이다. 욕심이 없는 사람들은 사회생활을 하지 않는데 그들에게는 사회의 시스템이 필요하지 않기 때문이다. 다음으로, 사회는 인간생활의 중심이자 근본이다. 즉, 개개인의 사회는 사람들이 살아가는 모습을 투영하고 있어서 사회의 구성원에 따라 그 사회의 성격이 결정되고 우리의 활동반경의 기준이 되어 준다. 우리가 정상적이라고 인식하고 있는 생활은 사회생활을 통해서 배울 수 있는 것이며 우리는 사회를 통해서 타인과 유사성을 가지게 되면서 그 사회의 인간다움의 기준인 사회인의 삶을 유지할 수 있게 된다. 아리스토텔레스는 '인간은 사회적 동물이다.'라고 하였다. 결국 인간은 사회 속에 자신이 포함되어 있을 때 자신의 진짜 인간다운 삶을 살고 있다고 느끼고 만족하는 것이다. 마지막으로, 사회는 가장 인간다운 공간이다. 사회에서는 우리가 보지 못했던 인간의 이면을 보고 겪을 수 있다. 그것이 비록 힘들고 더러울지라도 지극히 인간다움에는 틀림없다. 왜냐하면 사람은 항상 좋은 감정만을 느낄 수는 없기 때문이다. 때로는 자존심도 상하고 억울하기도 하고 열등감을 느낄 수도 있지만 우리는 인정받았을 때의 기분, 열정 등을 느끼고 싶어 하기 때문에 사회를 모험하는 것일지도 모른다. 우리는 사회를 통해서 여러 가지 감정을 느낄 수 있고 보다 많은 사람들을 만날 수 있으며 다양한 사건을 겪으면서 인간으로서 성숙해지게 된다. 사회인의 모습을 상상해 보자. 사회인이라는 단어는 무언가 인격적인 사람이라는 느낌을 주지 않는가.

사회에 대한 글을 쓰면서 나는 사회를 어떻게 볼 것인가 생각해 보았다. 대학교는 우리가 사회에 나가기 전 마지막 단계이다. 나는 어쩌면 아직 사회에 대해서 잘 인식하지 못하고 있을 수도 있고, 이미 사회화 되어 있을지도 모른다. 하지만 나는 욕심이 있는 사람이기 때문에 나의 발전과 꿈을 실현시키기 위해서는 사회로 가는 것이 필연적이다. 가끔은 사회인의 모습이 부정적으로 느껴지기도 하지만 나는 사회라는 수단을 통해서 수많은 감정을 느끼고 값진 경험을 할 수 있을 것이라고 생각한다.

6장

내가 원하는 삶과 사회

내가 내 삶의 주인이어야 한다. 내가 내 삶의 연출자여야 한다. 하지만 자기 삶을 창조적으로 써 나가는 작가로서의 개인은 그리 많지 않다. '보이지 않는 손'이 내 삶을 움켜쥐고 있는 것 같아서 자기만의 삶의 방식을 추구하기가 만만치 않다. 국가와 사회는 개인에게 무한한 가능성을 제공한다고 강조하지만 정작 그 가능성을 성취한 개인은 많지 않다. 우리가 '관계의 주체'라면 우리가 원하는 삶과 사회는 관계를 재정의하는 것에서 시작할 수밖에 없다. 인류와 지구가 지속 가능한 미래를 확보하기 위해서는 새로운 보편 가지가 절실하다. 나와 나, 나와 너, 나와 우리, 우리와 그들이 새로운 관계를 구축해야 한다. — 사회를 성찰하는 글쓰기 중에서

기억하라 누군가의 아픔을

정영제 (기계공학과)

17일 전 르완다에서 피랍된 고(故) 정영제씨가 주검으로 발견되었다. 그 때 정씨와 함께 발견된 유서 한 장이 있어 세간에 관심을 끌었지만 공개되지 않았다. 베일에 쌓여있던 유서가 아들에게 쓰인 편지라고 알려진 지 하루 만에 온라인을 통해 내용이 공개 되었다.

사랑하는 아들 정조에게

아들! 아빠야. 아빠는 지금 르완다에서 긴급구호 활동을 하고 있단다. 이곳은 올해 초에 내전이 일어났어. 그래서 처음에는 들어갈 수가 없었단다. 그래서 전세가 잠잠해질 때까지 기다려 한 달 전에야 비로소 들어오게 되었지. 아직까지 공항에서 손을 흔들던 너의 모습이 눈앞에 생생하구나. 배고프고 아픈 친구들을 많이 도와주고 오라던 너의 어른스러움이 아빠를 뿌듯하게도 했지.

이곳에 도착했을 때 상황은 너무 좋지 않았어. 아빠가 구호활동을 펼친 15년의 세월동안 가장 긴박했지. 나라전체가 피로 물들어 있었어. 너와 같은 또래 아이들은 물론 더 어린 아이들까지도 홀로 남겨진 채 거리에서 울고 있었어. 가만히 두었다가는 굶어죽거나 폭격에 의해 죽을 수도 있는 상황이었지. 여기서 아빠가 할 수 있는 일은 그리 많지 않단다. 주민들을 안전한 곳으로 데려가 보호하고 돌봐주는 것이 전부지. 하지만 이 보잘 것 없는 일을 기다리는 손길이 얼마나 많은지 몰라. 참 아이러니하지? 같은 공간 안에서 누구는 죽이려고 애쓰고 누구는 살리려고 애쓰니 말이야.

너는 돌아오지 않는 나를 원망하겠지만, 아빠는 고통을 받는 사람이 있는 곳이라면 언제든지 그곳으로 떠나야 한단다. 어쩔 수 없는 아빠의 운명이야. 하지만 이곳이 마지막으로 아빠가 구호 활동을 하게 될 곳인 것 같구나. 이 편지가 도착할 즈음이면 모든 사실을 알겠지. 아빠를 더 이상 볼 수 없게 되어도 르완다 반정부군을 미워하지 않았으면 좋겠어. 이들도 독재정권에 맞서 자유를 찾으려고 하는 사람들이거든. 이들은 전세가 불리해지자 마지막 수단으로 우리 캠프에 들어와 외국인인 아빠를 데려갔단다. 그래도 여기 있는 것이 얼마나 다행인지 몰라. 이곳에는 길을 걷다가도 그냥 죽어가는 사람들이 허다하거든. 그래도 길에서 허무하게 죽지 않고 이렇게 여기에 왔기 때문에 아빠를 통해 이 나라의 상황과 진실을 더 많은 사람들에게 알릴 수 있는 기회가 되었잖니. 진리는 항상 보이지 않는 곳에 있다는 것을 명심하고 너도 진리를 찾으려고 노력하는 사람이 되었으면 좋겠구나.

아빠는 수많은 위험을 감수하면서 15년 동안 구호 활동을 펼쳤단다. 그래도 아빠는 아빠의 길을 후회하지 않아. 아빠가 하고 싶은 일을 했고 또 누군가는 해야 하는 일이기 때문이지. 무엇보다도 너에게 부끄럽지 않으니 그것으로 만족한다. 가끔 너무 힘들어서 포기하고 싶기도 했지만 작은 노력으로 조금 더 나아진 환경이 만들어지는 것을 보면 아빠는 포기할 수가 없어. 너도 꼭 누군가에게 도움이 될 수 있는 사람이 되기를 바라. 세상에는 자기의 이익만을 위해 사는 사람들이 너무 많아. 그런 사람들 때문에 세상에서 싸움이 없어지지 않고 있지. 또 그런 사람들이 세상을 지배하고 있으니 얼마나 부당한 일이겠니. 너는 그런 사람들에게 굴복당하지 말고 약자들을 위해 정의로운 삶을 사는 사람이 되었으면 좋겠구나. 그래서 너의 작지만 소중한 일이 세상을 변화시키는 힘이 되길 바란다.

마지막으로 엄마 말 잘 듣고 언제나 아빠를 자랑스러워 해주기를 바란다.

2031년 10월 22일

아빠가

고(故) 정영제씨는 당시 긴급한 상황에 처에 있는 것이라고는 믿어지지 않을 정도로 편안한 어조로 아들에게 자신의 상황과 바람을 담담하게 적어 내려갔다. 이 편지의 내용이 전해지면서 다시 한 번 고(故) 정영제씨를 위한 추모의 글이 쏟아지고 있다. 아이디 jdis****은 "다시 한 번 우리가 사는 사회를 되돌아보았습니다. 주위에 어려운 사람을 외면한 제 자신이 부끄러웠습니다. 좋은 곳으로 가세요"라 하며 고인의 명복을 빌었고, 아이디 aidh****은 "우리도 불과 80년 전에는 누군가의 도움으로 삶의 희망을 찾았을 텐데, 지금은 그러한 과거를 잊은 채 너무 이기적으로 사는 것은 아닌지 제 자신을 질책해 봅니다"라며 자신의 삶을 되돌아보았다.

또 이 여세를 모아 르완다에 생필품을 보내는 후원의 손길이 이어지고 있다. 고 정영제씨가 아들에게 당부했던 변화가 현실이 되어가고 있는 것이다.

- 글쓰기일보 오공일 기자

'사'자(字) 전성시대

전현준 (원자력공학과)

나는 의사 집 아들내미다. 어릴 때부터 주위에서 정해준 내 직업은 의사였다. 당연히 의사 집 아들은 의사가 되어야 하는 줄 알았다. 명절 때 친척들끼리 모이면 어른들이

"니는 낸 중에 커서 당연히 의사가 될 끼재?"

라고 물으셨고, 나는 자연스럽게 그렇다고 말했다. 내가 종이나 플라스틱 모형 만들기를 좋아하는 걸 보고 부모님께서는 손재주가 좋아서 치대에 가도 괜찮겠다고 말씀하셨다. 의사가 되려면 공부를 열심히 해야 한다고 해서 뭣도 모르고 공부를 했다. '이야, 의사 집 아들답다.' 소리를 들을 만큼 공부를 했지만, 첫 수능에서 원하는 점수를 받지 못했다. 재수를 시작하면서 학원 입학원서의 '지망대학' 칸에는 의대를 적었다. 두 번째 수능은 오히려 첫 수능보다 못한 점수를 받았다. 주위의 기대와는 다르게 의사 집 아들은 의대를 가지 못했다. 지금 부모님의 목표는 내가 의전원에 진

학하는 것이다.

고3 때 슬럼프가 한번 왔었다. 모의고사 점수가 평소보다 못 나왔고, 당연히 집에선 내 점수를 보고 욕을 바가지로 했다. 엄마한테 왜 그 빌어먹을 의사를 못 시켜서 안달이냐고 화를 냈다. 돌아온 엄마의 대답은 걸작이었다.

"행복은 학벌 순이다. 느그 아버지가 의사니깐 이렇게 먹고살지 아니면 이미 굶어 죽었어."

우리 가족이 너무하다고 생각했지만, 재수를 하면서 우리 집은 오히려 평범했다는 것을 느꼈다. 의대를 가려고 다니고 있던 직장을 때려치우고 다시 공부하는 아저씨부터, 의대를 제외하고는 대학도 아니라는 장수생까지 내가 보기에도 너무하다 싶은 사람들이 많았다.

이과에서 공부 좀 한다는 녀석들은 대부분 의사가 목표이고, 문과에서는 대부분 판사, 검사, 변호사다. 아이들은 '사'자를 달려고 피 터지게 공부를 한다. 왜 그렇게 '사'자를 달려고 할까? 돈? 명예? 신분상승? 내가 본 의사는 그렇게 매력적인 직업이 아니었다. 어렸을 때 아버지랑 같이 놀러 간 적은 거의 없었다. 아버지가 한 달에 집에 들어온 날은 손에 꼽을 정도로 적었고, 그나마 초주검이 되어 집에 들어오신 날에는 호출기를 붙잡고 잠깐 주무시다가 다시 나가셨다. 물론 돈과 명예는 보장되었다. 하지만 맨날 응급실에 불려 가고, 사람의 생명을 다루기 때문에 항상 긴장하고 편히 쉬지도 못하는 직업이었다.

'사'자 직업을 시키려는 부모님의 마음은 십분 이해를 한다. 자기 자식이 잘 돼야 한다는 부모님의 마음은 이해를 떠나서 당연하다. 획일화된 교육, 입시를 위한 교육을 받으면서 장래 희망에 대한 정확한 갈피를 잡을 수 있는 아이들은 거의 없을 것이다. 이 불안한 시기에 오히려 부모님의 희망이 아이들의 장래 희망이 되어버리는 경우가 허다하다. 나도 그랬다. 지금은 공대에 왔지만, 점수를 맞춰서 왔을 뿐이지, 내가 공학도가 되고 싶어 오지는 않았다. 의사라는 직업을 동경하지 않는데도 장래 희망란에는 의사를 쓰고 있는 나 자신을 볼 수 있다. 어렸을 때부터 의사 집 아들은 의사가 되어야 한다는 소리를 듣고 나도 모르게 의사가 되어야 한다고 생각할 뿐이다.

직업에는 귀천이 없다. 아니, 없다고 믿고 싶다. 의사, 판, 검사, 변호사는 부와 명예, 행복을 가질 수 있다고 생각하시는 한국의 모든 부모님의 마음을 송두리째 뽑아버리고 싶다. '사'자를 달면 '입시의 승리자'라고 타이틀을 붙여주는 한국의 모든 교육 관련 기관을 부숴버리고 싶다. 자신이 무엇을 하길 원하는지 피 터지게 고심하고, 마침내 원하는 직업을 찾아내서 환하게 웃으면서, 비록 돈을 많이 못 벌어도 행복하게 살 수 있는 그런 삶을 살고 싶다. 이 글을 쓰는 시간은 토요일 새벽이다. 늦은 밤에 오신 의사 아버지는 응급실에서 걸려온 전화를 받고 다시 나가실 채비를 하시고 계신다.

인간이 차별을 만든다

임채무 (동서의학과)

요즘 개그콘서트에서 한창 인기를 모으고 있는 한 코너가 있다. 그 코너의 이름은 바로 '네 가지'이다. 이 코너는 각각 한 가지씩 부족한 사람이 나와 총 네 가지 부분에서 일어나는 차별을 소재로 하고 있다. "세상은 왜 인기 없는 남자를 싫어하는가!", "세상은 왜 촌티 나는 남자를 싫어하는가!", "세상은 왜 키 작은 남자를 싫어하는가!", "세상은 왜 뚱뚱한 남자를 싫어하는가!"가 바로 그것이다. 이것을 보면서 사람들은 서로를 차별하고, 또한 역으로 차별받으며 하루하루를 살아가는 것이 아닌가 하는 의문이 들었다. 차별만 없었어도 더 바람직한 방향으로 가지 않았을까. 그래서 내가 원하는 사회는 바로 누구나 차별받지 않고 살아가는 사회이다.

세상에는 그 누구도 완전히 똑같은 사람은 없다. 심지어 쌍둥이라 하더라도 생김새는 비슷하지만 성격은 판이하게 다를 수 있다. 그러나 문제는 '나'와 '너'는 분명히 다르지만 그 차이를 인정해주지 않을 때 차별이 생긴다는 것이다. '네 가지'의 경우에도 주위에서 흔히 볼 수 있는 경우지만 그 속에서도 차별은 존재한다는 것을 잘 보여준다. '네 가지'에서는 부족한 점으로 인해 오해를 받고 있다고 말한다. 하지만 그 오해도 결국 차별에서 비롯된 것이 아닐까. 일상생활에서 흔히 접할 수 있는 경우이기에 관객들의 공감을 이끌어 내는 것이다. 이렇게 차별은 조금씩 일상생활에 당연한 일인 것처럼 스며들어 있다.

차별은 우리나라만의 문제는 결코 아니다. 지금 이 시간에도 다른 나라에서 종교 문제, 인종 문제로 차별받고 있고, 심지어 차별로 인해 전쟁과 테러가 일어나기도 한다. 우리가 지나온 역사를 봐도 마찬가지이다. 과거에는 신분 차별로 인해 많은 사람들이 차별받아 왔다. 태어나자마자 부모의 신분을 그대로 물려받던 사회, 신분이 낮으면 인간으로서의 대우를 받지 못하던 사회였다. 오늘날 예전 같은 신분 제도는 사라졌지만 부자와 서민으로 또다시 나뉘었다. 그 뿐만이 아니다. 학벌에도 이른바 엘리트주의가 스며들어 명문 대학과 그렇지 못한 대학 간의 차별도 생겼다. 이렇게 차별은 형태만 바뀌면서 과거부터 현재까지 쭉 이어져 오고 있다.

이런 차별 외에도 크게 이슈가 되는 것은 바로 남녀 차별, 즉 성 차별이다. 예전에는 남성우월주의로 인해 여성의 지위가 낮았다. 그로 인해 여성은 남성에 비해 상대적으로 부당한 대우를 받아왔다. 예를 들면 투표권 행사 등 정치에 참여하지 못한 경우를 들 수 있다. 하지만 지금은 시대가 바뀌었다. 그러나 아직까지 남녀 간의 차별은 근절되지 않고 있다. 오히려 남성이 역차별 받는 사례도 종종 생겨나고 있다. 남성과 여성은 태어날 때부터 근본적인 차이가 있다. 그 누구도 자신의 성을 태어날 때부터 결정할 수 없다. 그러므로 그 차이를 인정하고, 존중해주어야 한다. 하지만 현실은 서로의 입장만 고수할 뿐 한 치의 양보도 하지 않으려고 하지 않는가.

나 또한 차별에서 예외가 아니다. 내가 받는 흔한 차별 중 하나는 바로 남동생과 나 사이에서 발생한다. 겉으로 보면 나는 상대적으로 뚱뚱하고, 동생은 마른 편이다. 그러면 주위 사람들이 이런 질문을 하곤 한다.

"너는 동생이 먹는 것도 빼앗아 먹니? 좀 나눠 먹고 그래라."

그러나 막상 사실은 그렇지 않다. 나와 동생은 체질의 차이일 뿐 먹는 양은 엇비슷하다. 그렇다고 만나는 사람마다 "사실은 나랑 동생은 먹는 양이 같아요."라고 말하기는 어렵다. 물 한 모금만 마셔도 살이 찌는 체질이 있는 반면 아무리 먹어도 살이 찌지 않는 체질도 있지 않은가. 어떤 사람은 학문에 재능이 있는 반면 다른 사람은 운동에 소질이 있을 수도 있지 않은가. 왜 한 가지 기준에서만 판단을 하는 것일까? 그것은 바로 우리가 인간이기 때문이다.

인간은 완전한 것처럼 보이나 사실은 불완전한 존재이다. 세상 그 누구도 완벽한 사람은 없기 때문이다. 위의 '네 가지'의 경우에도 마찬가지이다. 각자 가지고 있는 한 가지씩을 제외하면 무엇 하나 뒤지지 않을지도 모른다. 하지만 그 한 가지 기준에서만 바라보게 되면 그 어떤 존재보다도 나약해질 수 있다. 서로의 단

점을 이해해주느냐 아니면 단점을 물고 늘어지느냐는 우리가 결정하는 것이다. 아무도 강압적으로 차별을 만들어 내거나 강요하진 않았다. 단지 나와 다르다는 이유 하나로 인간에 의해 만들어진 것이다. 차별은 인간에 의해 만들어졌기 때문에 인간이 해결할 수 있어야 한다.

내가 원하는 사회는 이런 차별이 없는 사회, 서로를 인정해주고, 존중해 줄 수 있는 사회였으면 한다. 방법은 그렇게 어렵지 않다. 내가 존중받길 원한다면 상대를 먼저 존중해주면 된다. 차별을 하지 말아야겠다는 생각은 쉬울지 몰라도 실천은 어렵다. 만약 생각한대로 된다면 차별은 이미 없어졌을 것이다. 차별은 결코 '있는 자들의 특권'이 아니다. '있는 자'와 '없는 자' 모두가 웃을 수 있는 사회, '나와 너는 달라.'가 아닌 '나와 너는 다를 수도 있어.'가 되어야 하지 않을까.

중학교에서 되찾은 나

이성현 (유전공학과)

사람들은 저마다 살아가면서 자기 삶에 최고의 순간을 적어도 한가지씩은 경험한다. 운동선수의 경우는 금메달이나 트로피를 받았을 때일 것이고 수험생의 경우는 자신이 원하는 대학에 합격했을 때일 것이다. 나는 이제까지 살아오면서 최고의 순간이라고 할 만한 사건이 한 가지 있었다. 그리고 며칠 전, 또 한 번의 내 생에 최고의 순간을 경험하였다. 이것들이 내가 앞으로 살아가면서도 계속 내 생에 최고의 순간으로 남아 있을지는 모르겠다. 그러나 적어도 지금의 나에게는 최고의 순간이라고 말할 수 있다.

나는 인형처럼 살아왔다. 지금까지 꿈이 있어서, 목표가 있어서, 정말 하고 싶은 일이 있어서 공부를 해 온 것이 아니다. 그저 다른 아이들도 하니까, 부모님께서 하라고 하시니까 했다. 지기 싫어하고 질투심이 강한 성격이라서 남들보다 잘하려고 열심히 공부를 했다. 그 결과 성적은 잘 나왔다. 부모님께서는 기뻐하셨지만 정작 나 자신은 그냥 '성적이 잘 나왔구나', '성적이 생각보다 못 나왔구나'라고만 생각했을 뿐, 아무것도 느끼지 못했다.

그림은 달랐다. 그림그리기를 좋아하게 된 것은 내게 그림에 소질이 있다고 말해 준 사람이 있었기 때문이다. 어떤 것을 잘하고 어디에 재능이 있는지 잘 몰랐던 초등학교 시절, 미술 시간에 선생님께서 내게 '넌 그림에 소질이 있구나'라고 말씀해주셨다. 그 말을 들은 순간 기분이 좋았다. 나도 잘 할 수 있는 게 있다는 것을 찾은 것이 좋았다. 그래서 더 잘 그릴 수 있게 열심히 그림을 그렸다. 사소한 계기로 시작된 그림그리기는 무엇보다도 내가 스스로 하고 싶어서 한 것이고 내가 나임을 가장 잘 표현할 수 있는 수단이기에 나에겐 큰 의미가 있었다. 난 그림을 더 잘 그릴 수 있도록 많은 것을 보고 그림으로 표현하려 노력했다.

그런 노력이 빛을 발한 것은 중학교 교내 미술 대회였다. 다른 아이들과 다른 나만의 그림을 그리고 싶었다. 누구나 생각할 수 있는 그런 풍경이 아닌 것을 그리고 싶었다. 그래서 새로운 시도를 해 보았다. 학교 복도에 있는 창문으로 보이는 학교 강당을 그리되 복도와 강당을 모두 표현했다. 대부분의 아이들은 '교내의 모습을 주제로 한 풍경화'라는 선생님의 지시에 강당이나 학교의 겉모습만 그렸다. 난 내 아이디어에 만족했고 풍경화가 완성되었을 때는 새로운 도전이 성공적으로 표현된 화면에 자부심을 느꼈다. 예상치 못하게 내 그림이 금상을 받았다. 상을 받아서 기쁜 것도 있지만 그것보다도 내 그림이, 내 새로운 도전이 인정받았다는 것을 느껴서 기뻤다. 내 자신이 자랑스러웠고 다른 것으로는 느껴보지 못한 성취감을 느꼈다. 무엇보다도 내가 인형이 아닌 사람으로 존재하고 있다는 실감을 받아서 행복했다. 바로 이 순간이 첫 번째 내 생에 최고의 순간이다. 이 순간 이상으로 내가 자랑스러웠던 적은 없었다. 그리고 내 그림은 학교 복도의 한 부분을 차지하게 되었다. 당시에는 내 그림이 복도에 장식된 것을 대수롭지 않게 생각했다.

중학교를 졸업하고 고등학교에 진학해서는 공부에 대부분의 시간을 쏟아야 했다. 원래 미술 학원에 다녀서 미술을 하고 싶었으나 장래를 걱정한 부모님께서 날 설득하셨다. 난 그 설득에 수긍하고 미술을 포기했다. 공부에 찌든 고등학교 생활 속에서 내 꿈과 그림에 대한 열정은 어느 샌가 사라졌다. 공부를 하다 문득 초등학교 시절의 내가 생각났다. 다시 인형이 된 느낌을 받았다. 꿈을 잃어버린 고등학교 생활이 괴로웠다.

악몽과도 같았던 고등학교를 졸업하고 대학생이 되었다. 수원에서 홀로 생활하던 중 마침 내 생일과 휴일이 겹쳐 고향인 대구에 내려갔다. 집에 도착했을 때 중학교 생각이 났다. 중학교를 졸업한 후로는 한 번도 다시 가보지 않았기 때문에 담임선생님들께 인사도 드리고 학교도 구경할 겸 중학교에 들렀다. 학교는 많이 변해 있었다. 많은 것들이 바뀌어서 오히려 내가 다녔던 학교가 맞는지 의심스러웠다. 담임선생님들을 뵙고 학교를 둘러보며 복도를 걷던 중에 벽에 걸려 있는 익숙한 그림을 보았다. 내 그림이었다. 내 그림을 보는 순간 가슴이 욱신거렸다. 그 그림을 그리고 있던 중학교 시절의 모습이 떠올랐다. 힘든 고등학교 생활에 성격이 삐뚤어져 버린 내가 보기에 그 모습은 빛나고 있었다. 그리운 느낌이었다. 그림을 그리며 즐거워했던 나로 다시 돌아가고 싶다. 마음속에서 중학교 시절의 모습을 보고 있으니 언젠가는 잃어버렸던 많은 곳을 돌아다니며 좋아하는 동물들을 그리고 싶다는 생각이 간절해지기도 했다. 내가 나임을 표현할 수 있는 유일한 수단인 그림에 대한 열정이 가슴 속에서 다시 느껴졌다. 고등학교 생활 3년 동안 인형이 되어버린 나에게 다시 생명이 깃든 느낌이었다. 3년 동안 잃어버리고 있던 진정한 나를 다시 찾은 이 순간이 지금 내게 있어서 두 번째 최고의 순간이다.

이것이 지금까지 살아오면서 만난 두 가지 최고의 순간이다. 다른 사람들의 입장에서 볼 때는 그냥 평범한 수상 경험과 중학교에 남겨진 추억일지도 모르겠다. 그러나 내게 있어서는 중요한 사건들이다. 그림은 중학생 시절의 나에게 꿈과 성취감을 보여줬다. 그리고 난 그것을 잃어버리고 말았다. 그러나 그림은 내가 잃어버렸던 것을 다시 되찾도록 도와주었다. 앞으로 세상을 살아가면서 많은 일을 겪을 것이고 그 가운데에서 또 다른 내 생에 최고의 순간을 만날지도 모른다. 서론에서는 이 두 가지 사건이 최고의 순간으로 남을지는 모르겠다고 했다. 그러나 결론을 쓰면서 생각이 바뀌었다. 앞으로 최고의 순간이 더 생길지도 모르지만 이 두 가지 사건도 물론 내게 있어서 최고의 순간으로 기억될 것이다. 마지막으로 나에게 꿈을 준 그림에게 감사한다. 그리고 6년이 넘는 시간동안, 학교가 그렇게 많이 변할 동안 내 그림에게 복도의 한 면을 내준 중학교에 감사한다.

저는 '사회'인 사회를 원합니다

권상일 (식물환경신소재공학과)

70억 인구가 사는 이 세상에서 사람을 찾는데 어려움을 겪어 보신 적 있으신가요? 엎어지면 코 닿을 곳에도 당장 사람들이 득실거리는 우리네 세상에서, 저는 사람을 찾는 것이 그렇게 어렵더랍니다. 사실 지금 당장 읽는 것을 멈추고 거리로 나서도 수많은 행인들을 볼 수 있습니다. 하지만 그 걸음들 속에서조차 사람은 찾아보기 힘듭니다. 인구과밀의 도심 속에서 현대인은 종종 로빈슨 크루소가 되어 살아가는 게 아닐까하는 생각이 들곤 합니다.

"〈사회〉 공동생활을 영위하는 모든 형태의 인간 집단. 가족, 마을, 조합, 교회, 계급, 국가, 정당, 회사 따위가 그 주요 형태이다."

두 명 이상의 사람이 모여 만드는 것. 그것이 바로 사회입니다. 하지만 우리는 사람 없는 삶을 살고 있지 않았던가요? 사람 없는 사회는 말 그대로 난센스입니다. 이렇게 말하면 별로 실감이 나지 않을 수 있겠습니다. 그럼 이건 어떨까요. '우리는 이웃 없는 삶을

살고 있지 않았던가요?'

　제가 어렸을 때 저희 집 주변에는 슈퍼마켓이 많았었습니다. 저는 이 가게들을 구분할 때 가게의 이름이 아닌 주인아주머니의 얼굴로 구별했었습니다. 각 가게마다 다른 모습과 성격의 주인아주머니가 계셨고 이는 곧 슈퍼마켓의 모습과 성격으로 보였습니다. 저에게 관심이 많으셔서 가게를 찾을 때마다 일과를 물으시던 아주머니, 조용하시지만 사탕 두어 개씩 덤으로 쥐어주시던 인자하신 아주머니, 제가 놀다가 다치고 오면 어머니처럼 잔소리를 늘어놓으시던 아주머니. 저는 제가 다니던 슈퍼마켓의 간판들은 다 잊어버렸어도 아주머니들은 잊지 않았습니다. 주민들의 이웃이 돼주시던 아주머니들, 제가 살던 곳의 슈퍼마켓에는 그 분들의 삶이 있었습니다.

　요즈음엔 거리에 슈퍼마켓 대신 편의점, 할인마트들이 즐비합니다. 거대 기업이 경영하는 이 마트들은 소비자들의 만족도를 높여주었습니다. 필요한 물건은 없는 거 빼고 다 있다시피 하며 물품 조달 속도 역시 최고효율을 자랑합니다. 마트들이 들어서며 우리들의 삶은 가히 윤택해졌다고 할 수 있습니다.

　……그런데 그 곳엔 아주머니들의 삶은 없었습니다. 그렇다고 해서 마트에 마트의 성격을 대변할 계산원의 삶이 있는 건 아니었습니다. 우리는 계산원을, 계산원은 우리를, 이웃으로 대하지 않으니까요. 가게와 우리는 이제 철저히 판매자와 소비자로 단절 되었습니다.

　제 삶을 되돌아보며 크게 슬펐던 때를 돌이켜보면, 대부분의 경우 원인은 소소한 것이었습니다. 하지만 저를 달래줄 사람이 없었던 탓에 슬픔은 걷잡을 수 없이 불어나 슬픔이 또 다른 슬픔을 낳는 지경까지 이르곤 했습니다. 제 곁에 사람이 사라졌기 때문에 이런 사소한 자극 하나조차도 제 삶을 흔들어 놓게 되었죠. 이쯤 되면 슈퍼마켓이 할인마트로 바뀐 것이 사소한 변화가 아니라는 걸 알게 됩니다.

결국 제가 원하는 사회는 이웃이 있는 사회입니다. 그렇다고 도덕책에서 말하는 고리타분한 이웃사랑을 실천하자는 것은 아닙니다. 우리는 이웃을, 사람을 사랑하고 우리들의 삶에 채워놓아야 할 명백한 필요가 있습니다. 그건 바로 제 자신, 여러분 자신을 위한 필요입니다.

이웃이 있는 사회는 이웃의 '삶'이 있는 사회를 말합니다. 이웃의 입장에서 생각해봅시다. 그들에게는 내가 이웃일 터이며 그의 삶 속에는 나의 삶이 있습니다. 우리 가족에 아버지, 어머니, 형제의 삶이 있기에 나의 삶도 있는 것처럼, 우리 사회에 이웃들의 삶이 있기 때문에 우리들의 삶 역시 존재하는 것입니다. 저는 제 존재를 인정받는 삶을 살고 싶습니다. 그렇기 때문에 저는 이웃이 가득한 사회를 살고 싶어 하는 겁니다.

그런데 현대엔 이웃을 찾기가 너무 어려워졌습니다. 요즘 사람들은 선뜻 인사를 건네거나 말을 걸면 이상하게 여기고 기피하려 합니다. 각종 미디어의 영향으로 세상이 흉흉해진 탓도 있겠지만, 발달된 문명이 사회 속에서 사람을 배제시킨 탓도 있습니다. '현대의 비인간화'라는 표현이 괜히 나온 말이 아니라는 거죠.

우리가 마주하는 것들을 생각해봅시다. 우편 배달부대신 스마트폰을, 교사대신 인터넷강의를, 슈퍼대신 마트를 마주합니다. 그 마트마저도 인터넷 쇼핑몰로 대체되는 실정에 우리는 이웃을 확보할 기회를 점점 잃어가고 있습니다. 이런 이유로 오늘날 우리는 사람을 찾는 것이 너무나도 어려워진 듯합니다. 하지만 사람을 찾기 힘들어졌다고 해서 우리가 넋 놓고 비인간화의 물결을 맞이해야하는 건 아니라고 봅니다.

비록 정보화 시대의 급진적 변화 속에서 우리는 이웃을 잃고 인간성을 잃고 말았지만, 이웃을 만들 여지조차 잃어버린 것은 아닙니다. 오히려 현대는 전에 없던 폭발적인 인구를 갖게 되었고 만능에 가까운 소통 수단을 갖게 되었습니다. 타인에게 사랑받는 것을 싫어하는 사람은 없습니다. 오히려 인간 소외가 만연한 사회 속에서 사람들은 이웃을 갈망하고 있을지 모릅니다. 이제 우리는 바로 옆 사람에게 손을 내밀기만 하면 되는 겁니다.

사람들은 저마다가 원하는 삶과 사회가 있을 것입니다. 그런데 이 사회를 구성하는 것이 무엇이던가요. 바로 사람입니다. 그리고 삶의 주인 역시 사람입니다. 사람이 빠진 곳에는 사회 역시 없습니다. 타인의 삶을 배제한 삶은 내 삶 역시 부정하는 삶이 됩니다. 그리하여 저는 그 무엇보다도 저의 삶을 위해서라도 "다른 사람의 '삶'이 있는, 진정 '사회'인 사회"를 원하는 것입니다.

답은, 인문학이다

민송이 (글로벌커뮤니케이션학부)

인문학자 엄기호 씨의 저서 '이것은 왜 청춘이 아닌 가'는 흔히 '원세대'로 불리는 연세대학교 원주캠퍼스 학생들과 협동 작업을 통해 탄생했다. 이 책은 암담할 정도의 솔직한 현실을 용기 있게 고백한 자기고백서이다. 연세대라는 명문대의 적자(嫡子)가 아닌 서자(庶子)로서 그들의 자괴를 보면서 경희대학교 국제캠퍼스 학생으로서 느낀 건 일종의 동감이었다. 한창 꽃피워야할 때, 우리는 왜 우울한 것일까? 그 해답을 인문학의 부재에서 찾고 싶다.

인문학은 우리가 누군지, 우리가 왜 삶을 영위해나가야 하는지 자문할 수 있도록 도와주는 학문이다. 이러한 인문학을 통해 우리의 사상과 내면을 살찌워야 세상의 압박과 변죽에 '덜' 흔들릴 수 있다고 본다. 하지만 정말 많은 학생들이 인문학도이기를 포기하고 있다. 많은 인문학도들이 학년이 올라갈수록 생기는 취업에 대한 압박과 불안감에 경제, 경영학을 복수전공 하려하기 때문이다.

한 시간에 4580원을 받는 아르바이트로 하루를 끝마치는 상황에서 인간 본연의 의미를 연구하는 인문학이 그래프와 숫자, 돈의 흐름을 배워 돈을 '얻게'해줄듯 한 경영, 경제학에 밀리게 된 것이다. 그들은 왜 비싼 등록금을 내고 '배움'을 위해 배우는 것이 아니라 '취업'을 위해 배워야 하는 것일까?

　과거 대학생들은 고민하기를 주저하지 않았다. 그들은 군사정권의 총과 칼로 대변되는 폭력 앞에 당당하게 맞섰다. 물론 그 무자비한 폭력은 대학생들을 위축되게 만들었으나 그 의지를 붕괴시키진 못했다. 허나, 현재 대학생들의 이상을 꺾는 것은 폭력이 아닌 '자본'에 있다. 자본은 단순히 경제관념으로 존재하기를 거부하고 사회학, 정치학을 잠식한 것으로도 모자라 윤리학, 철학을 침범하고 있다. 실제로 현대의 자본은 이러한 과정을 통해 거의 모든 분야의 논리를 집어삼키며 무소불위의 권력을 행사하고 있다. 그런 자본의 압박과 더불어 취업준비 때문에 대부분의 학생들이 입학 후 신입생 시절에만 학교행사에 관심을 보인다. 학년이 올라가면서 학생들은 학생들의 대표를 뽑는다는 학생회장 선거에서도 단순히 '아는 사람'이란 이유로 투표를 하거나 그 외의 경우에는 누가 뽑히든 신경도 안 쓰는 경우가 허다하다. 이러한 문제는 사회에서도 그대로 적용된다. 현재 대학생들의 정치 성향은 크게 혐오와 무관심의 70%, 그리고 그나마 투표라도 하는 30%으로 표현할 수 있다. 개인의 토익점수와 취직 문제에 있어서 무상급식이나 FTA는 별로 영향을 끼치지 못한다고 간주해버리기 때문이다.

'부자아빠, 가난한 아빠'라니, '20대가 꼭 알아야할 재테크 전략'이라니! 어떤 것이 '성공'인지 가르쳐주지도 않으면서 세상은 우리에게 성공하기를 강요하고 최면을 걸어버렸다. 이제는 대학도 사회와 별반 다를 것 없다. 과거와 같이 생각하는 지성을 키우는 것이 아닌 취업준비생 양성에만 힘을 쓰기 때문이다. '이것은 왜 청춘이 아닌 가'에서 김예슬은 "쓸모 있는 상품으로 간택되지 않고 쓸모 없는 인간의 길을 선택하기 위해" 대학을 거부하였다고 한다. 솔직히 말하자면 무리다. 우리가 모두 김예슬처럼 될 수는 없다. 하지만 대학이라는 제도권 안에서도 충분히 그의 주장을 실천할 수 있다고 생각한다. 결과적 상품이 될지라도 자신과의 사투를 통해 쓸모 있는 인간이 될 수 있다고 생각한다. 아무것도 우리 세상을 바꿀 수 없을지 모르나 어떤 것이든 우리 자신을 바꿀 수는 있다. 신경 쓰지 말아야 할 것은 타인의 시선이 아니라 타인의 시선을 신경 쓰는 '나 자신'이다. 김예슬의 주체의식을 본받아 스스로를 정립한다면 흔들리지 않을 수 있다.

과거의 대학생은 지식인이며 사상가였고 행동하는 주체였다지만, 지금의 우리는 자괴감에 발버둥치고 남의 일에 관여하는 것을 싫어하며 코앞에 닥친 일에 쩔쩔 매는 나약한 존재가 되었다. 우리는 잘 먹고 잘살면 그만인 동물과는 다르다. 인간이 인문학적 소양을 바탕으로 하지 않는다면 물질, 문명으로 이루어진 현대사회 역시 지속될 수 없다. 하지만 아직 희망은 있다. 우리에겐 인문학이 남아있기 때문이다. 인문학으로서 우리는 스스로를 재정비하고 가치를 재정립할 수 있다. 굳이 칸트를, 맑스를, 헤겔을 논하지 않더라도 인문학은 우리 자신이 누군지 알려줄 수 있다. '나는 누구인가?'는 데카르트적 사유가 아니라 바로 나 자신, 우리 모두의 사유여야 한다. 경제적인 풍요 속에서도 녹녹치 않은 삶을 경험하면서 물질로 가늠하는 삶 보다는 삶의 질을 높이고자 하는 갈망을 인문학을 통해 해법을 찾아야할 것이다.

세잎클로버의 행운

최이슬 (식물환경신소재공학과)

'세상 사는 게 피로하지 않은 사람은 없습니다'

어느 피로회복제 CF에 나오는 구절이다. 바쁘고 빠르게 돌아가는 세상에서 사람들은 목표가 있고 그것을 이루기 위해 노력한다. 그 과정은 힘이 들며 스트레스를 받는 경우가 대부분이다. 그렇지만 사람들은 '목표달성'이라는 미래의 행복을 얻기 위해 현재의 행복을 무시한 채 살아간다. 그리고 스스로 불행하다고 생각한다. 이 상황은 행복을 얻기 위해 불행해진다는 역설적인 모습이다.

행복이란 무엇일까? 행복은 생활에서 충분한 만족과 기쁨을 느끼어 흐뭇함 또는 그러한 상태를 나타내는 말이다. 하지만 사람들은 '생활에서' 느끼는 행복을 행복이라고 생각하지 않는 것 같다. '합격', '집 구입'등 노력의 과정을 거쳐 이루어진 미래의 가치 또는 '복권 1등 당첨'과 같이 갑작스럽게 찾아오는 행운만을 행복이라 생각하기도 한다. 그래서 '생활에서' 일어나는 소소한 행복을 즐기지 못한 채 먼 미래와 다가올지 안 올지도 모르는 행운을 기다리며 살아간다. 그리고 자신이 기다리던 그 순간이 다가오지 않으면 불행하다고 생각한다.

또한 행복이 물질적 가치인 '돈'과 비례한다고 생각하는 경우도 있다. 오늘날은 그 어느 때보다 '돈'이 중요해진 시대를 살고 있다. 그래서 '지금보다 돈이 많으면 행복하겠지?'라는 생각을 한다. 결국 '지금 그렇지 않으니까 난 불행한 것 같아'라는 생각으로 결론을 낸다. 이런 생각 역시 자신을 작게 만들며 불행하다고 생각하게 한다.

여기서 행복에 관해 주목해야할 사실이 있다. 방글라데시는 가난한 나라임과 동시에 행복지수가 1위인 나라라는 것이다. 행복이 물질적인 가치와 비례한다면 이해가 안 되는 사실이다. 이 사실은 행복은 물질적인 가치에서만 오는 것이 아니라는 것을 말해준다. 방글라데시가 행복지수가 1위인 이유는 현재를 즐기며 '생활에서' 느끼는 소소함에서 행복을 찾는다는 것이다. 방글라데시 사람들은 돈으로 느끼는 행복을 누릴 수는 없어도 자신을 둘러싼 환경에서 기쁨을 느끼며 산다. 가족과 사랑을 나누며, 친구와 교류를 하며 말이다. 또한 크게 욕심 부리지 않고 현실의 즐거움을 만족하며 살아가는 것 역시 행복지수가 높은 이유 중 하나이다.

방글라데시 사람들이 '생활에서' 행복을 찾는 것과 같이 우리가 '생활에서' 느낄 수 있는 소소한 행복이란 어떤 것이 있을까. 기다리지 않고 현재 느낄 수 있는 행복과 돈이 많지 않아도 즐길 수 있는 행복이 바로 그것이다. 여름 낮에 더웠던 열기를 식혀주는 여름 밤 바람의 시원함은 돈으로도 살 수 없는 행복이다. 마음만 먹으면 느낄 수 있는 우리 주위의 행복이다. 마음이 답답할 때 즐기는 산책, 오랜 친구와의 갑작스러운 만남, 외출하고 온 뒤 강아지의 반김, 사랑하는 사람과의 즐거운 시간, 모든 일이 끝나고 마시는 술 한 잔. 세상 사는 게 피로하지만 피로회복제를 마시면 피로가 풀리듯, 힘든 삶 속에서 작지만 큰 힘이 되는 것이 바로 이런 행복이다.

하지만 사람들은 큰 행운을 바라며 주위의 작은 행복을 놓치며 살아간다. 복권당첨과 같은 보기 드문 행운과 합격 등 불확실한 미래의 행복을 위해 주변에서 일어나는 소소한 행복을 느끼지 못하는 것이다. 이것은 마치 네잎클로버를 찾기 위해 주변의 세잎클로버를 보지 못한 채 짓밟는 것과 같다.

사람들은 네잎클로버를 찾기를 원한다. 네잎클로버는 '행운'이기 때문이다. 그러나 네잎클로버는 찾기가 어렵다. 대부분이 세잎클로버 이기 때문이다. 그러나 사람들은 세잎클로버가 '행복'이라는 것을 모른 채 '행운'의 네잎클로버를 찾아 헤맨다. 우리의 삶 역시 세잎클로버와 같은 작은 행복에 둘러싸여 있다. 행복은 멀리 떨어져 있는 것이 아니다. 우리 주위에 항상 있지만 대부분 대수롭지 않게 생각하며 느끼지 못하는 것이다. 오히려 세잎클로버와 같은 소소한 행복을 즐기며 이런 행복을 매일 즐길 수 있다는 것을 행운이라 생각한다면, 그것이 진정한 행복이라 생각한다.

행복이란 결국 '생활에서' 느낄 수 있어야 한다. 먼 미래나 불확실하게 뜬구름 잡는 행복은 진정한 행복이 아니다. 단순히 현재의 힘듦을 피하기 위한 현실 도피와 같다. '지금 내가 힘든 것은 다 미래의 행복을 위한 것이야'라는 합리화를 위한 것일 수도 있다. 행복은 네잎클로버에서 오는 것이 아닌, 세잎 클로버를 보며 그 안에서 행복을 느끼는 것이다. 세잎클로버가 가득 찬 삶과 사회는 진정한 행복으로 가득 찬 삶과 사회가 될 것이다.

꿈의 페이지

백솔지 (국제학과)

"저는 소방관이 되고 싶습니다."

"저는 미용사가 되고 싶습니다."

어린 시절, 우리는 나름대로의 꿈을 가지고 있었다. 그리고 누군가 우리에게 꿈에 대해 물을 때 이렇게 자랑스럽게 그 꿈을 이야기 하곤 했다. 비록 그것이 구체적이거나 지속적이지는 않았지만, 어린 날의 우리는 꿈꾸는 아이들이었다. 하지만 성장을 해 나가면서 우리들은 꿈꾸는 법을 잊어버렸다. 자신의 꿈을 묻는 질문에 대해 많은 학생들은 무엇이 되고 싶다는 자신감 있는 대답 대신 '몰라요' 혹은 '없어요' 라는 의기소침한 대답을 할 뿐이다.

이러한 우리 사회의 꿈의 부재는 과연 누가 만든 것일까? 필자는 감히 그 주체를 우리 사회 그 자체라고 이야기하겠다. 우리 사회는 학생들로 하여금 오직 '공부'에만 집중하라며 학생들을 들볶는다. 학업에 대한 과도한 부담감은 학생들로 하여금 당장 눈앞에 닥친 성적 이외의 그 어떤 것에도 집중할 수 없게 만들어 버린다. 다시 말해 과중한 학업부담은 학생들로부터 스스로에 대해 생각할 여유마저 앗아 간다는 것이다. 이 외에도 어른들 역시 학생들의 꿈의 부재에 큰 몫을 하고 있다. 가끔씩 자신의 꿈을 찾기 위해 노력하는 학생들을 찾아볼 수 있다. 하지만 어른들은 그들이 하는 일련의 활동들을 성적을 방해하는 비생산적인 것으로 간주하고 비난하기 일쑤이다. 실제로 필자가 고교시절 학생회장 활동을 열심히 하는 것을 보고 어떤 선생님께서는

"니네가 하는 일은 다 부질없는 짓이야."

라며 비난의 목소리를 던지기도 했다. 이렇게 우리 사회는, 그리고 우리 사회의 어른들은 학생들의 인생이라는 노트에서 꿈이라는 페이지를 찢어낸다. 그 후에 그들은 그 찢어진 분량만큼을 '성적'이라는 것으로 보충하기를 요구한다. 그리고 그 성적이라는 페이지를 얼마나 화려하게 잘 꾸미는지를 그 학생에 대한 평가의 척도로 삼는다. 성적 페이지를 꾸미는 데 도움을 주는 어른들은 많다. 학교 선생님들, 부모님 등 많은 어른들은 자신이 맡은 학생이 그 페이지를 화려하게 꾸밀 수 있도록 총력을 다 한다. 하지만 꿈의 경우는 어떠한가? 우리 주변에서 한 아이의 꿈을 찾는 과정, 혹은 꿈을 이루려 노력하는 과정을 도와주거나 기꺼이 길잡이가 되어 주려는 사람들을 찾기는 쉽지가 않다. 결국 이 모든 상황들이 우리 사회에 꿈의 페이지가 없는 학생들을 자꾸만 생산해 내는 것이다.

학생들의 꿈의 부재는 어른들의 그것보다 훨씬 더 큰 문제를 초

래한다. 영원히 꿈꾸는 방법을 잊어버리게 될 수 있기 때문이다. 인생에서 가장 많은 것이 결정되는 청소년기에 느낀 '꿈을 꾸는 것은 시간을 낭비하는 것'이라는 공식은 그들로 하여금 평생을 꿈꾸지 않게 만들게 된다. 고등학생들은 공부를 한다. 무엇이 되기 위해서가 아니다. 부모님이 하라고 하니까, 선생님이 하라고 하니까 공부를 한다. 조금 더 생각이 있는 학생은 대학을 가야 하니까 공부를 한다. 이들이 공부하는 모습은 목표치를 설정해 놓은 기계가 열심히 작동하는 모습과 다를 바가 없다. 결국 이러한 학생들은 성적의 노예가 되어서 그들에게 삶의 주체 자리를 빼앗겨 버린다. 이런 학생들이 대학을 가면, 직장을 가지면 어떻게 될까? 마찬가지이다. 일단 대학에서 취업을 하기 위해 학점을 따고 스펙을 쌓는다. 어느 직장에 가는가는 중요하지 않다. 일단 학점과 스펙을 쌓고 그에 맞는 직장을 찾아가게 되는 것이다. 여기서 또 학생들은 학점과 스펙의 노예가 된다. 직장에 간 후에는 일의 노예가 된다. 내가 성과를 올려야 승진이 되고 높은 봉급을 받기 때문이다. 이렇게 청소년기에 꿈을 꾸는 법을 잊어버리게 된다면 그것은 그 아이로 하여금 평생을 무언가의 노예로 살게 이끈다.

이렇게 꿈이 없는 개인들은 단순히 그 개인들의 문제를 넘어서 사회적으로도 큰 문제를 초래한다. 앞서 말한 바와 같이 꿈이 없는 개인들은 노예와도 같다. 따라서 그들에게는 어떠한 의욕이나 열정도 없다. 또한 꿈이 없는 개인들은 기계적이다. 단순히 자신이 지금 해야만 하는 일에만 집중하기 때문이다. 자신의 꿈을 이루기 위해 계속해서 새로운 것을 찾는 꿈을 가진 이들과 달리 꿈이 없는 이들은 새로운 무언가를 찾아낼 필요성을 느끼지 못한다. 따라서 이들은 독창성과 창의성이 결여되어 있다. 이렇게 꿈이 없는 개인들로 이루어진 사회는 의욕, 열정, 독창성, 창의성 등의 부재 상황에 놓이게 되고 이는 결국 사회적 비효율성을 초래하게 된다. 생산성이 현저하게 떨어지게 될 것이며 그 생산물의 품질 역시도 떨어질 것이다.

우리 사회에는 '꿈'이 필요하다. 더 정확하게 말해서 꿈을 꾸는 학생들이 필요하다. 우리 사회는 학생들에게 꿈을 꿀 수 있는 터를 마련해 주어야 한다. 학생들에게 더 이상 학업에만 치중하도록 요구해서는 안 된다. 학생들이 꿈을 꿀 수 있는 틈을 마련해 야 한다. 어른들 역시 학생들이 그들의 꿈의 페이지를 아름답게 채워 나갈 수 있도록 도와주어야 한다. 성적 뿐 아니라 학생들의 꿈에 대해서도 이야기를 나누고 그들이 꿈을 이룰 수 있도록 아낌없는 조언을 해 주어야 한다. 이렇게 해서 찾아올 자신의 꿈의 페이지를 아름답게 꾸며 놓은 학생들로 가득한 사회, 우리에게 바로 그러한 사회가 필요하다.

공부가 제일 쉬웠어요?

장한솔 (프랑스어학과)

나는 중학교를 미국에서 나왔고 고등학교는 한국에서 나왔다. 그러니 미국과 한국의 교육방식을 비교 할 수밖에 없다. 8시쯤에 일어나 9시까지 학교를 가는 미국과는 달리 한국의 등교시간은 7시 반이다. 3시 반이면 정규 수업이 끝나 여가 활동을 찾아 나서는 미국 아이들과 달리 한국의 야자는 10시까지 계속된다. 미국 아이들이 책을 읽고 영화를 보다 잠자리에 들 무렵 한국 아이들은 과외와 학원에서 잠을 쫓기 위해 애쓰고 있다. 내가 원하는 사회는 한국 학생들이 자유롭고 행복하게 공부하는 사회이다.

내가 다닌 고등학교는 규정이 엄격했다. 학생들의 머리 길이는 귀 밑 5cm였고 한 달에 한 번씩 자를 대고 머리길이를 검사하였다. 치마 길이는 물론이고 양말의 색깔까지 간섭하였고 하복 안에 흰 티를 입으면 전부 압수해 갔다. 야자는 선택의 여지가 없었고 공휴일은 물론 방학 때도 학교에서 자습을 해야 했다. 그런 갑

갑한 교육 방식 아래에서 나는 행복하지 않았다. 똑같은 매일 매일이 쳇바퀴 같이 굴러갔다. 내가 이루고 싶은 목표가 뚜렷했음에도 불구하고 가끔은 왜 이렇게 공부하고 있어야 하는지에 대한 회의감에 빠져들곤 했다. 옆에 있는 친구들은 경쟁자가 아니라고 배웠건만 나보다 등수가 높은 친구에게 질투심을 느끼곤 했다. 하루 종일 정해진 답과 공식만 줄줄이 외우고 있는 시간들 속에서 나의 체력과 마음은 지쳐갔다.

그럴 때마다 나는 미국에서의 생활들을 떠올리지 않을 수 없었다. 미국에서는 무슨 옷을 입고 어떤 화장을 하고 어떤 머리를 하든지 아무도 신경 쓰지 않는다. 선생님들은 그저 학생들이 무슨 수업을 듣고 어떻게 공부할 것인지에 대해 관심을 가진다. 수업 방식은 교과서 위주가 아닌 토론과 실험을 통한 이해를 바탕으로 한다. 예를 들어 과학 시간에는 개구리 해부를 하고 역사 시간에는 한 사건을 연극으로 만들어 연극을 한다. 성적표에는 등수가 나오지 않아 서로 비교 당하면서 열등감에 사로잡힐 일도 없다. 또한 대학 가는 것을 목표로 삼지 않고 자신이 잘 하는 것을 찾는 것을 목표로 하기 때문에 부담을 버리고 공부할 수 있다. 그렇기에 그들은 일찍부터 자신의 적성을 찾고 원하는 길을 계발해 나갈 수 있다.

미국의 교육 방식 중 내가 가장 마음에 들었던 것은 그들은 공부하라고 강요하지 않는다. 단지 자연스럽게 하게 할 뿐이다. 대표적인 예로 미국에서는 책을 읽고 컴퓨터로 그 책에 관한 퀴즈를 맞히면 맞힌 개수만큼 점수를 주는 프로그램이 있다. 그 점수가 쌓이고 쌓이면 현금처럼 사용할 수 있다. 이 현금은 학기 말마다 열리는 상점에서 사용할 수 있는데 나는 학기말에 물건들을 살 생각에 미국에 있는 3년 동안 내가 평생 읽을 책보다 많은 책을 읽었다. 상점에서 샀던 그 물건들은 이제 다 사라지고 없지만 그 당시 책을 읽었을 때의 즐거움과 보람찼던 기억은 아직도 간직하고 있다. 그들은 나에게 강요하지 않았지만 나는 자연스럽게 책을 읽고 있었던 것이다.

물론 미국의 교육 방식에도 문제는 존재한다. 그들의 교육열은 한국보다 현저히 낮고 배우는 과목도 우리만큼 폭넓지 않다. 또 미국의 교육 방식을 한국에 들여온다고 해도 또 다른 문제는 생겨날 것이다. 그렇지만 한국 교육에 지금보다 자유롭고 행복한 환경이 조성된다면 적어도 울면서 공부하는 학생들은 줄어들 것이다. 성적을 비관해 자살하는 학생 수도 줄어들 것이다. 대신 더 마음껏 뛰어놀면서 자신의 미래를 준비하는 학생들은 많아질 것이다.

내가 고3이 되던 해에 우리 학교는 학생인권조례 시범 운영 학교로 선정되었다. 두발과 교복의 자유가 인정되고 체벌이 전면 금지되었다. 야자도 개인의 선택이 되었다. 친구들이 야자를 하나둘씩 빼기 시작하였고 각 반마다 야자에 남은 사람이 많아야 열 명인 시점까지 도달하게 되었다. 그렇지만 아이러니하게도 그 해 우리 학교는 최고의 입시 결과를 기록하였다. 야자가 싫은 학생들이 나가니 야자 분위기는 더 좋아졌고 야자가 싫었던 학생들은 학교 대신 자신과 맞는 공부 환경을 찾거나 야자할 시간에 음악, 요리, 미용 분야의 학원을 다니며 자신이 좋아하는 것을 시작하게 된 것

이다. 과연 억압된 자유와 행복이 성적 향상과 관계가 있는가? 수
능이 끝난 이 시점에 오늘도 많은 학생들이 눈물을 흘리고 있다.

이다. 과연 억압된 자유와 행복이 성적 향상과 관계가 있는가? 수
능이 끝난 이 시점에 오늘도 많은 학생들이 눈물을 흘리고 있다.

진정한 행복

김현수 (응용화학과)

참 바쁘게 살았다. 복학을 하고 남들보다 뒤처졌다는 생각으로 숨가쁘게 달렸다. 스펙전쟁과 취업대란은 나에게 엄청난 압박이 되었다. 사람보다 시험이 먼저였고 대화보다 책을 읽었다. 그렇게 살다보니 어느 순간 내 마음속에 벽을 쌓았다. '나란 사람은 너희들과 달라. 나는 언젠가 너희들 위에 올라 설 거야.' 나는 점점 고독해졌고 그럴수록 더 움츠려졌다. 겉으로는 아닌 척 오히려 당당했지만 속으론 외로움이 커져만 갔다. 하지만 외로워할 틈도 없다며 나는 나를 다그쳤다. 미래의 행복과 안정된 직업, 높은 연봉, 화려한 삶을 위해서는 외로움도 사치였다. 나의 미래는 까마득했고 성공은 행복의 보증수표였다. 나는 그 성공을 위해 당장의 행복은 포기했다.

그러던 4월의 어느 날, 그녀가 내게 다가왔다. "안녕하세요? 혹시 지하철 입구가 어딘지 알려줄 수 있나요?" 수원역 한 구석에서 담배를 피우던 내게 그녀는 환한 미소와 함께 인사를 건넸다. 눈망울이 맑고 깔끔한 옷차림을 한 여자였다. 그녀를 지하철 입구까지 데려다 주었고 우리의 인연은 그렇게 시작됐다. 그녀의 이름은 김수현. 내 이름인 김현수와 비슷했다. 비슷한 이름처럼 우리의 성격, 생각도 비슷했다. 그녀와의 교제가 시작되고 내 삶의 태도에 변화가 시작되었다.

그녀는 참 밝고 소박하다. 긍정적이고 순수한 마음씨로 주변사람들을 편하게 하는 재주가 있다. 그녀와 있으면 세상 모든 근심, 걱정이 사라진다. 그녀는 나를 있는 그대로 받아들이고 이해한다. 돈이 많지 않아도, 차가 없어도, 멋진 옷을 입지 않아도 그녀는 나를 사랑한다. 나는 그녀를 통해서 진짜 참 행복이 무엇인지 깨달았다. "실제 행복의 값어치는 매우 저렴한데 사람들은 행복의 모조품에 많은 돈과 시간을 쏟는다." 고등학교 때 명언집에서 읽고 외웠던 구절이다. 당시에는 이 구절을 읽고 '행복의 모조품이라도 마음껏 가지고 싶다.'라고 생각했었다. 하지만 지금은 생각이 다르다. 참 행복이 무엇인지 깨달았기 때문이다. 그것은 돈으로는 결코 구할 수 없는 가치다.

그녀를 만나고서 인생관에 변화가 일어났다. 내가 답답한 미래에 대한 고민을 털어놓을 때 그녀는 내게 이렇게 말했다. "꼭 넓은 집, 멋진 차, 많은 돈을 바라지 않아. 돈 없어도 화목하고 행복할 수 있어. 행복하기 위해 사는 거지 많은 돈으로 행복한 것은 아니야." 그녀의 조언은 나를 감동시켰고 내가 세상에서 가장 멋진 남자가 되는 방법을 알려주었다. 화려하고 멋진 삶을 꿈꾸던 나였지만 그녀 덕분에 작고 소박한 삶의 매력을 알게 되었다. 그것은 진정한 행복이다. 나는 가정적이고 행복한 삶을 꿈꾼다. 사랑스런 아내와 자식들과 함께 평범하게 사는 그런 삶을 살고 싶다.

그녀를 만나고서 가정적인 삶을 꿈꾸지만 나는 여전히 스펙대란과 취업전쟁 속에서 살아간다. 우리 사회에서 가정을 꾸리고 ‘평범하게’ 살기 위해서는 상당한 노력이 필요하기 때문이다. 고졸과 대졸의 임금격차는 점점 더 벌어지고 쏟아지는 대졸자들 중 살아남기 위해 스펙전쟁에 뛰어든다. 모두가 박경철씨의 「자기혁명」을 읽고 김미경씨의 특강을 들으며 미칠 듯이 경쟁을 해나간다. 그렇게 엄청난 ‘자기혁명’을 이루어야만 이 사회에서 ‘평범하게’ 살 수 있다. 성공하지 못한 패배자들은 점점 더 절망에 빠지게 되고 사회에 불만감이 쌓여간다. 성공하지 못하면 평범하게라도 살기 어렵기 때문이다. 우리 사회는 결혼을 하고 집을 갖고 아이를 갖는 것이 어느덧 성공한 사람만의 특권이 되어 가고 있다. 여기에 대중매체는 행복의 모조품을 선전하고 현혹하며 성공을 강요한다. 행복하기 위해서는 성공하라고 한다. 너희들이 불행한 이유는 너희들이 노력을 하지 않고 실패했기 때문이라며 그 책임마저 돌린다.

나는 누구나 평범한 삶을 누릴 수 있는 사회를 꿈꾼다. 행복의 모조품이 아닌 진짜 행복의 값어치를 깨닫고 그 행복을 보장할 수 있는 사회에서 살고 싶다. 우리사회는 안타깝게도 많이 병들었다. 성공한 복지국가 중 하나인 스웨덴과 우리나라를 비교해 보자. 스웨덴의 세금은 매우 높지만 국민들은 만족하고 행복하게 살아간다. 굳이 대학을 졸업하고 '자기혁명'을 이루지 않아도 누구나 평범한 삶을 살아갈 수 있다. 전문직 종사자와 일반 노동자의 임금격차는 적으며 자신의 직업에 자부심을 갖고 살아간다. 2012년 대선을 바라보며 작은 기대를 해본다. 우리 사회가 소박하지만 행복한 삶을 보장할 수 있는 사회가 되기를, 진정한 행복의 가치를 깨닫기를, 기대하고 기대한다.

꿈을 향해 나아가는 삶,
그리고 그것을 장려하는 사회

김준용 (전자전파학과)

　요즘 여느 매체에서나 흔히 볼 수 있으며 사회에 대두되고 있는 단어는 힐링이다. 힐링은 단어 뜻 그대로 치료라는 의미를 가지는데 왜 이 단어가 부각이 되는 것일까? 아마 현대인들에게 가장 필요하고 와닿는 것이기 때문일 것이다. 요즘 우리가 살아가고 있는 사회는 발전이 빠르다. 발전이 빠른 만큼 우리는 편리한 삶을 살아가고 있지만 그 이면을 보면 발전을 따라가기 위해 허덕이는 우리의 모습이 있다. 게다가 빠르게 발전하는 사회는 우리에게 항상 경쟁자들보다 앞서가길 요한다. 우린 뒤처지는 순간 누군가에게 잡아먹히고 마는 신(新) 약육강식의 세계에 살고 있는 것이다. 마치 아프리카 야생의 가젤과 사자처럼 누군가에게 잡아먹히거나 혹은 굶지 않기 위해 해가 뜨면 무작정 달려야 하는 그런 세계를 우린 살아가고 있다. 이런 삶을 살다보니 우리들은 자연스레 지치고 치유받길 원하는 것이다. 그래서 힐링이라는 단어가 주목받는 것이다. 그렇다면 과연 우리는 나 자신의 힐링을 위해서 무엇을 하고 있을까? 대다수의 사람들은 주변인들과 자신의 고민을 이야기하고 대화하고 간간이 문화생활을 하는 것에 그치고 있다. 하지만 이것은 일시적인 것일 뿐이지 근원적인 문제를 해결하는 것은 아니다. 나 또한 여느 사회인들처럼 힐링이 필요했다. 하지만 난 일시적인 것보단 근원적인 문제를 찾고 싶었다. 그래서 근원적인 문제를 해결하기 위해 어렸을 때부터 지금까지의 내 마음의 상태를 되돌아봤다. 사실 내 마음의 상태라고는 하지만 내 주변 지인들, 그리고 인터넷에서도 내 마음의 상태와 같은 사람들을 많이 보았기 때문에 나에게만 국한된 상황이 아닌 것으로 판단되어 우리라 지칭하겠다.

우리가 어렸을 땐 우리의 마음은 마치 초창기 지구와 같은 모습을 띠었다. 이성적이기보단 본능에 더 충실했고 광범위한 상상력과 꿈들이 있었다. 때론 고통과 시련의 비가 내리기도 했지만 그것은 큰 피해를 주는 것이 아니라 오히려 우리 마음속 지구를 풍요롭게 해주었다. 하지만 우리가 성장하면서, 그리고 지금 이 순간도 우리가 배워야 할 것도 많아졌고 경쟁사회를 살아가다 보니 남들보다 뒤처지지 않기 위해 부단히도 노력해야만 했다. 이 과정에서 우리가 가지고 있던 꿈보단 주어진 현실을 택했었다. 꿈조차도 우리 마음속에 자리할 여유가 없었던 것이다. 그러다보니 마음이라는 지구는 마치 지금 현실의 지구와 같은 모습을 띠게 되었다. 너무나 빠른 발전을 지구가 점차 감당하기 힘들어하고, 발전하는 과정 속에서 생긴 지구 온난화로 인한 자연재해를 겪듯 우리 마음 속 지구도 자연재해를 겪게 되었다. 어렸을 적엔 우리를 풍요롭게 해주던 시련과 고난의 비는 이제는 우리가 감당할 수 있는 도를 넘어 현실의 지구처럼 우리 마음 속 지구도 병든 것이다.

이처럼 병든 우리의 심리를 힐링하기 위해선 어떤 것이 필요할까? 바로 마음의 여유가 필요하다. 그렇다면 마음의 여유를 얻기 위해선 무엇을 해야 할까? 난 이 문제에 대해서 무척이나 많이 고민을 했고 결국 답을 찾아내었다.

우리가 이토록 지쳐 있는 것은 우리에게 주어진 현실적 조건 안에서 살아남기 위해 무작정 달리기 때문이었다. 따라서 우리가 현실에서 주어진 틀에서 벗어나 내가 진정 하고 싶은 일을 한다면 분명 힐링이 될 것이라 생각했다.

실제로 나의 사례를 예시로 들자면 내가 대학교에 입학하기 전 공부한 이유는 내 자신을 위한 것이 아닌 남들 다가는 대학에 들어가기 위해서였다. 대학에 입학하고 나서는 단순히 남들보다 좀 더 나은 직장, 흔히들 말하는 대기업에 취업하기 위해서였다.

하지만 이런 삶은 내 자신을 발전시키지 못했다. 오히려 내 자신을 병들게 만들고 내 삶을 열정없는, 마치 로봇과도 같은 삶을 살게 했다. 그러다 우연히 내가 읽었던 책에서의 이 한 구절이 내 삶을 변화시켜 주었다. '20년이 흘러 내 자신의 삶을 돌아보았을 때 내가 해왔던 일보다 해보지 못한 일에 후회할 것이다. 돛을 올려라 꿈을 향해 가는 너의 길에 무역풍이 불 것이다. 너가 꿈꾸는 일을 향해 도전한다면 너의 천재성과 능력, 기적이 너를 도와

줄 것이다.'

이 글을 읽고 난 주어진 틀에서 벗어나 내가 진정하고 싶은 것이 무엇인지 찾았고 거기에 도전하였다. 내가 하고자 하는 것과 전공, 이 두 가지를 공부하고 준비하면서도 난 예전보다 힘들어 하기는커녕 오히려 즐거워했다. 다른 이들도 그런 내 모습을 보고는 의아해하며 힘들지 않냐고 물어보았다. 그때마다 난 내 자신이 하고 싶은 것을 하는 것이기에 절대 힘들지 않다고 말할 수 있었다. 내 자신이 하고 싶어 했던 것을 향해 도전하고 있기에 마음의 여유를 찾고 내 자신을 힐링한 것이다.

나의 사례를 볼 때 그리고 주변사람들의 고민과 후회를 들어보면 현재 우리에게 필요한 힐링은 내 자신이 진정으로 하고 싶은 것이 무엇인지 찾고 도전하는 것인 듯 하다.

하지만 현재 우리 세대와 후배 세대들 중 많은 이들이 과거의 나와 같이 자신들이 무엇을 하고 싶은 것인지, 자신의 적성에 맞는 것은 무엇인지 확실하게 아는 사람은 그리 많지 않다. 우린 그저 치열한 경쟁사회 속에서 남들에게 뒤처지지 않기 위해 공부를 하고 성적에 맞춰 진로를 정한 것이지 진정으로 내 자신이 원하는 것을 찾지 못했다. 이러한 현상엔 사회적 요인이 상당히 크다. 우리는 흔히 말하는 주입식 교육을 받아왔다. 진로를 정해야 할 중요한 시기인 고등학교 때는 내 자신의 꿈, 적성을 생각해 볼 겨를도 없이 단순히 특정과목 성적에 따라 문과 이과로 나뉘어지고 결국은 점수에 의해서 진로가 결정된다. 나같이 자신에게 전공이 맞지 않다고 판단하여 다른 길로 간 이들도 있지만 자신의 적성을 끝내 찾지 못하는 사람들, 혹은 꿈을 쫓아가기엔 너무 늦었다고 현실에 수긍한 이들 또한 많게 된 것이다.

또 다른 이유로는 사회가 발전하면서 물질만능주의가 만연해졌고 그러다보니 자신의 꿈보다는 경제적 안정성을 더 우선시 하게 된 것이다. 요즘 이런 현상을 쉽게 볼 수 있는 것이 바로 초등학생들에게 장래희망을 물어볼 때이다. 원래 장래희망, 즉 꿈이란 것은 나이와 반비례하는 것이라서 어렸을 때는 허무맹랑할 정도로 거대한 스케일을 가진 꿈이었다가 점차 머리가 자라면서 현실적인 생각을 토대로 그 스케일이 점점 작아지는 것인데 한 매체에서 초등학생들의 장래희망을 조사한 결과 현재 초등학생들이 가장 선호하는 장래희망은 연예인, 그리고 안정적인 공무원이라고 한다. 연예인은 TV에 많이 나오므로 아이들의 눈엔 동경의 대상이 될 수 있으니 전형적인 아이들의 꿈이라 할 수 있다. 하지만 공무원이 나왔다는 것은 생각해봐야 한다. 물론 공무원이라는 꿈을 적은 데에는 자신이 하고 싶어서 적은 경우도 있지만 대다수가 부모님의 입김이 작용했다고 한다. 아무래도 사회를 경험해보신 분들이다 보니 자식들이 안정적인 삶을 살아가길 바라는 마음에서 그렇게 하라고 추천하셨을 것이다. 하지만 과연 그 공무원을 장래희망이라고 적은 아이들은 공무원이 어떤 직업이고 무엇을 하는지 알고는 있을까? 공무원이 적성인 아이도 있겠지만 그 중엔 다른 적성을 가진 아이도 분명 존재한다. 이러한 것을 볼 때 사회의 흐름에 의해 초등학생들이 벌써부터 자신이 하고 싶어하거나 동경하는 순수한 꿈보단 현실적인 면에 자신을 끼워 맞추려는 것이 안타깝다.

현재 우리 인간의 수명은 길다. 우리가 직장이나 자신의 미래를 택하는 데 걸린 20년 이상의 세월은 나머지 60년 가까이 되는 우리의 삶의 질을 판가름한다. 그럼에도 불구하고 도전하기 보단 주어진 현실에서의 조건에 자신을 끼워 맞춘다는 것에 대해 안타깝다는 생각이 든다. 또한 사회에서도 꿈을 향해 가는 것을 장려하거나 그 사람의 적성을 알아가기 보단 주입식 교육 그리고 무한 경쟁의 분위기를 조성하여 사람들이 자신의 꿈조차 생각할 여유를 갖지 못하고 단순히 성적에 따라 전공 혹은 그들의 미래가 결정되어지는 것에 대해서도 안타깝다.

분명 지금 자신이 원하는 것에 대해 도전을 한다는 것은 큰 부담감이 있을 것이다. 그렇기 때문에 자신이 하고 싶은 것을 하기 위해선 여러 위험요소들을 극복할 수 있도록 개인의 노력이 필요하다. 하지만 이제는 개인뿐만이 아니라 사회에서도 무한 경쟁보단 자신이 하고 싶은 일을 할 수 있게끔 장려하는 분위기를 형성하는 것도 중요하다고 생각한다. 단순히 가젤과 사자처럼 살아남기 위해 달리는 것이 아니라 그보다 더 나은 목표를 향해 달릴 수 있는 그런 분위기가 형성되었으면 한다. 이런 분위기 형성은 자신이 하고 싶은 일을 하는 것에 대한 마음의 여유와 만족감을 얻을 수 있기에 개인에게도 큰 도움이 되지만 더 넓게 본다면 나라의 경쟁력을 갖추는 데에도 큰 도움이 될 것이다.

한때 우리 나라는 빈민국 중의 하나였고 강대국이 되는 과정에서 큰 역할을 한 것이 '빨리빨리'와 주입식 교육이라는 것을 알고 있을 것이다. 하지만 이제 대한민국은 강대국 중의 하나이다. 생산보다는 아이디어가 더 중요시될 미래이기에 창의력이 더 큰 무기가 될 것이다. 그렇기 때문에 창의력을 강화하기 위해서는 주입식 교육이 아닌 어린 학생들에게 여러 가지 경험을 하게 해주고 그들이 꿈을 향해 나아갈 수 있도록 지원해야 한다. 잠재적 인간의 능력은 자신이 하고 싶은 일을 하고 즐길 때 비로소 그들이 갖고 있는 천재성이나 창의성이 나오기 때문이다. 그렇게 된다면 우리나라가 미래 경쟁력을 갖추는 데에도 큰 일조를 할 것이다. 그렇기 때문에 우리들과 사회가 서로 'win-win'하기 위해서라도 사회에서는 우리가 꿈을 향해 나아갈 수 있는 분위기를 조성하고 우리는 자신이 하고자 하는 일에 과감하게 도전하고 노력해야 한다고 생각한다.

마지막으로 선배님들, 내 또래의 친구들이나 후배들에게 감히 말하고 싶은 것이 있다. 우리에겐 꿈을 그릴 수 있는 도화지가 한 장 있다. 누군가의 도화지는 깨끗할 것이고 누군가의 도화지는 이미 자신이 생각한 것과는 다른 그림이 그려져 있거나 바래져 있을지도 모른다. 아직 그림을 그리지 않은 이들은 자신의 꿈을 그려보고 그 곳을 향해 나아가길 바란다. 그리고 내 나이 또래에서 30대 초반이신 분들의 도화지는 후자와 같을 텐데 그들에게 난 아직 늦지 않았다고 말하고 싶다. 오히려 바랜 도화지에 그린 그림이 새하얀 백지에 그린 그림보다 더 매력적으로 보일 수도 있으니까 말이다.

혹시 내가 하는 말을 믿지 못하거나 와닿지 않는다면 2-3년 후

에 나를 찾아보길 바란다. 반드시 성공해서 내가 틀리지 않았음
을 보여주고 다른 이들이 자신이 원하는 것에 대해 도전할 수 있
게끔 용기를 주는 존재가 되어 있겠다. 반드시 그렇게 될 수 있도
록 최선을 다하겠다.

2012년 제2회 후마나타스칼리지
'나를 위한 글쓰기' 공모전 심사평

흔들리며 피는 꽃

천 번을 흔들리며 청춘은 꽃을 피운다. 두 번째 나를 위한 글쓰기 공모전을 심사하면서 공유한 심사위원들의 생각이다. 아직 뿌리 깊은 나무는 되지 못할지언정 흔들림을 거부하지는 않고 있었다. 아니 흔들리면서, 바람의 숨결을 내면화하면서 자신의 길을 묵묵히 걸어가고 있었다. 그들의 고투(苦鬪)에 격려의 박수를 보낸다. 개정판 교재의 틀로 공모전이 진행되어 1회 때와 유사하면서도 다르게 변화된 주제에 걸맞게 고민의 흔적들이 모였다. 학생들의 고민의 궤적을 들여다보는 일은 '즐거운 고역'에 해당한다. 하물며 순위를 매겨야 하는 일은 더없는 고통이었음을 밝힌다.

1주제 '내 생애 최고의 순간'은 응모 편수도 많았지만, 글의 수준도 고르게 높았다. 아이디어가 재미난 글과 관찰이 뛰어난 글도 다수 눈에 띄었다. 무엇보다 심사자의 마음을 울린 것은, 학생들이 '생애 최고의 순간'을 회상하면서 보여준 진지한 태도와 뜨거운 열정이다. 자기 삶을 사랑하고 책임지고자 하는 필자들의 섬세한 감각과 따뜻한 눈이 글을 빛나게 했다. 성장의 길목에서 겪는 불안과 고통과 도전 속에서 길어 올려진 '생애 최고의 순간'들이 글 곳곳에서 반짝거린다. 수상작을 골라야 한다. 가당치 않은 일처럼 보인다. 하지만 울퉁불퉁한 청춘들의 믿음직스러운 고투 속에서 역설적으로 심사자는 즐거워진다.

2주제 '나는 무엇을 사랑하는가'는 사랑을 테마로 한 응모작들이었다. 가족이나 연인, 애완동물, 애장품 등이던 이전 작품들에 비해 올해 응모작들은 사랑의 대상이 더욱 다양해졌으며, 특히 자기 자신이 대상이 된 경우가 많았다는 점은 주목할 만하였다. 몇몇 작품들은 자신의 정체성과 내면에 대한 깊이 있는 성찰과 인식을 보여주었다. 자기애에 기반한 사랑은 당위나 윤리와 같은 관념적 개념을 넘어 구체적인 실천과 변화로 이어질 수 있다는 점에서 자기 희생을 전제로 하는 숭고한 사랑들 못지 않게 중요하다. 따라서 응모작의 이러한 변화는 학생들의 변화와 성장을 엿볼 수 있는 계기가 되었다.

3주제 '나를 슬프게 하는 것들'은 '글쓰기1' 수업 시간 가운데 교수자와 학습자가 모두 어려워하는 부분이면서도 상호 성장(成長)의 정점에 있는 주제이기도 하다. 1회 때와 마찬가지로 작품들의 수준이 높아 수상작을 선정하기가 어려웠다. 수상작들을 비롯한 대부분의 글들이 자신의 상처를 아프고 투명하게 들여다보면서 감추고 싶은 고통과 슬픔을 드러내고 있었다. 그리고 그 자리에서는 '진흙 속의 연꽃' 마냥 '상처의 꽃'이 피어나고 있었다. 그들은 상처를 과거의 자리에 그대로 묻어두지 않았다. 그림자의 고통 속에 주저앉거나 머무르는 것이 아니라 당당하게 마주함으로써 치유의 힘을 얻어 빛나는 청춘의 미래를 견인하고 있었다.

4주제 '나는 대학생이다'는 불투명한 미래를 고뇌하는 청춘의 자화상이 주로 그려졌다. 불안함 속에서도 미래를 기획하고 전망하려는 성장통의 모습이 가슴 아프게 다가왔다. 하지만 스펙의 화려함을 위해 꿈과 열정을 도외시하는 것이 아니라 꿈꾸는 자의 아름다움을 질문하며 패기와 열정으로 도전하는 청춘이 돋보였다. 고단한 대학생활 속에서도 비겁한 낙오자가 아니라 당당하게 도전하는 아름다운 패배를 꿈꾸는 대학생의 모습에서 대한민국의 미래를 엿볼 수 있었다.

5주제 '사회를 어떻게 볼 것인가'는 다양한 관심과 시각이 교차하였다. 대선을 앞둔 시점에서 중요한 이슈가 되는 주제도 있었고, 중요하지는 않지만 생각해 보아야 할 거리들을 다양하게 제시하고 있다는 점에서 오히려 바람직해 보이기도 하였다. 특히 자기 현실에 대한 이해와 관심이 높은 점이 돋보였다. 불평등 사회, 취업 불안, 불투명한 미래에 대한 고민, 힐링의 필요성 등 자기 현실에 대한 구체적인 문제의식이 두드러졌다. 커다란 사회문제를 막연하게 기술하지 않고, 학생 스스로가 자기 존재의 문제와 연관 지어 현실을 진지하게 성찰했다는 점이 가장 눈에 띄는 장점이었다.

6주제 '내가 원하는 삶과 사회'는 다양하고 소소한 의견들이 대두되었다. 거대한 목표와 원대한 이상을 꿈꾸는 것이 아니라 20대가 원하는 사회의 모습은 소박하면서도 간절했다. 이 시대의 소망을 대변하고 있었다. 타인의 삶을 인정하며, 이웃이 있는 삶을 원하고, 경제적 풍요가 우선이 아니라 삶의 질을 높이고자 인문학에 매진하며, 소소한 행복을 즐기며 그 행복을 행운이라고 여기는 사회 등을 원하고 있었다. 그리하여 꿈을 장려하는 사회의 필요성을 강조하고, 억압으로부터의 자유와 진정한 행복의 추구를 위해 노력하는 청춘의 기대지평을 엿볼 수 있었다.

  관념의 길에서 실체의 보물을 찾아 떠나는 궤적을 그린 글에는 아픔과 갈등, 화해와 용서의 만남이 있다. 그래서 글을 읽는 보너스는 설렘이다. '나를 표현하는 글쓰기' 영역에서 아쉬운 점이 있다면, 표현 부분이다. 개인의 체험을 중심으로 글을 풀어나가는 방식은 진솔하고 쉬운 방식이기는 하나 문장이나 표현에서 주관성을 유의할 필요가 있다. 지나치게 감정적인 표현이나 주관적 표현 등이 글 전체의 설득력을 떨어뜨리는 경우가 있었다. 반면에 '사회를 성찰하는 글쓰기' 영역에서는 자기만의 시각이나 관점이 적었다는 점이 아쉬웠다. 전문가의 견해와 지식, 정보를 참고는 하되 주체적인 안목으로 문제를 제기하고, 현상을 분석하는 능력을 신장해야 할 필요성이 대두된다고 할 수 있었다.

  올해에도 450편에 가까운 응모작이 제출되었다. 5주제의 경우 응모작이 다른 주제에 비해 적어서 '대상' 수상작을 낼 수 없었다는 사실이 아쉬웠다. 자존감을 강화하고 내적 견고성을 실현하기 위해 학생들은 개인으로부터 시작하여 너와 우리를 거쳐 사회와 세계로 인식을 확장시키고 있었다. 다시 한 번 언급하거니와 '글쓰기 공화국'의 시민권은 '두려운 설렘'으로 가득한 대학생활을 향유하는 여러분의 권리이자 의무이다. 우리 모두는 사유하며 글쓰는 후마니타스인이다. 수상자에게는 박수를, 미수상자에게는 격려를 보낸다. 주인된 삶을 위해, 수업은 마무리되었어도 글쓰기 여행은 지속되길 당부한다.

심사위원

오태호, 정연희, 조은영, 진은진, 최윤희, 황수현(가나다 순)

후마니타스칼리지 최윤희